电影剧作模式解析

卢芳芳 著

中国电影出版社
2022 · 北京

图书在版编目（CIP）数据

电影剧作模式解析 / 卢芳芳著. —北京：中国电影出版社，2022. 5（2023.5重印）
ISBN 978-7-106-05414-4

Ⅰ. ①电… Ⅱ. ①卢… Ⅲ. ①电影剧本—创作方法—研究 Ⅳ. ①I053. 5

中国版本图书馆CIP数据核字（2022）第081813号

责任编辑：纵华跃
装帧设计：联创睿合
责任校对：林　娜
责任印制：赵匡京

出版发行 中国电影出版社（北京北三环东路22号） 邮编：100013
电话：64296664（总编室） 64216278（发行部）
64296742（读者服务部） E-mail：cfpbjb@126. com
印　　刷 中国电影出版社印刷厂
版　　次 2022年5月第1版 2023年5月北京第2次印刷
开　　本 710mm × 1000mm 1/16
印　　张 13
字　　数 200千字
定　　价 65.00元

在某个作家的作品中发现一个模式，通常在本科生的论文中不会有类似的发现，而专著似的博士论文中才会更多一点。虽然如此，这仍是评论戏剧或任何艺术论文写作的最终极目标。在个别戏剧作品中发现审美或编剧法意义上的模式，不仅会使被讨论的作品的性质更明确，更是对整个艺术来说都有所启示的亮光。

——罗伯特·科恩《戏剧》

序

《电影剧作模式解析》这本著作是卢芳芳思考了十许年的产物。这原是她的一篇攻读中国传媒大学电影学博士的毕业论文题目，论文在答辩中得到了专家的一致好评。但卢芳芳并不满足于此，对这一课题进行持续研究。她于2015年进入复旦大学民族研究中心博士后流动站，研究方向为人类学、民族学。出站后她入职中国社会科学院民族学与人类学研究所。她发现以人类学、民族学理论为武器研究这一课题，可以达到一个新的研究深度，于是又重拾旧作，调整研究重点，孜孜不倦若干年，终于推出了这本新著。

十年磨一剑，今日把示君。卢芳芳为一个她钟情的课题，不断思索、力求精益求精的认真精神值得肯定。学术无止境，一步一世界。山重水复疑无路，柳暗花明又一村。这种精神应视为研究工作者最可贵的品格。

然而，学术著作的价值的最终判定，仍需取决于完成后著作的理论意义与实践意义。当我读过《电影剧作模式解析》后，觉得该书与同类研究著作相比较，确有其独有研究视角，并实现了独有的理论与实践价值。

首先，我以为作者在论述电影剧作模式这个议题时，视野是广阔的。包括历史视野、艺术视野、理论视野。作者不是仅就电影剧作模式谈剧作模式，她将这个议题放在一个古今中外的学术背景、艺术背景中来论述。从古希腊哲学家亚里士多德的《诗学》、宋代学人张邦基《墨庄漫录》到明末清初戏剧理论家李渔的论述中寻找“模式”一词的起源；从中外文学、戏剧、绘画、雕塑、民间叙事作品中去发现类型、风格、样式在电影这门新兴艺术中的渗透与传承。从传统理论到现代理论，从社会科学理论到自然科学理论，作者对各种理论武器兼收并蓄，又选择自己最为熟悉、最为合适的某种理论，尤其是人类学、民族学、接受美学理论来重点解释模式与电影、模式与电影剧作、模式与作者个性、模式与电影中的情节及结构之间的复杂关系。理论的探索是永远无法穷尽的，从更高的要求而言，本书在理论的系统性、逻辑的严密性上或有可议之处，但作者在这方面的努力及其熔铸其中的真知灼见，我们是能清晰地体会到的。

相比理论阐述而言，我对本书的实践意义更为赞赏。作者非常清晰地认识到，她研究的主要对象是中国电影。中国自20世纪以来的时代变迁对中国电影的影响，中国电影艺术表达方式的历史传承与外来渗透，是研究的前提。书中提及模式研究对于中国电影的特殊意义时重点谈了两点，一是中国电影的模式在历史上受到好莱坞模式与苏联模式的影响，二是剧作模式与当下电影市场。前者是作者对中国电影的历史考察后的判断，表示她的研究没有漠视这一历史现实；后者则是明确表示，她的研究与当今电影实际的关系。如今的电影市场以及由此延伸的观众及其观众研究、观众心理研究关乎电影的生存。这种关系不能不决定她的研究方向、研究重心的重新确定。如果说，上述这两点表示作者的研究始于实践，那么，作者对本书“目标读者”的重视，表明她的研究最终是走向实践的。作者借助于理论的归纳与分析，将研究成果落实在中国电影的创新上，落实在中国电影新人的培养上。我们在本书第三章，见到了作者的良苦用心。这一章的主旨是“模式与创新”。作者从20世纪初期法国戏剧家乔治·普罗第在研究了1200部古今戏剧作品后归纳出来的 36种情节模式中提炼出3种当代常见的模式为例，每一例结合中外10部影片进行实证研究。如果再对照每章最后精心设计的思考题，我们便能窥见本书中有当今诸多理论研究中所欠缺的学风。这就是那种务实的学风。它寄寓了作者内蕴的对中国电影未来的责任心，是非常难能可贵的。

电影是一门融合了多种艺术形态的综合性艺术，研究电影特别需要跨界型人才。卢芳芳具备多种学科的学术背景，作为我国年青一代理论研究中的中坚力量，我们对她寄予厚望。相信她将会在未来的学术道路上迈出更为坚实的步伐 。

是为序。

章柏青（中国艺术研究院研究员、博导，中国电影评论学会会长，中国电影家协会理事）

2022年3月15日

目 录

初　论

模式与电影

一、从分类到模式

涂尔干在《原始分类》中提到："人类的心灵是从不加分别的状态中发展而来的。直到今天，我们的大众文化、我们的神话以及我们的宗教中的相当一部分，仍然是建立在所有意象和观念基本上相互混同的基础上的。这些意象和观念彼此不相分离，因而也很不明确。这些意象和观念彼此不相分离，因而也很不明确。形状的变化，品质的传递，人、灵魂以及肉体的相互替代，坚持认为精神能够物质化、物质对象也能够精神化的各种信念，所有这一切，都恰恰是构成宗教思想和民间传说的要素。"[1] 分类是人们认识、研究问题的基础。人类为了研究方便，将所有的知识门类简单地分为自然科学和社会科学两个方面。

自然科学（natural science）的认识对象是整个自然界，人们对自然进行分类，并对自然界的事物做出概括推论。它包括数学、力学、物理学、化学、天文学、地球科学以及生命科学等。

1　涂尔干、莫斯：《原始分类》，上海人民出版社，2000，第5页。

社会科学（social science）对人类做的是同样的事情，它的研究对象是整个社会，它大体包括经济学、政治学、社会学及社会心理学。“社会科学的整个目的就是获取关于人类准确的分类和概化。实际上，几乎所有的学术追求都包括学习、理解和发展出准确的分类和概化。”[1]在我们的关于老人、年轻人、男人、女人等的讨论中都不可避免地遇到——在这些讨论中涉及想要对人们进行分类的尝试，以及对人们及其社会生活做出各种概括推论，比如“处在经济及政治结构中上层位置的人更有可能是男人而不是女人”。这对于我们来说都包含着分类和概化。我们无法避免对研究事物做出分类和概化，那是我们作为人的本质及力量的一部分。

模式，是指事物的标准样式，是可以使人效仿的形式，隐藏着一个抽象的图式。“模式”中的“模”字在古义中有这样几层含义：首先是模子，模型；引申为“标准，规范”的意思，同时也意味着“仿效；效法”。[2]通过这个概念，能够比较清晰地看出模式与规范、标准、模仿这些概念的关系。如宋张邦基《墨庄漫录》卷八：“闻先生之艺久矣，愿见笔法，以为模式。”[3]

模式也是前人积累的经验的抽象和升华，是解决某一类问题的方法论，解决某类问题方法的总结归纳。它包括图像、图案，也可以代表数字、抽象关系，或者成为思维方式、宇宙观的呈现。按照皮尔士符号学的观点，符号分为相似（icon）、标指（index）、象征（symbol）三个层次，在象征层次上的符号，则具有言在此而意在彼的品质。各个学科和行业

1　乔尔·查农：《社会学与十个大问题》，北京大学出版社，2009，第109页。

2　见《古代汉语词典》，“模”字词条：〈名〉模子；模型。王充《论衡 物势》：“蜓枝做器，比模为形。”（用黏土做器具，必须要用模子做出它的形状。）赵希鹄《洞天清录》：“古者铸器，必先用蜡为模。”引：标准，规范。左思：《咏史》诗：“可为达士模。”（达士：通情达理的人。）又意：仿效；效法。陆垂《石阙铭》：“色法上圆，制模下矩。”（色彩效法天，式样效法地。上圆：指天。制：式样。下矩：指地。）

3　见《墨庄漫录》，[宋]张邦基等（撰），孔凡礼等点校，中华书局，2002年8月版。卷八：“章友直伯益，以篆得名，召至京师。翰林院篆字待诏数人闻其名，然心未之服，俟其至，俱来见之云：‘闻先生之艺久矣，愿见笔法，以为模式’。”

均有自己固定模式，但任何模式都是在不断发展和创新的，它代表的是同一类事物的共性。

模式化，则是指典范的样式被广泛效仿之后的状态。一般意味着大量作品的情节样式高度符合同一图式，缺乏创新。多含贬义，经常作为一个批判性的词汇使用。

由索绪尔最早提出的符号学，是一个企图把人类互动当作一个社会和人际交流系统的巨大网络来研究的科学。他认为，语言为文化含义的研究提供了“主导模式”。根据他的观点，口头语言是被所有文化共享的一个符号系统；他的基本结构延伸到每一个社会交流系统。

二战前对“种族”的研究，力求展现文化如何成为行为中的一个因素；他们竭力将文化从生物学中分离出来，展示文化影响行为和其他属性的力量。在第二次世界大战以后，法国人类学家列维–斯特劳斯和其他人发展出一种方法，这一方法把文化视为一个系统，认为可以按照其成分之间的结构关系加以分析，就像阐释逻辑模式或文化的结构一样，并认为文化系统中的普遍模式，是人类思想中恒定结构的产物。这种方法后来以“结构主义”（structuralism）广为人知。

人类学家列维–斯特劳斯提出“野性的思维”，体现出将世界的认识进行分类的倾向。他认为：“人们通过感觉器官对世界进行直观的感受，大脑对这些信息进行理解、思考和整理，确定这些信息的属性。但大脑并不是把这些信息融会成一个关于世界的整体认识，而是把它进行分类。这样，世界就变成了大量的个别事物的集合体。这一过程就使大脑中形成了对自然世界认识的分类，当人们去创造文化产品时，这种分类就被赋予了文化产品上面，即大脑用已有的对自然界的分类系统来排列分类人工产品，这样就造就了文化秩序与自然秩序的一致性。”[1]

从学术的角度看，模式论（model theory）是当代认知科学领域一种相

1　韩鼎：《结构主义神话学评析》，《广西民族研究》2009年第6期。

当流行的理论，尤其是在一直让人感到棘手的有关心智（the mind）研究的诸种学科——如语言学（乔姆斯基以来）、心理学（荣格、拉康以来）、哲学（阿尔图塞以来）、人类学（列维–斯特劳斯以来）、生物学（包括进化枝学派和表现型分类学派）、甚至计算机学（人工智能方面）。一方面，模式论以其较高的通用性、可塑性和细密性越来越受到众多人文学者的青睐。“所谓通用性，是指这一理论的范围超越了各门具体学科所特有的传统藩篱，这显然较为符合当代认知研究整合化的趋势；所谓可塑性，是指模式论具有较为丰富的弹性和变量，从而在度衡被观对象时可以量体裁衣，游刃有余；而所谓细密性，乃现代理论型态所必具的性质之一，即系统及过程的精细和严密。”[1]

社会学家涂尔干在《原始分类》中提到，社会并不单纯是分类思想所遵循的模型；分类就是社会范畴，最初的事物分类就是人的分类，事物正是在这些分类中被整合起来的。因为人们被分为各个群体，同时也用群体的形式来思考自身，他们在观念中也要对其他事物进分门别类地处理，这样，最初这两种分类模式就毫无差别地融合起来了。[2] 世人会通过语言来行动，语言的运用，正如哲学家告诉我们的，是行动的形式，在表演理论中专门产生了“语言行动”这个概念。人类会通过使用语言来对其所处的环境进行分类，这意味着，人类会从自己的环境中孤立出来，将那一块与环境中所有其他部分区别出来，给予命名，将特定的观念与它联系到一起。这种分类是在互动中产生的，它们是社会创造的。在讨论环境时，我们利用在社会生活中所学到的词语对其进行分类：植物、动物、有机物、无机物、微量元素，等等。分类是被创造出来的，一旦我们理解了它所代表的意义，我们就能将我们遇到的情景中的事物进行对比。我们能够在我们的环境做出区分的词汇会不断增加，不仅是名词能够代表分类，

1　王稼钧：《模式论与电影》,《当代电影》1993年第6期 。

2　涂尔干、莫斯：《原始分类》，上海人民出版社,2000，第89页，此处讨论的是依据图腾观念与依据氏族划分的两种分类模式。

（女人，老人），形容词（衰弱的、强壮的、美的、智慧的），也能够代表分类。通过了解一个分类的知识，我们逐渐意识到“所有的人们”都拥有一些特定的特质，其中有一些是他们与其他动物所共有的（比如大脑，细胞，消化系统），有一些看起来是独一无二的（比如我们的DNA，意识，个性）。我们把人划分成年轻的和年老的、黑人和白人、男人和女人、未婚和已婚。我们通过描述属于或不属于那一事物的特点来理解分类。但是对我们所有的生活来说，分类和下定义、理解他们所处的环境都是必要的。

在日常生活中，我们每个人都已经创造或学到数千个甚至是上万个分类，我们使用它们来看待发生在我们周围的事情。植物学的研究首先要求研究者具备植物形态学、植物分类学、植物地理学等植物学分支下的基本知识和技能，生物课的目的是创造有用的关于活着的东西的分类，以便我们能更好地理解它们有多相似、它们与无生命的东西之间的异同。在我们的生活中都会假定，关于我们所处环境中的一些事情，建立在我们与他人互动时学到的分类这一基础之上。而每种分类方法中隐含的模式，它是概化的，它代表着同一类事物的共性，代表分类中每一个的特质，以及与它们相联系的概念。是模式将事物的共性规律和个性差异区分开来，离开这些规律总结，我们的研究就很难继续下去。

再如人们研究社会形态，通常会将其分为原始社会、封建社会、资本主义社会、社会主义社会等模式。人们研究社会变迁模式，会倾向于首先将其分为“进化模式、扩散模式、涵化模式、革命模式、现代化模式、工业化模式、城市化模式、官僚化模式”[1]等不同维度来研究。

可以说，从自然科学到社会科学，从天体运行到世界各国政治经济，林林总总任何行业都有内在的模式。分类是我们研究任何问题的基础，模式则代表着同一类事物的共性，它是分类之后的结果。离开模式就无法研

1 史蒂文·瓦格：《社会变迁》，北京大学出版社，2005，目录部分。

究。这一现象广泛存在于人类生活及不同的学科门类，无论从理论到创作，还是从社会学、生物学、到艺术的各个门类，都普遍存在——这一点是为人类日常经验和社会发展变迁所证明了的。有多少种不同事物的共性和经验总结，就有多少相应的模式相伴相生。有多少种学科存在，必然存在不同的内在规律，这些内在的能代表同一类事物的共性以及解决问题的共同经验总结，就是相应的模式。有多少种分类方式，就有多少种与之相对应的模式。

综上，依据各自门类的分类标准不同，就产生了不同的模式与之对应，因此能界定事物共性的模式随之成为一切事物的研究基础。所以，这个前提成立的话，讨论事物的创新而否定模式是不足取的。如果离开分类学，我们就无法对事物进行研究。

从模式论的观点来看，“电影（指影片本文）是一种心智性的、意念复杂、具有各种社会、历史、文化、经济、心理以及作者个人经验的情境和/或背景的、具备一整套话语元素和表意规则的超复合模式”[1]。作为一种复合模式，通常不可能由单个影片本文来完成，而是由作为“类”（class）的本文来完成。在这方面，好莱坞创立的类型片可算是典型范例。因此，就总体而言电影模式是“类”，而不是“个”化的。

本书所指的“电影剧作模式”具体包括电影剧作情节模式、结构模式、人物模式等，这些都属于电影模式的范畴。具体包含情节的发展、人物形象及相互间的关系、事件的构成方式乃至环境场景上的一种不断重复的套路。“模式”涉及情节套路，结构框架等创作理论问题。对于提供不同类型的情感供应的电影来说，具有不可回避的学术意义。这里讨论的主要是“情节模式”和“结构模式”。试图以多学科视角，研究模式研究对于电影艺术的新观念，论证模式研究对于电影艺术之价值。

1　王稼钧：《模式论与电影》,《当代电影》1993年第6期。

二、模式研究与电影

（一）模式论的介入

“模式研究”是关于结构主义神话学的一个概念，二战结束之后，随着英法等国以前的殖民地逐渐独立，当地人并不欢迎前宗主国的人类学家去做相关的田野调查研究，因此很多人类学家将研究重点转移到学科理论上面，结构主义神话学是跨学科研究的产物。首先在方法上，它借用了结构语言学的方法到神话研究中，在具体分析过程中又涉及生物、哲学、心理学、社会学、艺术等诸多学科的研究成果和思维模式，与此同时，它的研究成果和方法也被同时代的诸多学科所吸收，跨学科的研究也因此向着更加综合、兼容的方向发展。

结构主义神话学强调的是隐藏在神话表面的深层结构，从而推导思维的普遍模式。“结构神话学并不是要读懂一个神话，而是要发现使单个神话文本所以然的普遍规则。其研究思路是：人类制造文化产品时。不可避免地受到大脑的某些普遍特征的制约，而这一普遍特征构成了人类人文产品的共同结构，神话也是如此。”[1]作为一种复合模式，通常不可能由单个影片本文来完成，而是由作为“类”（class）的本文来完成。在这方面，好莱坞创立的类型片可算是典型的范例。因此，就总体而言电影模式是“类”，而不是“个”化的。由前文的分析，我们发现：模式研究适合于所有的事物，因此对于电影研究而言，模式研究同样具有重要意义。任何事物在分类之后，按照能界定事物共性、合并同类项的原则，才能把同类事物放在一起研究。如植物学、动物学上的分类、“界门纲目科属种”的划分，故事学大师普罗普说：“分类是研究最重要的初阶之一。我们不妨想一想，林耐最初的科学分类对植物学具有何等重要的意义。我们的学科还

1 韩鼎：《结构主义神话学评析》,《广西民族研究》2009年第2期。

处于前林耐时期。”[1]鉴于模式论的通用性，这一当代认知科学通用理论的范围已超越了各门具体学科所特有的传统藩篱（囊括语言学、心理学、人类学、生物学、哲学、甚至计算机学）。

文学研究中“类”的理论起源可追溯到亚里士多德的《诗学》开篇的经典论述，关于诗的艺术分类及原则，他这样论述：“关于诗艺本身和诗的类型，每种类型的潜力，应如何组织情节才能写出优秀的诗作，诗的组成部分的数量和性质，这些，以及属于同一范畴的其他问题，都是我们要在此探讨的。”[2]他关于所谓的诗（我们称之为文学）的分类，其目的在于界定每个类别的特点和每个类型所应承担的任务，并由此来确定不同的价值。亚氏的分类思想在文学界雄霸了两千余年，对文学的发展产生过重要影响。

人类学家列维–斯特劳斯认为应从混乱的文化现象中找到其结构关系，着眼点并非在实际存在的结构关系，而是隐藏在实际社会关系背后的深层结构，认为它只有通过文化人类学家建立的模式才能认识。他提出了两种模式：一是有意识模式，即能够被社会成员意识到的社会或文化的表层结构，指本族人根据自己对本文化的认识而向人类学家提供的情况；另一种则是无意识模式，它隐藏在社会文化表象之后的深层结构，它不为社会成员所意识。他认为：正是人们这种深层结构中的下意识，在社会文化现象背后起作用。

到了原型批评大师弗莱那里，他认为文学批评也要从文学作品进行分类着手。他在西方最早的结构主义文学批评著作《批评的解剖》中，把文学作品首先分为两大类：虚构型和主题型。他认为前者叙述人物及其故事，后者则向读者传达某种寓意。他着重研究了虚构型作品，按照亚里士多德所提出的书中人物与普通人的水平比较标准，他把虚构型文学作品划

1　弗·雅·普罗普：《故事形态学》，中华书局，2006。
2　亚里士多德：《诗学》，商务印书馆，1996，第27页。

分为五种基本模式：神话、浪漫传奇、高模仿、低模仿、反讽或讽刺。[1]他看到了文学作品之整体是一个复杂的系统，也看到了各种模式和类型之间的相互渗透、多重组合。

显然，模式研究对于万事研究具有工具性价值，那么有多少种分类方式，就有多少种与之相对应的模式。“在很有限的意义上，任何类型电影都是一个个体作者或者导演的原创物，而原创物的本质和范围是由卷入到类型电影制作过程的惯例和期待所决定的。因此，任何关于原创性的评论分析必须是对一种更宽广、更具有文化性和工业性的反应方式来补充精英的评论态度。”[2]模式研究也是电影批评研究的基础，任何对于电影的研究的切入点都是建立在不同模式的理论基础上的。

好莱坞百年来完整的电影文化工业催生出了相对完善的类型理论。正如类型片的分类方法是由于观众自发选择的结果，而不是理论家归纳的结果，这一现象源自电影工业自身发展的要求。从理论研究的角度讲，由于种种社会、历史因素，新时期以来，国内关于电影的研究是建立在不同的理论模式的基础上的，或为后殖民理论、或为精神分析、现代女性理论等等，“除了少数观念外，（如同性恋电影理论），几乎所有的西方电影理论模式都被引进，”[3]被引进的这些理论的背景、流派、类别角度各不相同，在谈论电影的时候，研究者根据各自不同的学术背景，切入角度各异。自20世纪80年代末以来，学术界关于类型电影的研究在中国曾受到重视，对推动中国电影的商业化进程起到重要作用。而模式研究是类型电影的基石。那时这些关于类型的讨论其中多为文化批评角度的探讨，对于剧作理论的研究，仍呈现出零散、匮乏的状态。

模式研究不仅是电影创作及理论研究的基础，同时也是电影商业美学研究的基础，是电影文化工业发展的客观需求。其中，从创作的角度讲，

1　诺斯罗普·弗莱：《批评的解剖》，百花文艺出版社，2006，第5页。
2　托马斯·沙茨：《好莱坞类型电影》，上海人民出版社，2009，第17页。
3　胡克：《中国电影理论史评》，“转型期电影理论发展趋势”，中国电影出版社，2005。

关于模式的研究，对于在电影剧作创作的指导性意义，在今天的创作中应起到的作用，在时下的电影理论研究中没有得到充分的描述。无论对于建构商业电影理论还是电影市场需求，模式研究都是基石。与其谈论不着边际的理论语汇，玩弄某些晦涩深奥的“能指所指”，不如踏踏实实探讨电影模式研究的问题种种——这也是笔者写作本书的初衷。从模式与电影的关系来分析，“从接受者的角度来看，建立电影模式的观念、运用模式论方法就能够较为准确、完整地解读任何影片本文，并确定该本文在整个电影体系（包括共时态和历时态）的适当位置——这是现代电影批评一个最重要也是最基本的要求”。模式研究实际也成为电影批评研究的基础。[1]

20世纪以来，模式论的介入和观念的确立，深刻地影响了人文批评的视角。“我们有理由期望，模式论思想的引进和观念的建立，将会在深远的意义上为当代电影理论、批评和创作提供最佳指南，并且从根本上纠正理论与创作日渐分离、隔膜的尴尬景况。”[2]

目前，关于类型电影的研究较为常见，而类型则是影片情节模式、结构模式及人物模式的综合体。创意必须符合类型的规则。模式，与艺术规律密切相关。对于电影剧作而言，模式的确存在，无论从情节模式、结构模式到人物模式、情感模式都结结实实地存在，但并没有得到我们足够的重视。 它们的存在，是长期以来创作规律、内容演变过程的结果，具有内在的必然性。而在通常的评论语汇中，“模式化”经常作为一个贬义、负面的词语呈现，似乎是“原创”的天敌。固然，“所有的电影，决不能在一定的公式上定型地发展。”而实际上，大量的电影剧作层面都存在表现相同的表现惯性与内在章法。事实上，仅就情节模式而言，所有的故事都被前人讲述过，而不同时期的文化压力则是模式演变的平台。不同的是：“重要的是故事被讲述的年代，而不是故事讲述的年代”。对于创作而言，是在把握模式的基础上，加入创作者新的理念和个人意识。从这个角

1　王稼钧：《模式论与电影》，《当代电影》1993年第6期。

2　同上。

度说，没有无模式的电影。

（二）国内学者研究概述

1. 研究现状

国内关于电影模式的切入角度参差不齐，关于电影剧作模式（包括电影情节模式及结构模式）的研究相对匮乏，呈现出较为薄弱、贫乏的研究现状。而且总体看来，在电影理论中，多数的探讨集中在大的类型框架下零星地涉及剧作模式的问题。或者放在叙事母题研究中，比较零散，这块的研究缺乏系统、深入地研究。而对于模式与电影艺术的关系的专门论述，也不多见，都是从不同的理论层面介入电影。“模式研究对于电影剧作研究是基础”的提法没有出现。电影研究中的模式划分在电影研究中相当重要，鲜有人提及。在讨论模式的时候，不同的研究者的切入角度常常混乱。从实践角度，编剧芦苇曾提到：“我们国家的教育体制，不管是电影学院还是中戏毕业的，对于情节剧的理论研究和实践研究不够。”[1]

关于情节模式的研究，多见于在文学、民俗学中的研究，如《中国古代叙事文学中的血亲式复仇母题初探》，再比如著作《影视类型学》《中国类型电影研究》等等。

在1979—2009年的专业电影刊物《电影艺术》《当代电影》《电影学院学报》《世界电影》等电影学术刊物中，涉及类型的研究远多于电影剧作模式。其中属于剧作理论类的有：《电影剧作模式论》（刘一兵）、《论科幻电影的剧作模式》（沈东）[2]、《人情关系模式》（韦华）、《试论36种戏剧模式》（陈咏）[3]、《巧合—备忘录——论中国电影情节与人物关系的一种常见模式》（李亦中）[4]，这几篇文章从剧作技巧的角度论证了巧合模式在国产片

1　芦苇、王海兵：《电影编剧的秘密》，上海交通大学出版社，2013，第48页。

2　沈东：《论科幻电影的剧作模式》，中国艺术研究院电影史专业1992届攻读硕士学位研究生毕业论文。

3　这两篇论文来自刘一兵主编《电影剧作观念》，中国电影出版社，2006。

4　李亦中：《电影四面八方》，上海三联书店，第39页。

中的应用、得失，以及《新兴电影——剧作结构中的对比模式》（虞吉）[1]、《一种反特片模式》（胡克）[2]、《理解一种好莱坞电影模式》（胡克）[3]等等；《模式论与电影》（王稼钧）[4]则讨论了模式研究与电影研究之间的关系；卢芳芳在《电影剧作模式研究》（2013）中系统论述了电影剧作模式的内涵、电影剧作模式与创新的关系；也有《电影叙事中的大众情感模式》（解玺章）、《美国法庭片的叙事模式》（朱靖江）[5]这样的叙事研究，着眼于文化分析的研究。

或者类似《中国电影专业史研究·电影文化卷》（中国电影出版社）中相关的章节"战争片叙事模式及其演变"部分，《观念与范式——类型电影研究》（沈国芳）这样的专著，主要是从类型的大框架下来零星地谈论模式。或者从叙事学、文化学角度切入的影片分析：《蝴蝶梦的叙事模式和女性视角》，以及专著《消费文化时代的性别想象——当代中国影视流行剧中的女性呈现模式》（吴菁）[6]，该书从文化批评的角度对影视剧中常见的女性模式做了分析，着眼于人物模式。在2010—2022年的学界研究中逐渐增加了对模式的研究，一批关于剧作技巧的相关译著得以引入国内，除了好莱坞经典叙事研究理论，值得一提的有坎贝尔《千面英雄》《作家之旅》《电影情节设计》《电影叙事节奏：编剧必备的120分钟设计技巧》《故事策略：电影剧本必备的23个故事段落》等，其中或多或少涉及剧作模式。

---

1 虞吉：《新兴电影——剧作结构中的对比模式》，《电影艺术》2004年第3期。

2 胡克：《一种反特片模式》，《电影艺术》1999年第4期。

3 胡克：《理解一种好莱坞电影模式》，《当代电影》2005年第4期。

4 王稼钧：《模式论与电影》，《当代电影》1993年第6期。

5 解玺章：《电影叙事中的大众情感模式》，《电影艺术》1998年第3期；朱靖江：《美国法庭片的叙事模式》，《电影艺术》2000年第1期，第105页。

6 这些书籍是：杨远婴：《中国电影专业史研究·电影文化卷》，中国电影出版社，2006；沈国芳：《观念与范式——类型电影研究》，中国电影出版社，2007；吴箐：《消费文化时代的性别想象——当代中国影视流行剧中的女性呈现模式》，上海世纪出版集团，2008。

2. 学界研究匮乏的原因

模式研究在电影研究领域并没有引起足够重视的原因在于：

首先，模式研究、关注剧作模式多为创作者，从剧作理论谈论模式的作者要么是导演、要么是编剧。一百多年前的李渔要求在更广泛的范围内总结剧作的法脉准绳，他关于创作经验的理论概括匮乏的原因的论述当今依然有一定的现实意义。他将原因概括为三点：一是剧作艺术中许多“最上一乘”的道理往往只可意会、不可言传。二是戏剧艺术的道理灵活多变，常常因戏而异，因角色而异，因风格而异，很难硬性规定应该怎样不该怎样。三是戏剧家们出于私心，生怕把剧作的法脉准绳公之于众。对此，他说过一段比较大气的话：“文章者，天下之公器，非我所能私也；是非者，千古之定论，岂他人所能倒！”[1]关于出于私心这层，在日本能乐泰斗、剧作家世阿弥的《风姿花传》中也出现过，他的喜剧理论，全是子孙相传的“秘传书”，“像在密室里向儿孙细语面授，而他的子孙们也只能在‘雪夜闭门读禁书’那样的气氛中庄严地开卷、默记”[2]。

另外，这一领域的研究匮乏也与国情有关，受长期以来意识形态的影响，我国电影负载了过多的教化功能，无论是“文革”时期“不求艺术有功，但求政治无过”，还是之后对于电影娱乐性的反复讨论，都说明了这一理论没有被大大方方提出来讨论的时代原因。我国对电影的商业属性、娱乐特性的讨论在20世纪80年代末才开始。“在新中国成立后，电影界在中国既定方针的领导下，有意识和有步骤地开展了一场声势浩大的清除好莱坞的运动”，[3]开展了对好莱坞电影巨大精神毒害的激烈声讨，强调它的危害性和毒害性。新中国成立后大量翻译苏联影片，建立了一支苏联电影理论队伍，并非针对商业市场。这也是“模式研究”在我们这里滞后的历史原因。

1　李渔：《闲情偶寄》，上海古籍出版社，2000。

2　余秋雨：《戏剧理论史稿》，上海文艺出版社，1983。

3　饶曙光、邵奇：《新中国电影的第一个运动：清除好莱坞电影》，《当代电影》2006年第6期。

在国外，存在成熟的类型学的研究。比较著名的有大卫·波德威尔的《电影艺术：形式与风格》，包含关于古典电影叙事原则与常规的论述，零散地谈到了对于影片剧作模式的关注[1]，10年后，他在国内2018年1月出版的新书《好莱坞的叙事之道：现代电影中的故事与风格》（*The Way Hollywood Tells Its Story and Style in Moden Movies*）中，系统描述了好莱坞叙事经典策略，对三幕式模版、人物转变理论、约瑟夫·坎贝尔的“原型理论”做出系统梳理，其中，对克里斯汀·汤普森的《新好莱坞如何讲故事》示范“如何按人物目标的跌宕起伏这个单一准则来划分情节”进行分析，探讨“这些千变万化的题材和主题值得一一研究，但是好莱坞传统作为一个整体需要知道的是如何根据自身需求将这些千变万化统统吸收同化进来的”。[2]除此，近年出版的涉及剧作模式的著作除剧作指南之外，还包括《写给未来的电影人：编剧系列》《故事情节设计：从生活中提炼创作的金点子》（Jen Grisanti）《故事策略：电影剧本必备的23个故事段落》、《编剧的内心游戏：成功影片的故事形式》（Sandy Frank）、《电影叙事节奏：编剧必备的120分钟设计技巧》（Todd Klick）等，以及《电影化叙事：电影人必须了解的100个最有力的电影手法》（詹妮弗·范茜秋）、《电影中的符合叙事》（Peter·F·Parshall），这类著作要么从编剧实践出发、揭开写作面纱、读解创作规律，要么总结某一类的影片的创作特征，不同程度地观照到电影剧作结构模式、情节模式、人物模式，对于当下丰富现有的电影剧作理论、认识电影剧作的新观念，具有学术与实践的双重意义。

1　大卫·波德威尔（David Bordwell）：《古典好莱坞电影：叙事原则与常规》，载《叙事，机器，意识形态：电影理论读本》，哥伦比亚大学出版社，1986；大卫·波德威尔（David Bordwell）、克里斯汀，汤普森（Kristin Thompson）：《电影艺术：形式与风格》，世界图书出版公司，2008，第三章“开场、结尾和剧情发展的模式”。

2　大卫·波德威尔（David Bordwell）：《好莱坞的叙事之道：现代电影中的故事与风格》（*The Way Hollywood Tells Its Story and Style in Moden Movies*），世界图书出版公司，2018。

三、模式研究对于中国电影的特殊意义

（一）好莱坞模式与苏联模式的影响

好莱坞情节剧对中国早期影片有启蒙意义，并在20世纪初始年代后的很长一段时间里，对中国无声电影产生了较大影响。总的来说，20世纪30年代到50年代，这一时期的中国电影模仿的是好莱坞模式。根据中国学者研究："1934年有421部影片在国内放映，其中有364部来自美国，占进口影片的88%，这个364的数字与好莱坞那一年生产的长故事片总数目基本一致。这个数字说明，从20年代到30年代，好莱坞出品的百分之八九十的影片都会在中国得到发行放映。"[1]从电影史打量中国50年代以来的"十七年电影"，受到苏联模式的影响较为显著，不仅大量苏联影片得以译制，戏剧、理论界更是引进了苏联的电影理论，如斯坦尼斯拉夫表演体系，无论从戏剧到电影界都深受影响，电影创作领域概莫能外。

除了苏联电影的影响，有学者指出："中国本土电影的叙事策略、影像风格以及主题倾向，都在某种程度上受到好莱坞的影响或者是应对好莱坞的强势而发展起来的。了解中国电影传统，不能不谈到好莱坞在中国的传播和影响。"[2]例如，刘别谦的喜剧深刻影响了朱石麟与桑弧导演。20世纪20年代中期，随着欧美影片的盛行卓别林和刘别谦旋即成为影人学习与仿效的对象。有研究者指出："《巴黎一妇人》启发了郑正秋的《上海一妇人》，而刘别谦的《循环夫妻》《母女争宠》则引发了都市婚姻题材影片，像任矜萍的《新人的家庭》、朱瘦菊的《连环债》等在叙事上都对《回转姻缘》有所借鉴，洪深、陆洁和史东山都被舆论认为有刘别谦之风范。"[3]电影编剧芦苇曾提到：在故事叙事上，认为中国导演最棒的就是第二代，

1　饶曙光、邵奇：《新中国电影的第一个运动：清除好莱坞电影》，《当代电影》2006年第6期。

2　萧知纬、尹鸿、何美：《好莱坞在中国：1897—1950年》，《当代电影》2005年第11期。

3　秦喜清：《刘别谦与洪深早期电影的得失》，《当代电影》2008年第6期。

是拍《乌鸦与麻雀》《八千里路云和月》的那一代。[1]

20世纪30年代，好莱坞的伤感通俗剧模式作用于30年代的中国电影，获得了更多的城市观众。中国电影的艺术质量和制作水准得到很大提高。在20年代或在这之前更早的时间里，中国电影观众的欣赏口味和习惯在更大程度上受到戏曲、流行小说的影响，形成了独具特色的“影戏”观。同时，好莱坞电影的盛行对中国的电影观众和制片人都有极大冲击。20世纪30年代，也是中国电影界对外国电影经验第一次大规模学习和借鉴的时期，除了苏联电影的革命思想和蒙太奇的电影思维方式和艺术表现技巧，好莱坞的技巧理论也被大规模介绍到中国。在40年代中国喜剧创作高潮中，当时最卖座的喜剧影片《假凤虚凰》，严格遵循了好莱坞情节剧的叙事规则，无论影片《假凤虚凰》还是桑弧导演的《太太万岁》，均被业内人士及研究者认为深受刘别谦影响。

20世纪30年代的左翼电影与20年代的流行通俗剧之间是有紧密关系的，皮克威兹定义左翼电影为“经典通俗剧和初级马克思主义的联姻”[2]。而所谓“初级马克思主义”指的就是“劳动大众和同情劳动大众”。他认为：“现在中国电影体现着一个通俗剧传统，这可以从‘修辞的过度，夸张的表演和道德上的强调等方面看出来，他的目的不是为了针砭单调的日常生活。相反，他试图把一群多是非的观众带入善恶的基本冲突中区，这冲突就发生在日常生活的表层之下’。因此，通俗剧向难缠的问题提供清晰的答案，对于趣味不高非知识分子的城市流行文化消费者来说特别有吸引力。”[3]

在30年代的剧作中，导演根据夏衍等左翼剧作家撰写的剧本更像是一个“剧情说明书”，再一次为依据创作出具体脚本。有学者指出“在故事

1　芦苇、王海兵：《电影编剧的秘密》，上海交通大学出版社，2013，第48页。

2　诺斯：《中国的电影市场》，载《上海摩登——一种新都市文化在中国1930—1945》，李欧梵、毛尖译，北京大学出版社，2001，第117页。

3　同上。

层面带给观众一种新的叙事模式——描写那些活在有限的城市空间中的小市民，以此来折射社会等级。并用善、恶世界之间的比较来隐喻城市和乡村。在这种新的叙事结构中，城市——映射上海——越来越染上灰暗的色调，成为反面形象；而同时乡村则日益成为电影自我指涉的城市模式的理想‘他者’。简言之，电影开始表现乡村出身或乡村的小人物，讲述他们的经历，讲他们如何不断成为尘世环境的牺牲品。”[1]比如《压岁钱》《马路天使》，这些剧情设置，乡村与城市人物的二元对立设置，与好莱坞通俗剧模式有高度的相似。有学者指出：无论是《马路天使》，还是参照了好莱坞电影《歌剧魅影》创作的《夜半歌声》，“这些影片在票房上的成功也许并不在于它们那些外加的爱国主义和革命性的政治寓意，而是好莱坞类型片中固有的戏剧冲突以及源自中国本土戏曲传统的一波三折式的情节结构”[2]，并进一步指出“它们在剧作模式上曾大大方方地借鉴过好莱坞情节剧的模式，并且在不同的程度上使之‘中国化’了”[3]。而就十七年革命历史题材电影创作而言，苏联同类题材电影的影响则更为直接。苏联的“革命历史题材”影片为“十七年”电影树立了榜样，[4]“革命历史题材”影片是苏联电影艺术成就的重要组成部分。在20世纪20年代，《战舰波将金号》和《母亲》将苏联电影推向了世界，奠定了30年代苏联社会主义现实电影创作的基础，如30年代的《夏伯阳》，“解冻”之后，苏联的“革命历史题材”电影创作再次活跃起来，新的视角、新的观念这类题材的影片广为国人所知，如《第四十一个》《雁南飞》《士兵之歌》《伊万的童年》等。我国的“十七年革命历史题材”电影在战争性质的表现上，学习、借鉴的是同类型苏联影片，比如“三突出原则”，在革命化的叙事程式中，不难发现它与苏联电影之间的师承关系。综上，由于电影是一种舶来品及电影

1 张巍：《中国电影编剧史研究 电影编剧卷》，中国电影出版社，2006，第84页。

2 同上。

3 同上。

4 洪宏：《苏联影响与中国“十七年”电影》，中国电影出版社，2008，第五章“革命化叙事与历史的重塑”。

艺术的发展日新月异，中国电影史中，学习成了一个重头戏。

（二）剧作模式与当下电影市场

从1995年引进大片以来到2001年加入世界贸易组织，中国的电影市场正不可避免地逐步嵌入到一个全球化的体系当中，市场和观众成了中国电影制作业必须直接面对的迫切而严酷的现实。能够引起观众新的消费行为的电影，电影经济行为学称其为“产品电影”，导致电影诞生的是一种经济行为驱动的科技行为，电影艺术只能建立在电影工业基础之上。

所谓条条大路通罗马，无论何种形态的剧作，要生存发展，就一定要跟某种市场定位挂钩，根据不同的制片目的，提供不同的产品供应。在这样的时代背景下，模式研究也是构建中国电影商业美学的基石。

作为电影创作者，首先需要借鉴和吸收类型电影的剧作规律，研习、揣摩模式，创造新的模式形态。首先是熟悉、了解不同的模式，创作是建立在模仿之上的，只有充分熟悉模式、掌握剧作规律，才有可能在这基础上创新。

同时，需要研究观众心理的深层结构和剧作叙事之间的对应缝合关系。剧作模式自身是有很强的规范技巧，忽视对这些规则和技巧的研究，很难精准娴熟地应用艺术规律。电影的娱乐功能本来与生俱来，在中国却需要反复验明正身，对电影本性的认识许多年来在理论和创作上一直存在着一个盲区。当下，模式研究恰恰是构建中国电影商业美学的客观要求。[1]

综上所述：

模式之于电影研究意义非凡。

对于电影剧作而言，是可以进行分类的。

对于理论研究而言，是在不同模式的基础上切入的。剧作模式的根源在人类学。

1　威尔·赖特：《流行故事中的英雄》，王俊花译，《世界电影》2008年第2期。

时下，要站在新的角度重新看待模式，确立模式之于电影的新观念。

模式与剧作规律、观众心理、创作个性、剧作创新有内在的联系。

电影剧作的创新是在模式之中的创新，不可能完全脱离旧有的模式。每个时期不同的文化压力是模式演化的平台。

研究模式，其实是掌握故事结构的捷径。模式不只是公式，而是对公众有吸引力的一些故事。对于创作而言，这种吸引力不容忽视。

模式研究也是构建中国电影商业美学的客观要求。中国的情节剧电影正是在不同的社会语境、文化压力的平台中，在时代的发展中渐渐成长起来，而如何通过打破旧有框架、使之不断被注入时代内涵、满足观众期待，不断将远古时代的原型复活，与现代人沟通，从人类学角度解释即有“原型”艺术根源，事关当代艺术的探索和创新，使情节剧古老的模式始终与时代的发展相依相随，这既是古老的情节剧长盛不衰的奥妙所在，也是诸多类型电影、剧作模式研究的逻辑起点。

第一章

多学科视野中的模式与电影

第一节　模式与母题、原型、类型的关系

一、模式与母题的关系

（一）母题的概念

在故事学中，我们常常遇到“母题（motif）”这个概念。这一概念来自民间文艺学界。20世纪30年代中期，由于世界各国民间文学资料的大量发掘，民间文学理论研究的热点问题涉及对这些资料的系统分类。出于民间文艺学时代发展的迫切要求，民俗学家斯蒂·汤普森在完成增订阿尔奈索引的过程中，感到以情节为单位对民间故事进行分解编制索引，难以满足寻检和研究的需要。他提出：有必要把情节再进一步分解为更细小的单位——“母题”。

国际民间文艺学界通常把“母题”看作是民间叙事作品中最小的情节元素，它在民间叙事中反复出现，在历史传承中有独立存在能力和顽强的继承性。理解母题的关键在于理解它的重复意义，这种重复的意义从文化

的角度是值得认真分析的。

在1946年出版的理论著作《民间故事》中，汤普森对母题的内涵进行了界定："一个母题是一个故事中的最小元素，它具有在传统中延续的能力，为了有这种能力，它必须具有某些不寻常的和动人的力量。"[1]"母题"这个中文译名，大约是30年代下半期开始使用的。关于母题是否可以作进一步分解，一些学者（如世界著名的民间故事研究家普罗普）提出了不同的意见[2]，母题，也可能是一种意识。德国学者顾彬认为德国哲学的母题是黑格尔的"不幸意识"。[3]

所谓母题，就是美国口头程式理论所谓的"大词"（Great word）。母题、大词都是指的民间歌手、故事家在口头叙事时所使用的程式化的素材，或故事家、歌手据以在表演中编创时能够调动的"质料"，这些母题、大词就是储备在歌手、故事家的叙事武器库中随时可以取出来重复使用的那些东西[4]。

（二）模式与母题

维谢洛夫斯基将情节理解为母题的综合。一个母题可以归属于不同的情节。他认为："母题是原生的，情节则是派生的。"母题是不能再分解的叙事单位，"母题的标志是它的形象的、成分单一的模式论；这就是最初级的深化和不能再分解的元素。"[5]"母题的特点就是重复出现的因素。正是这一特点，决定了母题的数量有限。"[6]对照模式与母题的关系，可见，二者有相似之处，就情节套路而言和创作手法而言，其相似之处，都集中

1　汤普森：《世界民间故事分类学》，郑海等译，上海文艺出版社，1991。

2　比如维谢洛夫斯基认为母题已经不能再分，"母题是不能再分解的元素"，有学者把根据母题的类别"原型母题，情境母题，文化母题"等，把母题又分为不同的元素，等等，见王志敏：《现代电影美学体系》。

3　《三联生活周刊》2011年第8期，第29页。

4　李林：《试论民间叙事中的母题》，《安徽文学》2007年5月号。

5　弗·雅·普罗普：《故事形态学》，中华书局，2006，第11页。

6　王志敏：《现代电影美学体系》，北京大学出版社，2006。

在“反复出现、普遍惯用”这点上，具有普遍性、可重复性、延续性。二者都建立在分类学基础上。它们的出现，是人类寻求规律的结果，也是人类重复性文化策略在艺术作品中的渗透和表达的结果。母题是不可再分、原生的叙事单位，而模式代表着同一类事物的共同特征。在《世界民间故事分类学》中“民间故事的形式”章节中，被分为“童话故事”、“英雄故事”、“圣人故事”(被认为是通行于全世界的一般叙事模式)、“解释性故事”、“神话”、“传奇”等口头叙事的不同术语，它们互相融合，当故事超越时空或地区、族群差异时，在风格与叙事目的上经历了变化多端的转化，因为故事的情节结构比其形式更稳定、更持久。

二、模式与原型、类型的关系

(一)模式与原型

模式与原型也是一组类概念。原型理论来自著名心理学家荣格在他的“集体无意识”理论基础上提出了“原型意象(Original Image)”(或“原始意象”)的概念，具体指神话、宗教、梦境、幻想、文学中不断重复出现的意象，它源自民族记忆和原始经验的集体无意识。这种意象可以是描述性的细节、剧情模式，或角色典型，它能唤起观众或读者潜意识中的原始经验，使其产生深刻、强烈、非理性的情绪反应。他认为：原型是人心理经验的先在的决定因素，促使个体按照他的本族祖先所遗传的方式去行动。人们的集体行为，在很大程度上也是由无意识的原型所决定的。由于集体无意识可用来说明社会的行为，所以荣格的这一概念对于社会心理学有着深远的意义。荣格认为原型有许多表现形式，但以其中四种最为突出，即人格面具、阿尼玛、阿尼姆斯和阴影。

具体地说，“集体无意识是从人的祖先的往事遗传下来的潜在记忆痕迹的仓库”，是“经过许多世代的反复经验的结果所积累起来的剩余物”[1]。荣格集体无意识的内容则是所说的“原型”，他这样表达原型的概念：“与集体无意识的思想不可分割的原型概念指心理中的明确前形式的存在，它们总是到处寻求表现。”他指出：“原型是领悟（Apprehension）的典型模式。每当我们面对普遍一致和反复发生的领悟模式，我们就是与原型打交道。”[2]原型观念经常被误解，它源自不断的观察、发现，比如神话、传说和世界童话里有无人不知的明确主题，在一些幻想、梦、精神错乱现象和白日梦中也会出现这些主体，这些典型的意象和联想就属于原型观念（archetypal ideas）。

荣格认为：“我们身上神性的那一部分，将以非物质的形式永存下去。关于太阳的比喻一再向我们显明，人类心理能量就是众神的原动力。这是属于我们的永生，借着这个链接，人感到自己与一切生命的延续性融为一体，永不泯灭。心灵的生命就是人类的生命。既然个人在生理学意义上只是由母体掰下扦插的一根枝子，那么我们就可以说，发自潜意识深处的生命泉水，是由整个人类的根部汩汩涌出的。”[3]

在原始人心理学中，原型与“集体表象”概念相符[4]，原型强调两方面的必要条件：一方面它必须是负载集体共同的心理经验，而非个人的；另一方面它必须是表象的，而非抽象概括的。荣格原型的论述是十分强调这两个必要条件的，他说：“原始意象或原型是一种形象，或为妖魔，或为人，或为某种活动，它们在历史过程中不断重现。”又说，“谁讲到了原始意象，谁就道出了一千个人的声音，可以使人心醉神迷，为之倾倒。”可见原型、母题、模式之间在“存在着共同的经验”这点上，是一致的。

20世纪60年代，以原型为特点的原型批评正式确立，受益于以弗雷泽为代表的文化人类学、以荣格为代表的分析心理学，和以卡西尔为代表的

1 引自舒尔茨：《现代心理学史》，人民教育出版社，1981。

2 荣格：《文学与心理学》，人民文学出版社。

3 荣格：《转化与象征》，世界图书公司出版社，第172页。

4 荣格：《集体无意识的概念》，载叶舒宪选编《神话–原型批评》，陕西师范大学出版社，1987。

象征哲学。荣格认为："象征物绝非某种已知物的符号或喻象；它更多的是要表达某种人所未知和所知甚少的东西。所有这些象征物的对比基础乃是力比多，其意义的耦合点在于，它们都是同一样事物的喻体。我们常常太多实在地看待神话象征，被各种神话之间无穷无尽的矛盾之处搞得晕头转向。但我们总是忘记，无论何种意象，其实都是潜意识创造力给自己裹上的一层外衣。"[1] 从意识的角度说："意识的发展的必然结果不仅仅是与母亲的分离，而且要与父母和整个家庭圈子渐渐疏远，从而也在一定程度上与潜意识和本能世界分隔开来。然而，人的内心却始终保持着对这个失去的世界的渴望，当需要面对艰难的适应之际，这种渴望总会冒出来诱惑人选择逃避和后退，退回到往昔的童年时代，而乱伦象征也开始从往昔的源头不断涌现。假如这种诱惑表现得清清楚楚，那么人也可能凭着意志的顽强毅力，摆脱它的纠缠。但它偏偏是云遮雾罩，不肯以真面目示人，因为人只有与本能取得一致，才能达成至关重要的新的适应与人生定位。若做不到这点，任何成就都是昙花一现，是意志的搐动造成的虚假产物，长远来看，这个人并无生活的能力，谁也不能凭着纯粹的理性把自己变成某种样子。人只能变成他潜能中有望成为的样子。当这样的变化成为必要之际，先前的那种已经有所衰退的适应模式在潜意识中被另一种模式的原型所补偿。如果意识头脑此时能够以一种有意识的、适当的方式成功解读显现出来的原型，那么接下来发生的变化就将是有存续力的。"[2]这是关于意识与原型之间关系的清晰注脚。

（二）人类学视野中的模式与类型

类型（genre），是具有共同特征的事物所形成的种类。《简明不列颠百科全书》的定义为："一种分组归类方法的体系，通常称为类型。"[3]类型

1　荣格：《转化的象征》，国际文化出版公司，2011，第172页。

2　同上，第200页。

3　《简明不列颠百科全书》中文版第五卷，中国大百科全书出版社，1986，第184页。

（genre）一词源自法文，指的就是种类、样式，和生物学上的“属”字有关联（用来为动植物区分群组）。

《原始分类》中提到：“我们现今的分类观念不仅是一部历史，而且这一历史本身还隐含着一部值得重视的史前史。实际上，我们可以毫不夸张地说，人类心灵是从不加分别的状态中发展出来的。”[1]“目前已知的最简单的分类体系，乃是在澳洲部落中所发现的分类体系。每个部落都分为两大基本的部分，我们均称之为胞族（phratrie）。每个胞族都是由一定数量的氏族组成的，而氏族则是由相同图腾的个体所组成的群体。”通过这种方式，“部落的所有成员都被划分到了一个确定的范畴之中，这种范畴是彼此封闭的。而事物的分类则再现了人的分类”。[2]他们提出：“分类仍然是以相同的方式构想出来的，这里，我们不过是从另外一个角度来看待分类的构造关系而已”。[3] 该书表明：“在有关逻辑活动之构成及其功能的问题上，社会学可谓是拨云见日，普照光明。我们对分类做出的探索，同样适用于其他功能或有关知性的其他基本观念。这种方法同样可以帮助我们理解因果观念、实体观念以及各种各样的推理模式等等都是怎么样形成的”。[4]这些理念对于我们思考剧作模式、母题、类型提供了新的思考维度与探索空间。

按照这种分类方式，类型包含一个或多个母题。在关于电影剧作的研究中，“类型”这一术语的使用率远远超过“模式”。当我们说到电影类型，指的是特定类别的电影，比如科幻片、动作片、喜剧片、歌舞片等等。而电影类型则是一种创作和观赏、反应的程式，这实际就是电影的格式塔，是一种整体上的创作和接受、反应心理模式。“它是一种艺术语言的规范和审美创造接受的心理架构，是一种心理模式。”[5]由此可见，母

1　爱弥尔·涂尔干、马赛尔·莫斯：《原始分类》，上海人民出版社，2000，第5页。

2　同上，第13页。

3　同上，第23页。

4　同上，第94页。

5　郝建：《电影类型学》，北京大学出版社，2002，第32页。

题、原型、类型之间的相似关系。母题囊括了各种角色、事件及时间背景，原型常常涵盖母题。在电影研究领域中，电影类型是一种或各种母题的组合，是各种情节模式、结构模式、人物模式的综合体。而无论是母题、原型、还是程式，它们在“反复出现、普遍惯用”这点上是相同的，也是模式的类概念。

当我们从人类学的分类角度考量，可以获得新的解释，“科学分类的历史，就是社会情感的要素逐渐削弱，并且一步步地让位于个体反思的历史。然而，这并不是说，时至今日我们已经感觉不到我们所研究的这种久远而来的影响了。它们遗留下来的东西依然存续，它们始终在场；它们是一切分类的框架，它们是心理积习的汇总；正是由于这种积习，我们才能使用并列的或有等级的分类形式来思考事物与事实”[1]。这些社会情感的“始终在场”“是一切分类的框架”，既影响着人们对于剧作模式、故事学中的母题、原型、程式的认知与接受，也是人类学角度对模式的学理溯源。

第二节　模式与不同叙事艺术之间的关系

一、模式与叙事艺术

在论述模式与电影之间的关系之前，有必要简要考察一下模式与其他不同的叙事艺术之间的关系。比如视觉叙事、民间叙事、传统诗歌、传统小说等。这里的模式是指通常意义上的“大模式”，当然也包括电影模式。

1　爱弥尔·涂尔干、马赛尔·莫斯：《原始分类》，上海人民出版社，2000，第13页。

（一）模式与视觉叙事的关系：死生事大

视觉思维是人类思维最早的形式，在整个人类文明文化发展中的数万年以来，绝大多数的视觉材料都出现在摄影术发明之前，有的甚至是存在于它发明几万年以前的古代。人类的创造形象和视觉资料的能力几乎和人类的存在本身一样古老。人类用图像开始记录、表达、传播信息，创造视觉性叙事符号并产生大量是视觉文化的行为，从很早就开始了。在文字产生以前的漫长岁月里，是人类漫长的读图时代。“人类从能用图来标示记录实物和思想进化到有了较为成熟的文字系统大约经历了六至七万年，人类用图来标记、传递思想。制图和读图曾经是推动人类文明的唯一杠杆。”[1]从某种程度上说，把人类同动物区别开来的是文化，是符号。文化，说得通俗一点，就是符号化。我们人类创造了很多符号化、仪式化的东西来规范、神圣我们自己。

大量人类学对视觉资料的研究表明，原始艺术中的雕塑本身是为了实用而非审美。无论是已经被发掘出来的各种洞穴岩画、远古雕塑和其他手工艺等考古物品，在当时依然具备扎扎实实的实用功能，类似于日历、教材、宗教记录、法律告示，甚至是族群生活的百科全书。那些视觉资料，就相当于他们当时的文献纪录片、他们的《山海经》《清明上河图》、他们的《史记》，那里面凝结和保存了先民们所有的生死歌哭。

在人类最早期的绘画和其他造型艺术中，大都只有动物而没有人类的形象。上古原始人最早的视觉作品中的表现主题往往只有他们日常接触中的中小型的食草动物，到了后期开始有较大型的食草动物，但较少出现凶猛的食肉动物。相当晚的时代，才出现了人类图形，而且有的是半人半兽、或兽与植物、人与植物的集合，以至于研究者较难分辨到底是人扮兽、人兽结合还是类人的形象。近代人类学的考察发现：这些绘

1　王海龙：《视觉人类学》，上海文艺出版社，2007，第15页。

画动物形象跟他们的生命有直接关联，与当时的狩猎生存形态紧密相关，而由“植物—小动物—大动物”的岩画演变过程对应的人类获取食物的过程，是原始“饿者歌其食，劳者歌其事”的演变过程体现，这些岩画是当时人类生存状况的记录。而诸多雕塑、岩画中的生殖崇拜是繁殖主题的突出和深化。从“食物生产”到“种的生产”，这是一个从原始岩画、洞穴画就一以贯之的与劳动平行的主题即性的主题，永远存在于人类的作品中。

近代人类学的研究成果发现艺术起源的一种可能性就是人类想要超越死亡，将自己的形体或思想永恒地保存下来。戏剧的形成离不开年复一年的祭祀庆典，悲剧从人牲祭仪中孕育、诞生，它所模仿的，是人的牺牲、生活、幸福，经过漫长旅程从祭坛从向剧坛。希腊雕刻艺术尽情展示着人类形体和思想的美好，想要以艺术上的永恒来超越生命的苦痛。西藏唐卡中反复出现的英雄人物与神迹，化为整个民族精神家园中不死的精魂。秦皇兵马俑以浩大阵容乞求来生的永恒，法老金字塔希望通过保存不烂之身来祈求永生。人类生命的魅力竟然是由介于求生和向死之间的形形色色的不同情感构成。德国哲学家卡西尔指出：“在原始思维阶段，死亡并不是意味着灵魂与肉体的分离，死从来不是存在的消亡，只不过是转化成了另外一种存在的形式而已。”[1]

在人类视觉文化的长河中考察模式，我们会发现在题材模式上有些主题被反复言说：生、死、爱的主题。以及与之相关的生本能、死本能、战争、爱情的主题等，这些题材模式的描绘从未间断，是前后相继的传承，从洞穴壁画、陶器的歌颂爱情到生殖崇拜的诸多雕塑品，爱与死的主题被反复言说。对电影而言，这些亘古连绵的视觉主题也随之延续至今。它来源于世世代代的人类生活，重现于银幕之上。

1　卡西尔：《人论》，作家出版社，2006，第157页。

（二）模式与民间叙事的关系：真戏出民间

民间叙事是相对于文人叙事而言，清晰可见各种差别。不仅是叙事者身份不同，一个来自群体，一个源自个人。民间叙事则是在传播扩展与代代相承中聚合众力而成，文人叙事即使是集体编著，也是单个的相加；从时空角度打量，在各民族产生语言之前，人类进入部族、部落阶段，在未分化的初民心灵中，原始神话、原始宗教已然成为最早的民间叙事。由此，可见“影视通巫术”的实践来源和理论基础。

从心理学角度看，囊括了说唱、歌谣、故事、戏曲、祭祀等综合艺术形态的民间叙事既是为了满足人类的高级需要，又是为了满足人类的低级需要。民间叙事的艺术加工，更多的是反映了集体无意识，而模式化则是民间叙事的重要特征。

民间模式深刻影响中国古代戏剧创作、对文学创作也有深远影响，也深刻地影响了中国早期电影。“两耳不闻窗外事，一心只讲儿女情”的“蝴蝶鸳鸯派”市民文学对中国早期电影剧作影响深远，从类型观念到情节剧的创作方式，它“不仅确立了早期中国电影的基本叙事模式，而且成为百年中国电影创作中不断承袭并衍进发展的重要传统”[1]。纵观中国民间艺术，从民间故事到古代戏曲、说唱艺术、民间舞蹈，无不从民间模式中获得了部分的生命，可谓“真戏出民间”。中国戏曲的根基在民间，而民间戏曲中的模式化创作又是一个非常突出的现象。模式创作制约着民间戏曲提升到一个更高的层次，但模式化创作也使民间戏曲保持着那种质朴的活力。

阿来在《文学表达与民间资源》里提到：“在藏族普通百姓的生活中，文字的影响是极其微弱的。在漫长的历史过程中，书面文字深藏于寺院红墙之中，被人为地神秘化了，远远地脱离了老百姓的日常生活。于

1　张巍：《鸳鸯蝴蝶派——文学与早期中国电影情节剧观念的确立》，《当代电影》2006年第2期。

是，一切需要传承的集体记忆，比如部族的历史，村落的历史，家族的历史，只是永不休止地在口头传递。一个少年，坐在冬日温暖的火塘旁出神地聆听。日子一天天过去，这个少年终于老去。于是，在自己高大坚固的家屋里，在火塘旁，他又向这个家族新一代的少年人传递这些故事。每一个人都在传递，更重要的是，口头传说一个最重要的特性就是，每一个人在传递这个文本的时候，都会进行一些有意无意的加工。增加一个细节，修改一句话，特别是其中一些近乎奇迹的东西，被不断地放大。最后，现实的面目一点点模糊，因为众多的奇迹、传说，一天比一天具有更多浪漫的美感，更加具有震撼人心的情感力量……”[1]而这些具有情感力量的传说，成为阿来创作的依托。从社会生活的角度讲，费孝通也在《乡土中国》中提到过，乡土中国是个熟人社会。从每个人可能得到的经验，是同一方式的反复重演。同一戏台上演着同一个戏，这班子里演员所需要记得的，也只有一套戏文。他们个别的经验，就等于世代的经验。经验无须不断累积，只须老是保存。这是从社会学的角度诠释其生存土壤。

模式化也是属于民间叙事的一种本质特征，同时也是民间叙事独具的优势所在。 有研究者指出：“无论怎样复杂精致的艺术样式，只要不想脱离大众、一味孤芳自赏，你就不能不留意于原生态的民间叙事，特别是它的模式、母题之类，因为那里不但有取之不竭的素材源泉，而且它始终牵动着广大民众的心，因而是你成功与否的一大关键。这一点，不但表现于戏剧，也屡屡为当代影视作品的成败所证明。”[2]

（三）模式与诗歌艺术的关系：意境密码

中国是个诗的国度，诗歌有严格的格律限制，在这些格律限制中，无数的诗歌在其中诞生。在我们民族诗歌的长河中，有些词汇的重复出现频率是非常之高的，由它们构成反复出现的意象、称为约定俗成的情境，数

1 阿来：《文学表达与民间资源》，《民族文学研究》2001年第3期。

2 程蔷：《民间叙事模式与古代叙事》，《文学遗产》2005年第5期，第143页。

不胜数。比如“芳草斜阳”“杜鹃啼血”“折柳送别”“香草美人”“浮云蔽日”等，这些都是作为艺术符号，来表现我们这个民族的某些典型的、共同的人生体验和人生情境。这些反复言说、流转不居的题材模式（或曰原型意象）千古不衰，比如“杜鹃啼血”整合了人们凄然望归的情感体验，为这种情感体验赋予了恰如其分的形式，这种题材模式就会不断地为后来的诗人所用，并加以个性化的再创造，也就是引起人们的反复认同。荣格说：“这些原始意象给我们的祖先的无数典型经验赋以形式。可以说，它们是无数同类经验的心理凝结物。”[1]通过这些题材模式的反复应用，唤起读者共同的情感体验。

在我国影视作品中常常出现月夜这个场景，这与我们民族的审美心理是分不开的，在影片《一江春水向东流》中几次出现的一轮明月不仅是自然景物作为消极剧情的发生时间出现的，而且是作为剧情的积极参与者而存在的。无论是在《天亮前后》还是在《离乱八年》，都传达出了离乱中的国难家仇和人物的凄苦无助。而望月怀乡意象古已有之，杨绛说过：“我爷爷曾讲：我也不知道哪国的月亮圆，只知道没有哪个国家写过像中国那么多的月亮诗。一个有修养的中国人，无论走到哪里，就会想起自己的家乡。”这里的“就会想起”，就是对于文化密码的下意识解读。无独有偶，在话剧《李白》中的最后一幕的布景，舞台的正中央即设计成一轮满月，李白独立于这轮圆月中间，为千古诗仙“仕而不能，隐又不甘”的人生遭际勾画了一笔诗意的注脚。

（四）模式与传统小说的关系：全知全能

中国古代小说大都借用一个全知全能的说书人的口吻，而且采用主流的顺序叙事，这与中国电影的顺叙叙述手法一脉相承，成为后者在叙事试点与叙事顺序上的传承关系。不仅如此，中国电影观众对传奇的热爱、

1　荣格：《集体无意识的概念》，载叶舒宪选编《神话–原型批评》，陕西师范大学出版社，1987。

“无巧不成书”的传统，与传统小说也有渊源关系。

中国早期电影的营养来自传统戏曲、流行小说，形成了独特的“影戏传统”。大多数早期的中国电影采用顺叙性的叙述，这种叙事传统与中国传统文化的叙事视角一脉相承。中国古典小说多采用顺叙叙事和全知视角，这种叙述方式可追溯到《左传》，它不但影响了编年体史书的体裁，而且对后来的唐宋传奇、元戏曲和明清话本小说影响深远。小说论者陈平原在对中国古典小说做详尽研究后提出：“20世纪初接触西洋小说以前，中国小说基本上采用连贯叙述的方法。”[1]这种顺序性叙事和全知视角对中国电影影响深远，常常用字幕提示时光流逝、强调时间跨度的电影在中国相当多见，如《孤儿救祖记》《大路》及《渔光曲》《姊妹花》（字幕提示：一年之后）、《桃花泣血记》（字幕提示“五年之后”）到影片《天云山传奇》《芙蓉镇》《活着》《霸王别姬》，等等。在影片《活着》中，字幕将时空清晰地划分为“四十年代”“五十年代”“六十年代”，都呈现出明显的顺叙手法。

二、模式与心理——模式与不同叙事艺术之间的关系：渗透与传承

（一）模式与情境

在结构主义先驱、人类学家莫斯（Marcel Mauss）看来，他深信观念符号或象征体系为集体心灵所创造之后，便有它自己的生命。莫斯强调“整体的社会事实”之三个层面中，心理的层面可以使我们了解（或表达）其他两个层面，尤其是心智的力量。他更进一步认为“象征”与“符号”是最普遍（共有）的心智状态，更是作为意识的最深层机制。“象征成为一个被引出的鬼怪之后，便有它自己的生命：它活动无穷尽地繁衍它

1　林黎胜、倪震：《中国电影的叙事时间研究》，《北京电影学院学报》1996年第6期。

自己”。[1]由此，莫斯归结出一个论点：社会生活是象征关系的世界。而影视艺术是折射社会生活的万花筒，影视艺术创作过程即是“新的象征”产生过程，这里，“象征自身的生命”也是电影剧作模式成因的人类学读解。

无论人们是否意识到，在艺术的层面考察，模式之于戏剧、小说、说唱艺术到电影剧作都有千丝万缕的联系，关于模式的研究决不可能终止。这中间的奥秘之处就在于：就艺术作品本体而言，作为载体的模式（无论题材、主题、形式、内容），它都与“情境”密切相关，在不同的情境中的模式与情感因素密切相连，恰如艺术是关于情感本性的形式。荣格说：“人生中有多少典型情境就有多少原型，这些经验由于不断重复而被深深地镂刻在我们的心理结构之中。这种镂刻，不是以充满内容的意象形式，而是最初作为没有内容的形式，他所代表的不过是某种类型的知觉和行为的可能性而已。”[2]黑格尔提出：“艺术的最重要的一方面从来就是寻找引人入胜的情境。”电影作品所表现的情感往往是经过升华的有人类共同特点的情感属性，电影情感实际上贯穿着整个电影活动的情感转移过程。周月亮指出：“在诗性的影视艺术哲学看来，赋予不具有情感的外物以浓厚的感情特征正是人的本质力量的对象化，也应该是影视剧打量世界的基本目光，影视剧眼睛恰如悲天悯人的上帝的目光。人心、物情的和谐才是人的生存之道，也是宇宙的正道，从而也应该成为影视剧的制作之道。”[3]

（二）渗透与传承

综上，模式，作为一种隐性结构，在诸种艺术之间或隐或现，潜伏贯穿。与不同的叙事艺术呈现出渗透与传承的关系，它贯穿在民间故事与电影剧作、诗歌艺术与造型意识、节奏把握与视听处理之间。

再如由李准根据自己的小说《李双双小传》改编的电影剧本《李双

1　荣格：《转化与象征》，世界图书出版社，2015，第97页。

2　荣格：《原型心理学》（*Archetypal Psychology*），人民文学出版社，1989。

3　周月亮：《影视艺术哲学》，中国广播电视出版社，2004。

双》，原小说只是一部应时的歌颂农村“大跃进”中妇女办食堂的故事，剧作家凭借对民间艺术的娴熟，将电影的中心事件改写成农村如何发挥妇女劳动正确开展评工记分问题。除却外在事件，这部作品之所以在民间喜闻乐见，其实来自内在的戏核“二人对戏模式”。[1]有学者提出：来自民间表演艺术中的“二人”模式，是民间地方艺术中的普遍形式。这种模式广泛地存在于东北民间题材的小品、笑话乃至影视剧作中。民间戏曲中的“二人对戏”模式非常之多，体现在舞台上有东北地区的“二人转”、流行山西一带的“二人台”，等等。从村口到银幕，形成了巨大的观众心理基础。再如传统小说中的说书人的口吻来自说唱艺术，话本、传奇小说，而早期电影的影戏传统，与民间的传奇故事又存在着莫大渊源关系，民间血脉，千载相连。民间传统艺术中的“二人”对戏的模式，即一个心直口快、泼辣大胆、纯洁乐观的旦角和一个自私胆小、好心善良、趣味横生的丑角所展开的性格冲突的喜剧。“这种内在的人物性格冲突有自身的民间逻辑，办食堂或者评工记分只是外在的代码，或者说是一件披在作品上的外衣，于艺术的真精神无关紧要。这种艺术结构上的民间性，称作艺术的隐形结构。”[2]

类似这种民间的隐形结构，在电影《野山》(1985)中也出现过。故事的背景设置在改革开放初期的偏僻乡村，由于对生活的理解和认识不同，导致了两个家庭的重组，从剧作模式的角度来说，实际上是中国民间戏曲“姊妹易嫁”模式的应用，在以往的戏曲中是屡见不鲜的一个题材。比如广受年轻人追捧的都市古装喜剧话剧《天作之合》(2008)改编自梅兰芳京剧名段《凤还巢》及李渔《风筝误》，其中以“乱点鸳鸯谱”的俗套构成故事框架。再如民间“痴情女子负心汉”的传统模式，在影片《一江春水向东流》《人生》《暖》等影片中也被反复使用，更多地出现在苦情戏类型的情节剧中。这也是“真戏出民间”“影视通巫术”的又一注脚。

1 饶曙光：《李双双——与民间文化及其喜剧精神》，《当代电影》2005年第5期。
2 同上。

第三节　人文视野中的模式与电影剧作

一、模式与电影剧作

（一）模式与规律

“在某个作家的作品中发现一个模式，通常在本科生的论文中不会有类似的发现，而专著似的博士论文中才会更多一点。虽然如此，这仍是评论戏剧或任何艺术论文写作的最终极目标。在个别戏剧作品中发现审美或编剧法意义上的模式，不仅会使被讨论的作品的性质更明确，更是对整个艺术来说都有所启示的亮光。”[1]

——罗伯特·科恩《戏剧》

任何艺术门类自诞生之日起到现在，在漫长的历史长河中积淀而形成的自身独特的表现手法、创作题材的模式，囊括了该领域的艺术规律、表现手段和创作准则，这些创作规律推动也规约着艺术的发展，规律不可违背。作为20世纪的艺术门类电影来说，也存在固有的模式。目前，在电影剧作的创作、应用理论方面，关于电影剧作“模式”文化的研究尚浅，尚未针对不同类型的电影建立深入、系统、清晰的理论体系。我国大学课堂的剧作理论多从文本出发进行批评和读解，着眼于电影批评的范畴。而课堂上的学习，又多是关于艺术电影的教育，对于剧作规律（尤其是商业电影剧作规律）的总结和讲解，则极少有所涉及。

模式和规律是个模糊概念，是很难拆清的。除了艺术，任何事物都有

1　罗伯特·科恩：《戏剧》，上海书店出版社，2006，“戏剧评论写作”章节之“发现模式”段落。

共性，这是分类的自然结果。对于人类而言，探求事物内部的规律是作为高级动物的一种本能。刘一兵老师认为："在电影脱离镍币的天真时代、演化成为一门人们心目中认可的艺术种类的时候，首先借助的是戏剧所积累的数千年的叙事经验，而这些经验就某种程度来说就是剧作规律的一部分。"[1]

从人类学的角度考察，在关于仪式研究的实践、表演学派（Practice and Performance School of Rituals）的研究中，神话与仪式研究者们倾向认为戏剧源于仪式，但是表演学派的研究者们倾向于它们之间双向互动的关系，他们在戏剧和表演的比喻中看到了仪式的潜力，即文化理想模式及其范畴怎样被纳入社会的态度和个人经历中，仪式的表演怎样帮助人们利用、改变和形塑个人的身份和文化价值观。"仪式的表演研究模式的基本特征是：首先，仪式是一种事件，是系列的活动，它们不是简单地表达文化价值观或表演象征文本，而是改变人的观念和阐释，仪式的物质性和感官性须受到重视；其次，仪式是一个'框架'（framing）建构过程。某些仪式或信息建立起一种阐释的框架，用来理解后来或同时的行为（metacommunication），是交流中介。"[2] 仪式质量的呈现，是表演研究者们最为关怀的目的。从这个角度考察，人们走到剧场、电影院的行为本身，也是仪式过程本身，赖声川曾把自己的剧场称为"社会论坛"，人们走进剧场，封闭的灵魂开始相互接触，感受剧场间的能量流动，共享情绪变化过程，理解同时的行为，这里，无论是戏剧场还是影院，都是仪式的发生地与交流空间。这也是对"影视通巫术"的一种人类学解释。

候曜在《影戏剧本作法》里提到："大戏剧家莎士比亚、易朴生他们在最初的时候，也离不了模仿。在文学上，虽不能定出几条金科玉律来，

1　刘一兵：《电影编剧教学笔记系列（七）电影剧作模式论》,《电影文学》1999年第12期。

2　郭文斌、郭建勋：《人类学仪式研究的理论学派论述》,《民族学刊》2010年第2期。

强人遵守，然而前人的经验，也未尝不可供后人参考。”[1]创作的最初阶段往往离不开模仿，这些所谓“前人的经验”，也属创作规律的范畴。将事物成功的因素提炼成为规律，于是模式也随之形成。“每种模式总是竭力反对父辈的模式，并或多或少要求回归到祖父辈模式的某些标准上去。”[2]“有人试图区分匠人和艺术家，他们认为，所谓匠人，就是只能按照已有模式复制产品的人；而艺术家却是在突破模式，是在创新的人。这样的说法大体上是不会有问题的，然而需要看到的是艺术家和模式之间的关系。就传统的艺术而言，首先，必须充分了解和掌握模式，之后才有可能突破模式，否则他们会自以为是突破了模式，其实却仍然在模式中转悠；而当他们创造出了全新的形式之后，那个新玩意就会变成众人竞相摹仿和趋之若鹜的时髦，于是就形成了新的模式。”[3]比如西部片的情节模式是“好人有好报”；强盗片一般采取“坏人无好报”的情节模式；黑色电影的女主角通常会背叛男主角，因为城市的生活只会教会他们背叛和欺骗；恐怖片中的小孩子通常天赋异禀，不管是洞烛先机的能力，或死里逃生的本领，往往出现在小孩身上，大人反而一筹莫展，等等。

弗莱在《原型批评》中提到：“虚构作品的模式在由深化向低模仿和反讽发展时，接近了极端现实主义或表现酷似现实生活的地步。”他提到：“神话模式（关于神祇的故事）在文学的一切模式中最最抽象，最为程式化；正像在其他部门的艺术——例如拜占庭的宗教画——中，相应的模式显示出结构上的最高度的风格化。”[4]恰恰是这些程式化的东西，至今仍然深刻地影响着电影剧作。而从人类学研究的角度看，神话学，也依然是研究影视文化的重要理论武器之一。比如神话学家坎贝尔的“千面英雄”理论直接影响了卢卡斯“星球大战”系列影片的诞生，足以说明神话

1　侯曜：《影戏剧本作法》，载罗艺军主编《20世纪中国电影理论文选》，中国电影出版社，2003，第47页。

2　诺斯罗普·弗莱：《批评的解剖》，百花文艺出版社，2006，第91页。

3　刘一兵：《电影剧作模式论》，《电影文学》1999年第11期。

4　诺斯罗普·弗莱：《批评的解剖》，百花文艺出版社，2006，第190页。

学的生命力与创作之间的不可分割。

（二）规律之一：重复

人类学研究表明："任何人类所直面的、感受到的、接触到的或者所热爱的事物都能够成为一个神显"。[1]伊利亚德指出："神显的时间"同时包含一组变化多端的事物。它可以指举行仪式的那段时间，因此是一种神圣时间，与之前世俗的时间延绵有着本质的不同。它也可以指神秘的时间，通过一种仪式或者知识重复某种原型的行为就可以重新得到这种神秘的时间。最后，它也可以指宇宙的节律（就像月亮的神显），因为这些节律被认为是关于宇宙背后一种基本的神圣力量的启示，亦即显现。因此，事件的某个瞬间或者片段在任何时刻都可以成为神显的时间：它只需要见证到一个力显护着神灵降临的出现——由于重复，因而也能够永远重复而变容（transfigured）、圣化、被人记住。[2]他认为，这些神显的时间每年都会重复。认为它们暂时开启了通往那个伟大时间（Great Time）的大门，也同样使这种巫术-宗教时间的吊诡瞬间进入世俗的时间延续，再现与重复的思想在神话和民间故事中占有重要地位。

彼得·布鲁克指出，排练（repetition）、演出（representation）、观众们（assistance），这三个法语词在英语里也有意义。但法语里的"排练"在英语里就是"重复"（repetition），指向的是创作中的机械运动，通过乏味的行动导向优美的结果。[3]而"重复"，是艺术作品的规则之一。它蕴含着高度浓缩的形式感，是作为情节技巧模式之一种，往往与"节奏"相关的重要美学范畴。文艺理论家弗莱指出："艺术节奏中的重现原理看来是从自然界中获得的，因自然界中各种现象的重复出现才使我们得以去理解时间。围绕着太阳、月亮、四季和人的生命的循环活动，产生一组组

1 米尔恰·伊利亚德：《神圣的存在》，广西师范大学出版社，2008，第15页。
2 同上，第379页。
3 彼得·布鲁克：《空的空间》，中国友谊出版公司，2019，第161页。

的仪式。我们生活经验中每一种重要的周期，如黎明、黄昏、月圆月缺、春播和秋收、春分秋分、夏至冬至，以及人的一生由呱呱坠地、成年、嫁娶到死亡，都有引起相应的仪式。”[1]由此可见，人类学、戏剧理论、文艺理论从神圣性、戏剧排演、自然规律等不同角度对于“重复”这一现象与艺术规则的不同解释，也从不同侧面论证艺术规则与自然、神祇、创作的关系。

从人类学的视角考察这一叙事规则背后的仪式，不难发现人类学关注仪式，在于人们通过仪式与超自然力量相连接，而迷醉、舞蹈、音乐和牺牲经常是仪式的组成部分。“超自然的存在和力量可能包括男神和女神、祖灵和其他灵魂，或一些非人格的力量，这些东西或者单独出现，或者以各种混合形式出现。在任何社会中，都会有一些个别人特别擅长与这些超自然的存在和力量打交道，并在仪式活动中帮助其他的社会成员。”[2]他认为：“对这个系统合理化或加以‘解释’的是神话，其方式与人们在生活世界获得的经验一致”。[3]约瑟夫·坎贝尔认为：神话是意识与潜意识认知之间必不可少的中间阶段，如果割断了与神话想象的媒介世界的联系，心理就会成为僵死教条的俘获物。他在谈到神话的社会学功能时认为：“在所有基本神话中，我们发现整个世界都是一种表现形式，一种流出，神本身做为能量的化身而产生，他根本不是外界的事物”，他还认为，神话将社会与个体联系起来，引导个体进入社会，以深度参与的方式将个体带入社会。[4]

早在荣格之前，尼采就已看到：神话是人的精神家园，人的生活无论如何离不开神话。神话之所以是神话，因其能沟通意识与潜意识，神话意象之所以能够自发地一再涌现，在世界各个角落、不同时代，彼此间都能

1　诺斯罗普·弗莱：《批评的解剖》，百花文艺出版社，2006，第151页。
2　威廉·A. 哈维兰等：《文化人类学：人类的挑战》，机械工业出版社，2014，第389页。
3　同上。
4　约瑟夫·坎贝尔：《英雄之旅》，浙江人民出版社，2017，第185页。

神契暗合，原因恰在于此。

而弗莱关于“艺术节奏中的重现原理看来是从自然界中获得”的结论，获得了人类学的支持，因自然界中各种现象的重复出现才使我们得以去理解时间。剧作中情节模式技巧，有人类学学理根源。无论是《诗经》的重章叠唱还是影视剧中一再出现的相同场景，再到奏鸣曲式中重复呈现的乐句，重复，这一与艺术节奏相关的手段，从《诗经》的重章叠唱到交响乐的曲式，从各民族地区的民歌到影视创作，广泛地存在于各种艺术形式中。

在《电影叙述节奏：编剧必备的120分钟设计技巧》（Todd Klick）中，展示所有的伟大电影中所使用的几乎完全如出一辙的叙事。关于节奏，纵观全书可以发现如下结论：这些经典影片叙事结构的相似度甚至可以精确到每一分钟，且无关电影流派，无关出品时代，更无关导演的国籍，莫不如此。这也是作者对43部经典影片进行叙事分析之后，从时间线上细致精确地总结经典影片叙事节奏的探索。如提出“第8分钟理论”，在“第8分钟发生令人吃惊的事情”，如影片《夺宝奇兵》《教父》《朱诺》《傀儡人生》等，对于这在之前所有的剧本创作指南中均未提及的事实，作者认为：“所有好电影都严格地遵守这一种精确到以分钟为叙事单元的故事发展曲线”，并认为该规律对于创作而言将具有里程碑式的意义。作者以分钟为单元对叙事节奏进行总结：如在第22分钟“真相大白”意味着有人在第22分钟说出真相、第60分钟出现“耸人听闻”的事件，第75到76分钟，死亡出现或象征死亡之事以8种形式呈现、死神降临；第110分钟，出现视觉上或口头上强有力的声明，这种声明旨在推动故事情节向前。

在波德威尔笔下，“除了剧作指南中强调最后一幕中‘滴答作响的时钟’与实践赛跑的重要性，但实际上‘约定’（appointment）和‘最后期限’（deadline）才是长期以来有助于组织电影整体实践方案的元素。”[1]

1 大卫·波德威尔（David Bordwell）：《好莱坞的叙事之道：现代电影中的故事与风格》（*The Way Hollywood Tells Its Story and Style in Moden Movies*），世界图书出版公司，2018，第34页。

“约定是埋伏笔、做铺垫的一种形式，也是好莱坞剧作法的惯用手段和策略”，而“某个东西或者某句对白的反复出现，也是一种聚拢情节的标准衔接方法”。[1]

二、经典影片与重复段落

1934年蔡楚生的经典影片《渔光曲》中，影片大部分是默片形式，有声的段落中，影片的主演王人美在片中演唱了三段《渔光曲》。歌曲三次的出现，也正是影片中最具感染力的段落。“云儿飘在海空/ 鱼儿藏在水中/早晨太阳晒渔网/迎面吹来大海风/海水升浪花涌/渔船飘飘各西东/轻撒网紧拉绳/烟雾里辛苦等鱼踪/鱼儿难捕船租重/捕鱼人儿世世穷/爷爷留下的破渔网/小心再靠它过一冬”这段歌曲分别在不同的情境参与剧情。歌曲第一次出现是在影片的三位主角小猫、小猴和子英的年幼之时，子英来教两人念书，要小猫先唱歌给他听，这时三人尚且年幼，不识愁苦滋味，尽管生活艰辛贫寒，童年的小猫仍把这首歌唱得轻快欢愉，表现出小孩子对未来的憧憬和期待。此时这首歌只唱出了前四句，即从“云儿飘在海空”到“迎面吹来大海风”一段。

第二次演唱，是在小猫和小猴一家生活难以为继时，却找不到工作，只能去捡垃圾，小猫的舅舅是在街边卖艺的艺人，听说小猫能唱《渔光曲》，便要她唱来听。此时画面切回海上渔民捕鱼的镜头，一首《渔光曲》唱得悲伤凄凉，其时孩子们已经长大，感到无法面对残酷的现实，这一段以状似抒情的调子来表达一种悲凉的氛围。

《渔光曲》的最后一次出现，已经是在影片的结尾，小猴因为体弱，再加上繁重的劳动，忽然发病即将死去，有些智障的他还不知道自己的生命就要消失，说这首歌他已经差不多会唱了，请求妹妹再唱一次给他听。

1　大卫・波德威尔（David Bordwell）：《好莱坞的叙事之道：现代电影中的故事与风格》（*The Way Hollywood Tells Its Story and Style in Moden Movies*），世界图书出版公司，2018，第35页。

小猫流着泪再次唱起这首《渔光曲》，此时画面上传达的意味已经完全变成一种绝望的情绪，小猫唱到一半，小猴已经死去，小猫抱着小猴的身体，还在继续唱。此时镜头切换到江边来往的船只，这首歌曲已经成为她和小猴生命的一种哀叹和祭奠，以及一种对命运和现实完全绝望后的无所适从。蔡楚生在影片三次出现的《渔光曲》中，分别传达了从欢快、悲哀一直到绝望的三种不同的情境，以此表现出在一个黑暗的社会环境中，一个生命从满怀希望到最终被现实扼杀的过程，并以此表现出自己对当时黑暗社会的控诉，和对一些社会现状的不满和批判。

再如影片《霸王别姬》(1995）中三次重复出现的唱段：

虞姬："自从我随大王东征西战
受风霜与劳碌年复年年
恨只恨无道秦把生灵涂炭
只害得众百姓痛苦颠连！"
旁白："大王回营啦！"

这段《夜深沉》京戏唱词第一次出现在影片中是在张太监家中堂会，此时主人公年纪尚小，初听观众印象还不深。第二次出现是在日本人统治时期，程蝶衣成年之后演唱，其时天下将乱，日本侵华战争一触即发，程为营救小楼奔走去唱堂会。第三次出现在剧情中则是在解放后登台，革命小将四儿取代蝶衣，这时再听，俨然是段小楼对程蝶衣的由衷抱歉之声。出现于影片中戏曲的造型功能更是奥妙非凡，每一个唱段也恰到好处地成了戏剧情境及现实情境的双关暗示。

程蝶衣的唱词《南梆子》"只听得众兵丁议论纷纷，口声声露出了离散之心"，此时台下正有国民党伤兵闹事，端的议论纷纷，乱乱哄哄，而且大有"离散之心"，唱词有如现实场景及人生寓言。

与戏曲的造型功能类似，在影片《活着》中，皮影戏的造型功能同样

《活着》，1994

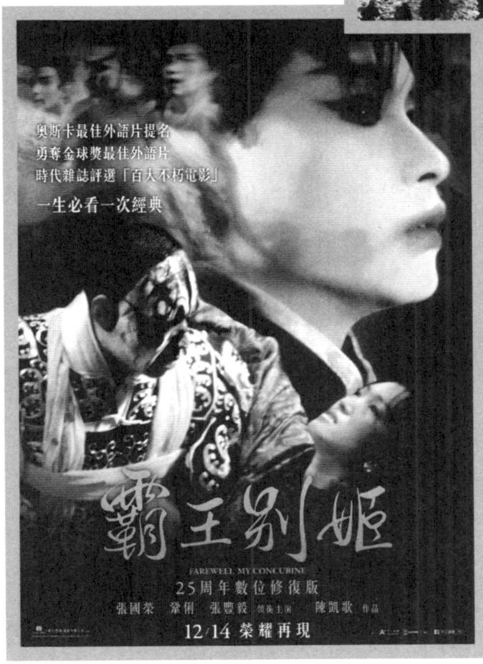

《霸王别姬》，1993

奥妙非凡。主人公福贵的唱词“望老天，多许一更”反复呈现，第一次出现是在赌场，富贵与皮影班主龙二赌博之余，跑到后台去吼两嗓子，摇头晃脑，一脸纨绔子弟的漫不经心、百无聊赖，这种演唱技能为他日后的命运转折做了铺垫。这段唱词第二次出现，是在祖宅输给龙二、落魄街头之后辗转唱戏谋生之际，此时的福贵变成了一个自食其力的劳动者，生命故事正负相依交替进行，此时剧情强度稍稍舒缓，从热闹喧哗的皮影唱词一下子转到火起，落难，与画面形象形成鲜明对比，加深了故事内容的张力，使剧情的情绪强度大为增强。

就时空营造而言，这两部影片对于时代音乐的选择与应用，亦有异曲同工之处：选取大量时代歌曲充当背景声，筛选出最具典型性的军旅歌曲、群众歌曲，作为贯穿元素使用，最为简洁地成功营造出特定历史的时空。程蝶衣倒了嗓子唱不出来，台下的观众齐唱“向前向前向前——”（中国人民解放军军歌），我们顿时看到中国人民解放军的确是前所未有的一支不可战胜的力量。小四儿在街上行走，也学会了“解放区的天是晴朗的天”，这当然是“时代的最强音”。而到了“文革”，则换成了《大海航行靠舵手》及《造反有理》，小四儿这条小蛇也成了一条龙，当然是一条恶龙。最让人震撼的，是最后菊仙自杀被发现时，不知哪里的收音机或广播正播出革命现代京剧样板戏《红灯记》中李铁梅的唱段：“听奶奶，讲革命，英勇悲壮；却原来，我是风里生来雨里长”，这种音乐的力量达到了令人惶恐的程度。

除了京戏与歌曲，《霸王别姬》中还有纯粹的音乐，包括京胡音乐、箫笛独奏及管弦乐。通常是京胡与管弦乐或箫笛与管弦乐，形成奇异的音乐句段，不仅起到了烘托氛围、描写人物心理、情绪的作用，而且也参与了人物命运的叙述，起到画龙点睛的作用。如影片开始后母亲狠心转身而去，此时一段京胡独奏扯人心肺，而后管弦乐的轰鸣似一股不可阻止的命运的力量。再如关师傅临终说戏，先讲《夜奔》，后来让徒弟们都来“看看什么是盖世英雄”，然后两句道白：“男儿有泪不轻弹，只因未到伤心处”，然后气绝倒地。此前，一直有隐隐箫声相伴，似要将人牵引至地，待到他倒地而死，此时切换为段、程祭师的画面，管弦乐大起，再一次叙述命运的苍凉之慨。

从余华的小说到电影的改编，皮影戏的加入成为点睛之笔。在原著中，皮影戏仅仅作为福贵被国民党抓壮丁后的一种生存技能，而在影片中成为贯穿全剧的戏剧元素贯穿始终。它为福贵提供了生存本领，出现在福贵命运的每一次转折点。皮影戏是我国出现最早的戏曲剧种之一，本身是具有丰富多彩的形象、有声音的舞乐综合体，给演员提供了非常大的表演空间，同时有很强的象征意义——被操控的人生、人与命运的博弈。它为整个电影注入一种形而上的人生思考，从而凸显出“戏剧大舞台，舞台小人生”的人生况味。皮影艺术起源于两千年前的西汉，发祥于陕西，成熟于唐宋时代的秦晋豫，极盛于清代的河北。皮影戏是让观众通过白色布幕，观看一种平面偶人表演的灯影来达到艺术效果的戏剧形式；而皮影戏中的平面偶人以及场面道具景物，通常是民间艺人用手工，刀雕彩绘而成的皮制品，故称之为皮影。它的演出装备轻便，唱腔丰富优美，表演精彩动人，千百年来，深受广大民众的喜爱，所以流传甚广。

在电影《活着》中的皮影戏中有很浓厚的秦腔，异常苍凉、悲壮，有道不尽的人生辛酸，慷慨悲凉的味道蕴含其中，余韵悠长。在片头家珍劝赌这场戏中，皮影戏由后台转到前台，音量也随之增大，撕心裂肺的唱腔延续；同时二人掷骰子的动作加大，剪接的速度也不断加快，画面动作节奏随之加快。同样，片中皮影戏的唱词也同样具有双关和暗示功能，这和中国古典小说中的某些诗句、判词偈子、谶语非常相似，比如某人行的酒令、制的灯谜、甚至是无意中写就的断句残章，看似闲笔，却往往是此人相关命运的预示，它们本身带有神秘的预见性。比如“制灯谜贾政悲谶语”一回中，贾政猜完大观院诸姐妹的灯谜，内心沉思道：“娘娘所作爆竹，此乃一响而散之物。迎春所作算盘，是打动乱如麻。探春所作风筝，乃飘飘浮荡之物。惜春所作海灯，一发清净孤独。今乃上元佳节，如何皆作此不祥之物为戏耶？”

试举福贵在剧中唱词几例：

1. 开场4分钟福贵在赌场唱“望老天，多许一更”，戏词亦是对其人沉迷声色的注脚。

2. 影片25分钟时在外地搭戏班时唱“文仲心中好惨伤，可恨老贼姜飞雄，青龙关上逃了命”，这恰恰是对福贵后来被国民党抓壮丁，大难不死逃命的相关暗示。

3. 影片40分钟时内战前线上：“广成子使起翻天印，宝印起处疼煞人，急忙我把二将唤，速速逃往黄花山”，其中“急忙我把二将唤，速速逃往黄花山”，这正是福贵和春生二人投靠解放军得以活命这一命运转机之处的现实调侃。

4. 影片61分钟大炼钢铁场景的戏词如下：“赤精子使起阴阳镜，宝镜照得目难睁，吩咐一声莫怠慢，嗳嗳，佳荫关上逃性命”。其时全国上下大炼钢铁，“横扫一切牛鬼蛇神”，一片狂欢，此处使用《封神榜》中这段唱词，显然是对举国上下一片认真严肃地干着荒诞事情的影射与讽刺。

回到之前波德威尔的剧作法，他认为：“‘约定’是埋伏笔、做铺垫的一种形式，也是好莱坞剧作法的惯用手段和策略”，而“某个东西或者某句对白的反复出现，也是一种聚拢情节的标准衔接方法”。以上描述，是之前波德威尔笔下的“伏笔”与“重复”在影片中视听语言层面的纯熟运用，当然，这戏曲功能的奥妙非凡，也与编剧芦苇本人对戏曲、对中国传统文化的热爱密切相关，因为这种热爱，他才能具备这种尊重原著、视觉化、精练提纯的剧作意识。

三、神话、戏剧模式与电影剧作

人类学研究表明：神话可以蜕变为一段史诗般的传奇、一首民谣或一段罗曼史，或者仅仅以“迷信”、习俗、乡愁等衰减形式被留存下来。坎贝尔认为：一旦神话的诗歌被诠释成传记、历史或科学，它就被谋杀了。栩栩如生的意象变成遥远时空中的冷漠事实。此外，要以科学和历史证明神话的荒谬绝不困难。当文明开始以这种方式重新诠释神话时，生活便从神话中脱离出来，庙堂变成博物馆，这两个观点之间的关联也因此被消解掉了。他认为：每个人都要找到属于自己的神话。

伊利亚德提到："宇宙术的神话如何保存在传奇以及采集草药的仪式里面。参加入会礼的候选者所经受的'考验'、苦难以及跋涉也被保存在了那些英雄（尤利西斯、埃涅阿斯、帕西法尔、某些莎士比亚笔下的人物、浮士德等）在尚未达到谜底之前所经历的苦难与困顿的故事里。所有这些构成史诗、戏剧或者罗曼史的'考验'和'苦难'极清晰地和通往'中心的道路上'遭受的仪式性痛苦及障碍联系起来……19世纪的名著回响着尤利西斯的流浪或者寻找圣杯的故事，更不要说那些我们不难发现情节古老起源的袖珍小说了。"[1]这里提到的中心，意为人类将自己置于一个神圣中心的自然愿望，伊利亚德认为神圣空间的本质允许在一个中心有无数的空间共存。并且认为原型可以在人们所期望的任何层面，以任何形式被重复。这点，与荣格乃至坎贝尔的神话学理论不谋而合、异曲同工。

在剧作理论中，威廉·阿契尔给"戏剧性"下的定义是："关于戏剧性的唯一真正正确的定义是：任何能够使聚集在剧场中的普通观众感兴趣的虚构人物的表演。"[2]这种能使观众感兴趣的东西语焉不详，关于戏剧本质的说法众说纷纭，有模仿说、游戏说、冲突说等，有学者认为"戏剧的本质在于群体意识的外泄"[3]。希腊最初的剧场依靠山体形成，古希腊戏剧的演出本质上是给奥林匹斯山上的众神看的。戏剧也是人类对物质世界反抗的精神表述。戏剧艺术的核心内核是对人的欲望、要求的一种赞美，不是为了宣扬某种道德和束缚，这点从古希腊悲剧已经充分说明了这一点。

1　米尔恰·伊利亚德：《神圣的存在》，广西师范大学出版社，2008，第379页。

2　威廉·阿契尔：《剧作法》，中国戏剧出版社，2004。

3　孙文辉：《戏剧哲学》，湖南师范出版社，1998。

个人较为认同“戏剧作为一种生命形式存在”的说法。任何剧作都离不开戏剧性。伟大的戏剧家向我们展现了人们内心的各种形式。通过这些，揭示了生活新的广度和深度，传达了人类的事业和命运、人类的伟大和痛苦的一种认识。我们日常存在与之相比便显得极为苍白无力和琐碎。所有人都模糊而朦胧地感到生活具有无限可能性，他们默默地等待着从蛰伏状态中被唤起，从而进入意识那明亮而强烈的光芒之中。哈萨在诺贝尔奖颁奖仪式的演讲中说：“没有虚构创作，我们就不太会意识到争取生活能活下去的自由的重要，就不太会意识到，生活遭到一个暴君，一种意识形态或一门宗教的践踏，会变成地狱。”

而电影中的戏剧性定义应该包括两部分：恒定的因素及变化性的因素。在恒定的因素中，“模仿”“动作”“冲突”等这些是无法改变的因素，模仿现实生活中人的一切事物，“人的动作”“人的冲突”——这是戏剧性恒定的因素。变化性的因素，主要是以观众为主，包含了时代、国家、文化背景。无论从题材模式、情节模式和人物模式以及神话学视角等方面，戏剧领域的这些经验对于电影剧作都产生了深刻影响，我们试从以上四个维度，来讨论戏剧模式与电影剧作的关系。

（一）题材模式

人类学关注的口头艺术，包括“叙事、戏剧、诗歌、咒语、谜语和文字游戏，甚至还有取名的程序、赞美和侮辱，只要它们具有特定的叙事结构。”[1]文化人类学认为：神话是一种解释人类存在的根本法则的宗教性叙事，解释我们为何在此、去向何从，还为宗教信仰和实践提供理论基础。神话的另一个特征是用确定的概念来解释特定的未知事物。荣格认为：人类心理的遗传结构，可表现为自发的现象。在他眼中，精神和精神现象有其自身的独立性和自主性，幻想和想象具有“非个人”“超个人”的陌生

1　威廉·A. 哈维兰：《文化人类学：人类的挑战》，2014年，第340页。

性，他强调原始意象，通常，它们会在神话故事和梦境中，以人格化的形式出现。神话大师约瑟夫・坎贝尔则提出神话具有神秘性、宇宙性和社会化功能。受其启发，在《千面英雄》的神话学著作之后，在《作家之旅：源自神话的写作要义》（美 Christopher Vogler）里提出关于“英雄之旅”的12个阶段，这是源自神话的写作模式应用于当代创作的尝试。

电影剧作理论最初来自戏剧理论。比如古希腊悲剧的基本要素：爱情、痛苦、死亡、灾祸、背叛等，不仅对后世戏剧影响深远，而且依然是千百年来银幕的题材。由此对应的爱情、灾难、背叛-报复模式都成为电影剧作的重要类型。在读奥尼尔作品的时候，我们能够发现它与古希腊悲剧的传承关系，读他的《哀悼》系列作品，能够发现它与古希腊悲剧中复仇模式一脉相承。在读曹禺的《雷雨》时，能够发现它与古希腊作品的命运观的关系[1]，作者说那个不出场的角色就是古希腊戏剧里提到的命运。而《原野》的故事与奥尼尔的《琼斯皇》之间又存在着传承关系。题材模式有其稳定性，“模式具有编码和解码（或者说建构和解构）的双重功能，这就是说，电影模式观念的确立无论对于电影制作者还是对于电影接受者来说均具有明显的意义和价值。从电影编码的视角来讲，制作者可以根据不同的价值取向和制片宗旨对有关的电影模式采取摹写、改写和重写三种不同的处理策略。”[2] 根据复仇母题的经典话剧《哈姆雷特》拍摄成电影《王子复仇记》（1949），迪士尼影片《狮子王》（1990）、国产影片《夜宴》（2005）和《喜玛拉雅王子》（2006）也延续了这一原型故事，而从影片《满城尽带黄金甲》（2007）中依稀可见《雷雨》的故事框架。

卓别林根据蓝胡子的民间故事母题创作出了登峰造极的《凡杜尔先

1 《雷雨》出单行本的时候，曹禺写过一篇序，里面曾说《雷雨》里面除了这8个人物之外，还有第九个角色，他称它“第九条好汉”，这个角色牵制了舞台上所有人的命运。曹禺说：“那个不出场的角色就是古希戏剧里提到的‘命运’。命运也是一个角色，但这个角色是没有办法出场的。如果出场，那只能用人格化来扮演，在西方有些戏里面也有表现的，通常代表了‘命运’的出场的总是一个怪怪的东西，要么瞎子，要么是什么怪物。”

2 王稼钧：《模式论与电影》,《当代电影》1993年第6期。

生》(Monsieur Verdoux 1947)[1]，讲述了美国经济危机时期，兢兢业业的银行小职员凡尔杜被无情辞退，为养家糊口并给轮椅上的妻子治病，不惜勾引并杀害众多阔太太的惊险故事。惊悚悬疑片中杂糅了笑料，影片对经济危机和二战的侧面刻画，从头到尾大胆提出控诉。结尾时凡尔杜先生一番慷慨激昂的演说“当你杀死一个人时你就是罪犯，可当你在战争中杀了一千万个人时，你就是英雄”矛头直指纳粹独裁，像“匕首和投枪一样”直指战争的始作俑者，蕴含着丰富巨大的历史意义。

弗莱指出：“人类认为，在神的世界中，主要的过程或运动，是神的死亡和复生。”他在原型批评的代表性论著《批评的解剖》中将传奇的形式分为两种：描写骑士阶层及豪侠行为的世俗行为与关于圣徒的传说，并把虚构文学分为两类来讨论悲剧的虚构模式、喜剧的虚构模式。过程的基本原理便是循环运动、兴盛与衰败、努力与休息、生命与死亡的相反交替，是过程的节奏。所有类似的神话的一个固定的特征在于：一个神死去后，又以原先的模样复活。在弗莱看来，这些神祇，如同伊利亚德的民俗学分析所指出的那样，不管是太阳神还是植物神，他们都有复活或是永生的能力。在中西方的戏剧中，生与死，是基本的二元对立母题。这样的母题，是基于原始初民们的心理状态衍生出来的戏剧主题。

而此戏剧主题，相对地也融入了电影之中，美国影片《飞跃疯人院》(*One Flew Over the Cuckoo's Nest*，1975)，主角虽然表面上看似死亡，但他的精神却随着朋友的逃跑而复活；影片《费城》(*Philadelphia*，1993)中的女主角因为艾滋而死，不过他为争取人权的精神，却在另外一群人的心中悄悄诞生；影片《勇敢的心》(*Brave Heart*，1995) 中的华莱士虽然死亡，但争取民族独立自由的精神却飘荡在苏格兰的大地上；《黑客帝国》

1　影片《凡杜尔先生》(*Monsieur Verdoux*，1947)，美国 喜剧/剧情，119分钟，导演：查里 卓别林(Charles Chaplin)，主演：查里 卓别林(Charles Chaplin)。

影片主要讲述在1930年经济危机前的银行职员安. 凡尔杜，为了摆脱窘境而用许多假名字和一些有钱的女人结婚，然后把她们杀死，十四个女子依次成为他的牺牲品，他本人也最终被判死刑。本片在1978年巴西《标题》杂志刊登的世界有史以来100部最佳影片中，获第49位。

（*The Matrix collection*，2003）男主角的死而复活，也是另外一个狄俄尼索斯。生死事大的主题流传至今，因为对于人们来说，生与死一直是最原初的问题。这样的主题能够一直抓住人们的视线，一直被电影人用来作为题材。

看过神经喜剧，反观戏剧殿堂，我们能在莎士比亚的经典喜剧《仲夏夜之梦》《无事生非》《皆大欢喜》《第十二夜》中窥见神经喜剧的影子。其中，《仲夏夜之梦》中反对包办婚姻的赫米娅，勇于追求爱情的海伦娜与神经戏剧中信奉独立、自由的新女性形象是重合的。神经喜剧最显著的招牌是人物间唇枪舌剑的密集对白，这无疑与以舞台为中心的戏剧有着惊人的相似。神经喜剧不仅对梁赞诺夫的作品《两个人的车站》《办公室的故事》产生了极大的影响，也成了1980年至今的好莱坞众多浪漫爱情喜剧的经典样板。《风月俏佳人》《西雅图夜未眠》《当哈利遇到莎莉》《电子情书》《我最好的朋友的婚礼》《诺丁山》都堪称是50年前的神经喜剧在当代电影的投影。

美国歌舞片的大部分原始动力源自纽约市沉重的音乐与戏剧传统，西部片题材可追溯到中世纪艳情小说，而迪士尼的动画帝国源自德国的童话传统，中国早期电影的影戏传统则来自传统剧目、文明戏和民间故事。正如学者所指出的那样："在继承文明戏和'鸳鸯蝴蝶派'文学的传统和模仿好莱坞电影的基础上发展起来的中国初期无声电影，主要是靠离奇曲折的情节招徕观众的。对这种影片的剧作来说，一个离奇动人的故事是首要的关键。因此，绝大部分的中国无声电影在剧作上都带有强烈的情节剧色彩。"[1]在题材模式领域，我们不难看到，从神话传说、民间故事、原型母题、戏剧经典与电影剧作交错杂糅、跨越时空、反复出现，呈现出源与流的关系。

1　钟大丰：《中国无声电影剧作的演变和发展》，载《中国无声电影剧本》，中国电影出版社，1996，第4—6页。

（二）情节模式

电影的情节模式包括情节技巧和剧情模式。具体到不同的作品，因地域文化、时代特征、作者个性、民族心理的不同而呈现出各异的气质。而由于情节模式某种程度上具备的普世性，它广泛地存在于诸多不同国别、时代的影片中。比如亚里士多德提出的“巧合、突转、发现、悬念、延宕”[1]等传统情节技巧，这些在戏剧领域中的惯常出现的传统情节技巧，在电影创作领域，也一直被沿袭至今，他们的生命力从未停止。正如某位导演所说：“电影中使用的东西都是几百年前的老俗套。”这些戏剧中的俗套，组成了电影作品中的惯常套路。其中在电影中使用最广泛的大概是“巧合”元素，中国的情节剧电影很大程度上侧重于巧合，延续了“无巧不成书”的说书传统，比如“骨肉重逢”模式，在影片《姊妹花》（1933），数年后主仆二人发现是亲生姊妹；再如《一江春水向东流》（1947）中战后家宴上，夫妻重逢，四座哗然。类似的巧合情节在六七十年代的国产电影中也相当常见。

再如梁赞诺夫的《命运的捉弄》（*Irony of Fate*，1975）中主人公因为醉酒误上飞机到了另外一座城市，发现在同一条街道有同样门牌号码，之后发现甚至连家具摆设都有相似之处，这样的场景设置，为影片提供了充足的喜剧元素；在卓别林的影片《大独裁者》（*The Great Dictator*，1940）中，设置的巧合之处在于小理发师的长相和独裁者如出一辙，为故事的“突转”做了合乎逻辑的铺垫。这些都可看作是对《诗学》中的“巧合”原理在影片中的自觉使用。常见的情节技巧还有突转和延宕。例如危急关头机械降神，有举足轻重的力量扭转事态的发展，比如《恋爱中的莎士比亚》（*Shakespeare in Love* ，2001）的结尾，英国女王准许男女主人公结为眷属。苏联现实主义电影《士兵之歌》（*Ballad of a Soldier* ，1959）中，

1　这些概念全都来自亚里士多德：《诗学》，商务印书馆，1996。

阿廖沙受到奖励，被批准得到6天假期回家探视母亲，而他乘坐的火车被炸，一路上他乐于助人，几经周折才回到家，最后只来得及和母亲在田边说几句话就要踏上等在一旁的卡车归队，这些延宕的设置也深深地增加了影片的感染力。而“发现”和“悬念”“误解”等，更是电影剧作的常规情节技巧。在通常3S剧作法中，“悬念”是其中的元素之一。

来自戏剧的各种剧情模式，也在100多年的电影作品中频频出现。对剧情模式的反复摹写取得巨大成功的例子，在影史比比皆是。“一个时期有一个时期的‘文化压力’，这个压力便是这一时期的故事平台。”[1]如“一方未死，一方以为对方已死”，这个相当老套的情节在影片《魂断蓝桥》（*Waterloo Bridge*，1940）、《恋人曲》（*A Lover's Romance*，1956）中应用过，在国产电影《花木兰》（2009）中也得到了应用。再如“恋后母”模式，本质上是个神话主题，自古希腊经典悲剧《俄狄浦斯王》已降，这个主题被反复应用，俄狄浦斯这个不朽的悲剧形象出现在不同的戏剧作品中，自曹禺的《雷雨》之后，与继母产生不伦之恋的情节已经成为国产家族故事中的陈词滥调。影片《大红灯笼高高挂》（1990）中残留了原著中飞浦与继母颂莲相爱的影子，影片《菊豆》（1992）中杨天青和菊豆偷情也是恋后母情结的引申，影片《白银帝国》（2009）中也用相当篇幅展示了康重光与继母的恋情，而在村上春树的《海边的卡夫卡》中的15岁少年，背负的也是“弑父娶母”这一预言带来的诅咒而踏上旅程，可谓是神话主题的再度演绎。

再比如“三角恋”模式，也在许多影片中广泛应用。陈可辛在提到创作时说“《卡萨布兰卡》对我来讲是一部很重要的电影，它其实影响了我很多的创作，它把男女主角的三角关系写得特别的好，基本上《甜蜜蜜》就是它的变身，豹哥就是英格丽·褒曼的老公，李小军就是亨弗莱·鲍嘉。因为它把三角恋的关系，放在那个大时代的背景下，跟命运的安排，

1　周月亮：《影视艺术哲学》，北京广播学院出版社，2005，第83页。

用很传统的角度，写出了爱情的无私”[1]。国宝级编剧芦苇在谈到影片《霸王别姬》的结构时提到这是“用经典结构、经典正剧模式，也就是用好莱坞的经典模式来表达我们自己的诗意”[2]，并从类型的角度做了总结：“经典模式；本质上是一个三角爱情关系的模式；戏中戏：生活中的角色与舞台上的角色融为一体，最后两者统一——张国荣用生命证明了这一点。”[3]

情节模式与地域有关。如欧洲电影中常常出现的马戏片片段。它的情节完全在马戏团内部展开；借助一个流动的马戏团突然闯入了马戏团以外的社会的内部。如卓别林的《大马戏团》(1928)，强调表演程式化的元素，马戏片形式多样——向虚实降至最低限度的“插科打诨的电影”和“悲剧小丑”的情节剧之回归，其中又嵌入了引人入胜的情节，弥漫着无声电影的怀旧情调，它一直影响着导演们。对费里尼来说，马戏片是一个重复的主题，马戏团几乎出现在他所有的影片中，从影片《大路》(*La Strada*，1954)中的人性苏醒的杂耍艺人，到《八部半》(*8½*，1963)，从《小丑》(*The Clowns*，1970)到《戏王之王》，费里尼认为，世人都如“小丑”般，可爱可笑可怜又可悲。小丑赋表现出人类非理性、本能的一面，除此之外，每个人心中对命令的反抗及否定也能在他们身上体现，是人们兽性、孩子气、被捉弄和捉弄人的滑稽的体现，小丑也映射出人们自身的奇形怪状、走样、可笑形象。小丑也是伯格曼电影中重复的主题，如他的作品《野草莓》和喜剧，他执导的《小丑之夜》体现了这一戏剧传统。这种马戏片传统与初期电影的卖艺表演一脉相承。“‘表现卖艺的电影’更注重表演而不是叙述。在19世纪中，艺术家去观看演出、芭蕾舞、马戏，将芭蕾舞演员或女杂技演员想象成天仙，天使或仙女，他们对这些对象幻想多于欲望，并且将自己设想成受尽侮辱、粗俗或神圣的小丑”。[4]从德加、

1 《香港电影百年1909—2008》，黑龙江美术出版社，第175页。

2 芦苇、王海兵：《电影编剧的秘密》，上海交通大学出版社，2013，第39页。

3 同上，第40页。

4 让-卢普·布盖（Jean-Loup Bourget）：《好莱坞：欧洲电影人之梦》，世纪出版集团、上海人民出版社，2008，第107页。

毕加索到卓别林，某些“类型”是相通的。从这个意义上来说，对“马戏化”“寓意化”解读可以说是程序化的：“悲剧性的小丑”的死会让看不到面具背后的观众大笑，在这些“小丑”身上，不太容易辨认出“把心掏给”大众艺术的观众的艺术家（这也不单单是和19世纪的民间艺术一样）。[1]

情节模式也与民族心理有关，在中国电影中，一直存在女人苦戏传统，这与我们民族心理无意识有关，与几千年来的儒家文化的浸淫、父权文化霸权有关。这在东亚文化圈尤其是在中国有深厚的心理传统。从早期的《玉梨魂》《桃花泣血记》《神女》《新女性》《一江春水向东流》到后来的《芙蓉镇》《乡音》《我的兄弟姐妹》《茉莉花开》等等，而作为女人苦戏的情节模式，与我们的民族审美心理密切相关。而从日本电影《四月物语》《海街日记》《你的名字》《雪国》可见其悠久物哀传统，对瞬间美给予极高评价与赞美，在日本电影中随处可见。2021年年底坊间流行的关于“各国文学作品”的段子：“英国文学：我为荣誉而死；美国文学：我为自由而死；法国文学：我为爱情而死；俄国文学：我会死；日本文学：我想死；中国文学：活着；网络文学：哈哈——笑死”。虽然是个让人捧腹的段子，可只要稍微想一想这个笑话背后一堆的文学作品来支撑，无论从雨果的《九三年》、日本的物哀传统、到俄罗斯“我会死”背后是一扎世界级的批判现实主义文学巨匠，这个笑话某种程度上是对“情节模式与民族心理”议题的调侃。

在《故事情节设计：从生活中提炼创作的金点子》中，作者提到“生活中循环出现的符号与主题”时，提出“我觉得做艺术家，我们的责任就是去体验生活，然后通过我们的故事推动生活向前”，通过挖掘反复出现在生活中的主题，进入具有普遍意义的生活瞬间，并呈现出故事。通过这些，“发现隐藏在各种情绪背后的真相。它是属于我们自己的生活真相，

1　让-卢普·布盖：《好莱坞：欧洲电影人之梦》，世纪出版集团、上海人民出版社，2008。

把它们记录在故事中，它们就会闪烁着金子般的光芒”。作者认为“回想那时的情景，联系当时的想法，记忆中的宝藏也会随之浮出水面。请一定这样去思考与实践，那样所有读过你文字的人都会理解你的心境，与你心灵相通，而且所有人都将在你的故事中收益良多”。[1]这精准地回答了情节模式与个人生活的关系与通情之道，因其真实可感的细节打动人心，连接读者与观众。

而注重对象征符号的使用亦是情节模式的重要范畴。这既是推动剧情、连接观众所需、同时又具备人类学的学理依据。从人类学的角度看，象征符号是人类学的重要考察内容，无论是皮尔士的“像似、标指、象征”三元论还是荣格的原型理论，都有丰富论述。象征符号的运用不仅有提示的作用，更会借机帮助观众去感受故事、观察细节、对故事产生信任，具有中介意义，并使观众保持一种情感共鸣。比如在影片《撞死一只羊》中的“撞羊”情节本身，不仅具有杀戮的意义，这一偶然行为背后有丧葬仪式的象征含义。杀羊敬神本是原典，我国西南地区普米族的仪式“给羊子”也叫“戎肯”，是带领亡灵回归祖先源地的一种庄严的祭祀仪式，是一种丧葬习俗，通过杀羊送魂，同时吟唱“指路经”，把灵魂沿着迁徙之路送回老家。这一富有象征符号行为的情节，既推动剧情，又关联神性，物物相指，人神勾连，地天相通。关于情节模式与剧作创新之间的关系，将在第三章展开详细论述。

（三）人物模式

戏剧更善于通过对话来揭示性格的复杂性和隐秘心灵。我们无权要求任何门类的艺术都必须发展到同样的人文深度，正如作家张炜所言：“编故事这门手艺容下了很多了不起的人，但还是有人不安。小说家比串乡艺人高明不了多少，虽然这种人也令人着迷，但在知识分子眼里还是少了一

1 Jen Grisanti：《故事情节设计：从生活中提炼创作的金点子》，张敬华译，人民邮电出版社，2014，第143页。

点什么。生存的技艺是生存逼迫出来的，但生存智商还应有更多。我们无权对串乡艺人提出过分的要求，但可以不是串乡艺人。”[1]

这形象地讲到小说家与串乡艺人的区别。回到戏剧与电影，尤其是出身杂耍、作为娱乐工作的电影，从人物模式的角度看，人物模式是由电影这门艺术镍币时代的本性决定的，电影中固有的某些人物模式源自戏剧传统。如荣格所说的原型，作家一旦表现原型，就道出了一千个人的声音，了解和使用原型可以化偶然为必然，化个体为全体，阅读的并非某个个人的经验，而是人类的集体经验。

社会历史学家马克思塑造了资本家的原型，他塑造的是无名无姓但残忍而狡诈的资本家。福楼拜塑造了包法利夫人的原型——感到压抑的资产阶级浪漫主义者。卡夫卡的原型是与社会格格不入、虚度光阴的都市人。马克斯·韦伯塑造的是一群辛勤工作者，他们的驱动力是基督教新教伦理。普希金塑造的是俄国贵族忧郁而无能为力的多余人——叶甫盖尼·奥涅金。

小说家创作的方式是详细而具体地描绘人的行为和情感，社会是小说家创作的背景，个体心理是小说家创作的焦点。社会研究者用的是抽象的社会事实，靠理性、逻辑和论辩来推进说理。有学者认为：社会研究者讲述自己故事的根本目的是道德教谕。“科学、社会研究和想象力丰富的文学是三种截然不同的事业。归根到底，三者都是讲故事的形式，都是人们条理清晰地解释自己经验的尝试。”[2]小说家们为我们的文化创造了大多数最有力的暗喻和形象。电影剧作与文学传统密切相关，体现在电影剧作中，也就形成了相应的人物模式。小说家和社会研究者都用原型和暗喻来构建故事。比如，塞万提斯塑造了堂·吉诃德这个永恒的原形——一个不可救药的梦想家和理想主义者；梅里美创造了卡门这个永远在挑逗异

1　王学瑛：《采访张炜》，《收获》2017年秋卷，第335页。

2　尼尔·波斯曼（Neil Postman）：《技术垄断：文化向技术投降》，何道宽译，北京大学出版社，2007。

性、却永远不让异性俘获的诱惑者原型的形象。如同卡门被看作貌美泼辣、桀骜不驯的吉卜赛女郎原型一样，在刘别谦（Ernst Lubitsch）的许多电影中，莫里哀的唐璜可以看作是男性角色的原型。影片《天堂可以等待》（*Heaven Can Wait*，1978）中的男主角，风流倜傥、风趣幽默，在男女关系中始终进退自如，游刃有余。在《街角的商店》（*The Shop Around the Corner*, 1940）[1]中，影片以巧合的方式展示了小人物的梦想与渴望，商店的小职员以为与自己通信的对方是完美的，最终发现对方原来是与自己朝夕相处的同事，这也是后来广受赞誉的影片《电子情书》（*You've got mail*，1998）[2]一片的原型，双方由同一屋檐下、不打不相识的斗气冤家同事到不知名的互通邮件者、最终成为亲密爱人，前者的故事与后者如出一辙，只是将信件换成了电子邮件，百货商店换成了书店，同事换成了竞争对手，影片塑造了心怀梦想的小人物，爱上自己的幻想，最终美梦成真。影片通过一种温和优雅的方式，向观众提供世俗人生的神圣戏剧、平凡生活的英雄梦想。在讽刺喜剧影片《你逃我也逃》（*To be or not to be*，1942）中，讲述第二次世界大战波兰沦陷期间，一群舞台演员和纳粹斗智斗勇，由演员假扮纳粹盖世太保来套取情报、防止间谍把有关波兰的重要情报送到德国，保护了华沙地下抵抗组织，并且从纳粹眼皮底下成功地逃脱的故事，处处充满对纳粹集权的嘲讽，赋予影片深刻的时代寓意。刘别谦从戏剧起家，师承20世纪初德国戏剧天王马克思·莱因哈特，两人合作扮演了大量经典剧作，莎士比亚和莫里哀的戏剧的精神在刘别谦电影里贯穿始终。他的作品常把都市上流社会的众生相与风流的情欲事件结合，并以轻松幽默的手法铺陈，此一独特手法在美国造成轰动，对好莱坞后来的都市

1 影片《街角的商店》（*The Shop Around the Corner*, 1940）：商店主管和新来的女下属反目成仇，两人不知道彼此就是互相倾慕的亲密笔友，在男主人公识破意中人庐山真面目的一刻，却因失业而不敢上前相认。店内其他小人物不但起着绿叶作用，还各有各的一段辛酸。感人笔触把银幕上的平凡人物刻画得如此高贵。

2 影片《电子情书》（*You've got mail*, 1995）导演诺拉·艾芙恩 Nora Ephron，主演：汤姆·汉克斯 Tom Hanks，梅格·瑞安 Meg Ryan。

喜剧影响深远。

刘别谦影片也是左翼电影人在中国学习和借鉴的对象之一。有研究指出：20世纪80年代初，佐藤忠男看了《太太万岁》（1947，桑弧导演，张爱玲编剧）以后，惊讶于其中浓郁的刘别谦式喜剧风格，认为这部影片是他所看过的中国喜剧中，或许是把刘别谦风格运用得最精彩的一部。类似观感还来自法国的扬・托平。意大利影评家埃・布鲁诺在《虚构的剧情》一文中，对桑弧同期创作的另一部杰作《假凤虚凰》（1947，黄佐临导演，桑弧编剧）有如下的评价："这是一部喜剧片，从中可以看出刘别谦的影响。"[1]有研究者指出：其创作灵感及表现手法源自桑弧心仪的德裔著名导演刘别谦，而其超前观念和娴熟的舶来技巧的运用，乃是其长期受冷落的原因。

同样，从剧作模式上，桑弧的《太太万岁》承接刘别谦作品所呈现的"轻松、俏皮、幽默、辛辣"的风格，引发观众的兴趣，这是当时影片大卖、引起轰动的主因。而在桑弧编剧的《假凤虚凰》中，从剧作法来讲，影片严格遵循三幕剧规则，在这部92分钟的影片中，在第25分钟假扮留美归来的主人公出场，建立的一个情节点完成。在影片结构的三分之二、第64分钟在当铺发现戒指为假，步步紧逼，揭穿男主人公骗子身份，此时剧情突转，完成第二个情节点。接着男主隔墙倾听法院派人上门贴封条，对方身份全部暴露，关于"骗子"与"拆白党"的争吵爆发，此时距离全片结束只有13分钟，剧情达到高潮，最终"两个骗子喜成双"，无论从人物设置、剧情推进、还是在极小的空间内制造出误会等滑稽效果的喜剧精神，都清晰可见情节剧的影响，以及"刘别谦"式对于人性的微妙讽刺与幽默轻松的调侃。

在《经典人物原型45种》中，作者基于荣格的原型理论和希腊神话，提炼出32个主角原型和13个配角原型及原型旅程。每个原型都有自

1　张荣：《桑弧与刘别谦——以〈太太万岁〉为例》，《当代电影》2008年第3期。

《街角的商店》，1940

《太太万岁》，1947

己的价值观、决定了他们各自看重东西的不同。她提出的女主角与反面人物有："阿弗洛狄忒：诱人缪斯与蛇蝎美人""阿尔忒弥斯：亚马逊女子与蛇发女妖""雅典娜：父亲的女儿与背后中伤者""得墨忒尔：养育者与过度控制的母亲""赫拉：女族长与被嘲笑的女人""赫斯提亚：神秘主义者与背叛者""伊西丝：女救世主与毁灭者、珀耳塞福涅：少女与问题少女"。提出的男主角与反面人物包括："阿波罗：商人与背叛者""阿瑞斯：保护者与角斗士""哈迪斯：隐士与巫师""赫耳墨斯：愚者与无业游民""迪奥尼索斯：妇女之友与引诱者""欧西里斯：男救世主与惩罚者""波塞冬：艺术家与虐待者""宙斯：国王与独裁者"。在配角部分，这是依据希腊神话人物确定的角色类型。在配角部分，设置了三类人物：朋友、对手和象征。"象征类角色代表着一些对主角来说重要的人和事，可能象征着主角的过去、主角的缺点，或是主角想要成为的那个人"[1]，这类配角包括：阴影、迷失的灵魂、主角想要成为的人。这种分类，除了神话，也与心理学的无意识理论有关。这些角色类型可在影片中根据剧情发挥不同功能。

从理论研究的角度说，模式关乎一切研究的基础，如前文的分析，因为任何研究都需要分类，根据分类标准、依据不同，那么模式也千差万别。对于创作而言，是一个突破旧模式创作新模式的过程，不可能脱离模式谈创新，否定模式谈创新，应该科学、正确地对待模式和使用模式。

就电影创作而言，它的创新不可能是完全脱离旧有的模式的，这是由电影自身的工业属性决定的。正如剧作家刘恒说："电影要创作一种迥异的新的影片的可能性是非常小的。如果有成功的经验，为什么不利用呢？类型之所以成为类型，它是有道理的。"[2] 但是模式的创新并非简单，因为模式与规律相关，规律不可违背。例如情节剧模式的生命力充分证明了这一点。

1　维多利亚·林恩·施密特：《经典人物原型45种》，吴振寅译，中国人民大学出版社，2014。

2　吴冠平访刘恒：《剧本的力气》，《电影艺术》1994年第6期。

对于电影剧本创作而言，首先要做到的是熟悉各种类型的剧作模式，然后，在这个基础上创造新的模式。艺术创作不是靠规则，而是靠超越规则得以蓬勃创新。通过对电影剧作“模式”的研究，力求对电影剧作理论有新的发现和再认识。这里讨论的主要是“情节模式”和“结构模式”。

第四节　神话学的视角：从《千面英雄》、剧作模式到萨满生成

作为20世纪后期著名神话学家，约瑟夫·坎贝尔被认为是最早说清楚神话与剧作模式关联的第一人，他深刻影响着一批好莱坞影视创作者、制片人，在他的著作《千面英雄》《追随直觉之路》《神话的力量》中将早期神话研究经历与洞见以大众喜闻乐见的方式娓娓道来，其中，《千面英雄》具有理论与实践的双重意义，成为讨论剧作模式不可不提的经典之作。受其启发，《作家之旅》一书成为指导写作的畅销书籍，在其著作《千面英雄》一书中，清晰可见人类学、民族志、神话学与剧作模式的关联与论证逻辑。

《作家之旅——源于神话的写作要义》的作者Christoppher Vogler认为：“坎贝尔的观念是一个顺手的工具箱，里面全是耐用的工具，坎贝尔对这套工具的贡献在于：把思想汇集起来，对其加以认识、表述、命名和整理，他是第一个揭示所有故事背后的叙事模式的人”，通过对世界上各种英雄神话的研究，他最终发现，所有的叙事都遵循古代神话的模式，都可用“英雄之旅”的视角来解读，在《千面英雄》中列举了这一系列规律。这个世界性的模式内核稳固，尽管外在的变化万千，呈现不同时代、地域、国别、文化的各种差异，然而“实际上是一套元件，其稳固程度让

人不可思议，每一个元件都生长在人类头脑的最深处”。[1]坎贝尔的导师荣格认为：在所有人的所有的文化的神话中不断重复着的角色或能量，可用原型来解释，在他长期临床工作中见到的病人与神话中普遍出现的原型具有高度一致性，它们对应着人类灵魂的不同侧面，认为这些来自人类较深层的集体无意识。

坎贝尔在神话学著作《千面英雄》中指出的那些根植在神话里的思维可用来解释几乎所有的人类问题，它反映的是普世性的关怀，具备列维-斯特劳斯提出的“人类深层心理的一致性”，因此得以连接世界各地观众，这也是某些作品令世界不同地区、不同年龄、族群的观众神契暗合的原因与奥秘所在。

在这个经典模式中，“英雄”不分男女，也不一定是人类，可以是任何职业、国家、民族、文化背景中的个体，按照“出发、分离——穿越完成试炼——回归”后回归到日常世界，可能是以婚礼形式或者带回某种恩赐与社区/族人分享，如人类学视野中的各地区萨满，在进入意识转换状态中之后，经过内心之旅完成疗愈、修复、问询，并将讯息与能量带回日常世界，这点在坎贝尔的著作中也有涉及。因此，源自神话思维的该模式不仅适用于剧作领域，同样适用于萨满生成，笔者在《英雄模式与中国三少民族的萨满生成》曾做过具体论述。[2]

在《作家之旅》中，受坎贝尔影响的克里斯托弗·沃格勒（Christoppher Vogler）将坎贝尔总结出英雄之旅的故事大纲脉络如下[3]：

坎贝尔提出的“分离—传授奥秘—归来”与“成为萨满—习得知识—解决问题”内在相通。英雄发现自我，发现神性的心灵之旅，是坎贝尔理论的根基所在，在现实中，也是各民族萨满生成必经的心路历程，成为跨越时空、国别、族群的存在。

1　Christoppher Vogler：《作家之旅》，电子工业出版社，2011，第4页。

2　卢芳芳：《英雄模式与中国三少民族的萨满生成》，《内蒙古艺术学院学报》2016年第3期。

3　Christoppher Vogler：《作家之旅》，电子工业出版社，2011，第6页。

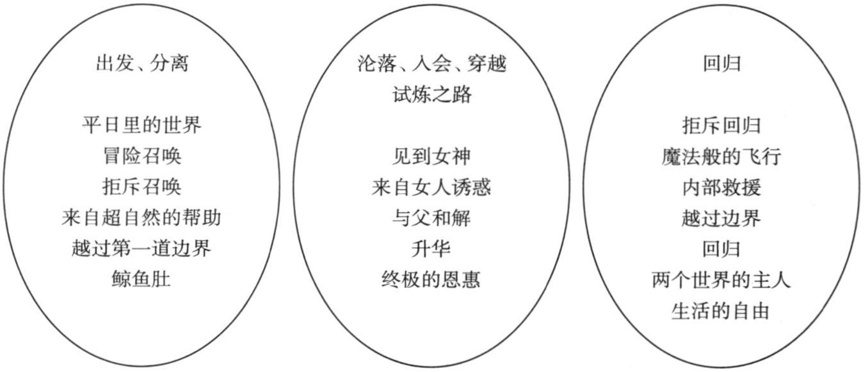

启程：放弃当前的处境，进入历险的领域；

启蒙：获得某种以象征性方式表达出来的领悟；

考验：陷入险境，与命运搏斗；

归来：最后再度回到正常生活的场域。这是每一位英雄的必经之路。

坎贝尔指出："从神话到悲剧，揭示了黑暗内部道路的具体危险和技巧，是神话和童话的商业。因此，这些事件是梦幻般的和"虚幻的"：它们代表的是心理上的，而非身体上的胜利。"

对于英雄模式，他做出如下总结："英雄跨越门槛的旅程，是通过陌生但却异常亲切的力量所造成的世界，有些会深刻威胁他（试炼），有些则会为他提供神奇的助力（救援者）。但他达到神话循环的最低点时，他将经历极致的痛苦并得到报偿。这种胜利可能表现为英雄与世界神母的交合（神圣婚姻），被天父兼创世者认可（与天父和解），以及他自己的神圣化（神化）来呈现。或者如果力量依然对他不友好，他就盗取他为之而来的恩赐（偷走新娘、盗取火种）。本质上，这是意识的扩展，以及随之而来存在的扩展（启示、变形、自由）。最后的任务是回归。

"如果英雄得到原力的祝福，他便在保护之下出发（使者），如果不是这样，他便逃跑并且会被追捕（变形逃跑、克服障碍逃跑）。在回归的阈限处，超自然的力量必然被留在后面，英雄离开可怕的王国，再次出现（归来、复活）。他带回来的恩赐则使尘世更新（万灵丹）”[1]在睡眠与清醒的重复之间，与人的一生的周期类同，坎贝尔引用了阿兹特克人的世界观：“水，土，空气，火”，宇宙的四种元素分别终结于世界的某一时期，形成重复循环之轮：水的时代在洪水中结束，土的时代在地震中结束，风的时代在飓风中结束，而“现在的时代将被火焰摧毁”[2]。它提醒我们的中国五行平行：金克木，木生水，水克火，火克土，当一个完整的周期结束时，地球将把金消除。

人类学家列维–斯特劳斯也接受了人类心灵统一的思想，并非全部无视所有民族志的细节。他指出，“文化是一个系统，无论它们差异如何，其深层结构普遍存在于各个社会”[3]。通过他的分析，他证明了包括行为和思想在内的结构模式对所有社会都是普遍的，并拒绝了原始和现代意识的概念，认为所有的人都具有相同的智力潜能。[4]

从人类学的角度考察，坎贝尔的英雄模式，与维克多·特纳的“阈限”理论、阿诺尔德·范热内普的“过渡仪式”理论有相似之处，但以上两位人类学家是从各自的田野调查观察之后形成的结论。阿诺尔德·范热内普提出“过渡仪式”，认为所有的通过仪式“转换仪式”都有着标示性的三个阶段：分离（separation）阶段、边缘（margin）阶段/阈限阶段和结合（communitas）阶段。特纳所提出的“阈限”概念更是广为人们所知。

而坎贝尔更多的是从诸多类型的神话中比较、分析得出的共性总结，是偏重从神话学、心理学角度对神话功能进行的学理读解。他认为：“一旦神话的诗歌被诠释成传记、历史或科学，它就被谋杀了。栩栩如生的意象变成遥远时空中的冷漠事实。此外，要以科学和历史证明神化的荒谬绝不困难。当文明开始以这种方式重新诠释神化时，生活便从神话中脱离

1　Joseph Campbell，2008，*The Hero with a Thousand Faces*，Third Edition，p. 211. Novato，California：New World Library.

2　Joseph Campbell，2008，*The Hero with a Thousand Faces*，p. 224.

3　http：//www.philosophers.co.uk/claude–levi–strauss.html，accessed on April 24，2017.

4　http：//www.philosophers.co.uk/claude–levi–strauss.html，accessed on April 24，2017.

出来，庙堂变成博物馆，这两个观点之间的关联也因此被消解掉了。”[1] 坎贝尔通过他的导师海因希里·基莫讲述神话后获得了一种看待神话的态度——神话不是古人抽象的理论抑或离奇的信仰，它们其实是理解如何生活的实用模型。

根据道教，“一生二,二生三,三生万物”；开始和结束是一个周期。正如我们前面提到的，阿兹特克人拥有水、土、空气和火的四种元素，而中国人拥有金、木、水、火和土的五种元素。这里有一个从三到五的光谱，我们可以在连续体中加两个。基于“地”与“天”之间的通道，在中国《尚书》和《国语》中有“绝地天通”的故事，在宇宙的开始，每一个古人可以从地球，到达天堂，意味着，人人萨满时代，古人谁都能上天堂，无论何时何地。但传奇的颛顼帝王让他的大臣钟和离阻止这样的连接，和他任命的五名官员负责各自天、地、人、神和世俗生活。从此，人和神被分为不同的种类，由不同的工作人员统治。萨满被象征性地看作“专家”，在造成分裂或统一中国中扮演了某种角色[2]，他们的功能，也与位数一般为代表值为0或1的二进制工作原理雷同：“绝地天通”。

在美国人类学家麦可·哈纳看来，作为非营利萨满研究基金会的创始人，他认为：萨满愈疗方式是一组运行于灵性世界的使用方法。我国鄂伦春族、鄂温克族和达斡尔族萨满生成，与坎贝尔的英雄原型的英雄，内在相通。二者都经过一个周期的分离、秘密知识的传输，之后返回所在社区服务。那些即将成为萨满的人们在为治愈向萨满寻求帮助，获得了专门传播给他们的秘密知识后，通过仪式获得了完整的萨满资格。他们通过解决问题、治疗疾病和带来其他利益而转变为为人民服务。

相传最早的鄂伦萨满是尼山（Nichan），相当健康、聪明、强大，擅长射箭，善良勤奋。经由她手治愈多位患者，甚至可以使人死而复生。然

1　约瑟夫·坎贝尔：《千面英雄》，朱侃如译，金城出版社，2012，第155页。

2　Naran Bilik，2015，*Transformation of Consciousness*：*Potentials for Our Future*，pp. 237–247. Dagmar Eigner & J ü ren Kremer（eds），Kathmandu：Vajra Books.

而，她的事迹激怒神灵：死者已死，一个死了的人如何能复苏？作为惩罚，她被扔进河里淹死。虽然死亡，萨满知识却传给了新的一代。根据鄂伦春族的做法，在生活中成为萨满，需要一些征兆：“第一，当婴儿出生时，胎胞不破，要用刀切开取出婴儿；第二，患者长期不愈者，请萨满跳神，萨满看出患者要成为萨满。第三，患癫痫或神经错乱症”。[1]一个年轻人将从氏族中被挑选出来，将变得困惑、不稳定，宁愿独处。将有迹象表明他或她的灵魂是神，他或她会教各种萨满教知识带走。在启动仪式之后，他或她的灵魂将回到身体，他或她将再次成为“正常”。“新萨满学习跳神，冬天要在‘斜仁柱’内举行，夏季则在外面宽阔的场地上举行，新萨满第一次学习跳神通常要进行三天。当表演者进入眩晕状态时，他或她被认为是着魔的，灵魂要么上天堂，要么下地狱。”[2]

这种精神之旅通常被描述为以痛苦的疾病的开始，找到主人并许愿、经过仪式、学习过程、再为氏族服务，其心理模式与坎贝尔的完全一致：主人公离开尘世，踏上冒险之旅，获得知识，回到原属社区。三少民族的萨满生成即是此模式的证明。然而，有些细节值得一提：

萨满生成并非出于个人意愿，而是来自外部力量。例如，达斡尔族萨满斯琴卦认为：成为萨满并非出于自己的意志。许多人年纪轻轻就体弱多病，没有人能治疗他们。他们不得不寻求从萨满处连接曾许诺的祖先神，病人会成为萨满或得到帮助，祖先神灵承诺其成为一个萨满或为其愈疗。[3]中国社会科学院民族所研究者曾在访谈中问及鄂温克族萨满沃菊芬如何传承萨满文化，对方回答：“这不是传承的事；神抓了谁就是谁。你也死不成，这是一种使命。”[4]

另外，是信息传递的保密性。笔者同意许多学者所持的观点：梦境传

1 关小云、王宏刚：《鄂伦春族萨满文化遗存调查》，民族出版社，2010，第51页。

2 同上，第51—53页。

3 Ding Shiqing and Sain-tana，2011，*Investigation into the Shamanic Heritage among the Daur*（*Dawoer zu saman wenhua yicun diaocha*），p. 223，Beijing：The Minzu Press.

4 Ding Shiqing and Sain-tana，*Investigation into the Shamanic Heritage among the Daur*，p. 256.

承是传递信息的重要渠道。30年间斯琴卦患病期间，她反复做同样的梦：一位老人前去看望她。无论唤起神灵或是治疗疾病的经历、技术手段，都是通过梦境实现的。这并非孤例，在诸多萨满口述史中都有涉及。

恰如坎贝尔的英雄原型所示，历经各种身体体验的试炼，鄂伦春族尼山萨满的灵魂无所不在，萨满将克服各种各样的身体试炼，由救人性命到治愈疾病，灵魂将克服所有物理界限，会飞升或向下。

坎贝尔提出的“启程—传授奥秘—归来”与“成为萨满—习得知识—解决问题”内在相通，英雄得到召唤、发现自我意识、发现神性的心灵之旅，是坎贝尔理论的根基所在，也是萨满必经的心路历程。该模式与萨满通过“突发疾病、知识获取的异常体验、解决问题”之间，存在维特根斯坦所提到的“家族相似性”，值得进一步分析。坎贝尔的理论强调英雄的自我发现和超自然援助的精神之旅，它从理论上呼应着萨满通过仪式的迷幻体验。英雄意识到召唤，踏上精神之旅，通过试炼获得了部分心理经验，与作为一个病人的痛苦、心理上被肢解成为萨满，同属一种异常的心理现象。在此，人类深层心理的一致性成为连接西方与东方学术的共同纽带，由此它被赋予超文化内涵。“东学西学，其心攸同，南海北海，道术未裂”。

考虑到坎贝尔在印度的经历和他对梵文的钻研，他的原型英雄应是平行对应的男萨满或女萨满，生活在一个“东方社会”并不奇怪。笔者并不急于发表一个关于这种“家族相似性”的陈述，从而得出一个判断结论。格尔茨拒绝在普世主义和相对主义之间站在一边，宁愿致力于“浓描”。[1]在我们能够理解他人的思想、正确把握自己的立场之前，我们需要进行更多的田野，提出更多的“浓描”。

而这一模式在世界各国电影中应用非常普遍，目前有“英雄之旅”、坎贝尔神话系列相关译作，逐渐为电影剧作学界、业界人士所熟悉。无论作为剧作中的应用人物历险、萨满生成还是作为影视剧作者本身，都具备

1 Clifford Geertz, *Available Light: Anthropological Reflections on Philosophical Topics*, Princeton: Princeton University Press, 2000.

连接、与人分享的“新萨满”特征，创作本身需要整合意识与潜意识，完成神话之旅。从这意义上，地天相通。

第五节　电影模式与个性

一、体制中的作者

首先，从创作的角度看，审视模式与个性的关系。巴赞在谈到西部片时认为，对于“西部片”应采取社会学的研究，“在影片的1/3处，‘善良的牛仔’总要邂逅纯洁的姑娘，一见倾心，尽管两人有高尚的节操，然而，被一些几乎不可克服的障碍阻挠。最重要最常见的阻碍来自女方的家庭。接受一连串惊心动魄的考验，最后，把心上人从危境中救出……至此，这种程式已经令人联想到中世纪的艳情小说，因为这种程式也是突出女性和考验，而最优秀的主人公必须经受住这些考验，以期实现自己对爱的追求。依据这种程式，可以编造出千变万化的故事”[1]，并指出：“实质上，每个神话只是通过特定的戏剧性程式，具体阐明伟大的、史诗般的、抑恶扬善的摩尼教义”。[2]他这样分析：“剧情简单明了：责任与爱情的冲突，勇士们经受的严峻考验，只有通过考验，坚强和纯洁的姑娘才能同意忘记自己家庭受到的伤害，这些都是相同的；此外，感情的纯真也是相同的，它的基础是以尊重社会法律与道德操守为准则的恋爱观。”[3]而每一部优秀的西部片在遵循这些叙事规则的框架下，呈现出模式上的突破。

影片《正午》（*High Noon*，1952）符合充分利用了自格里菲斯创造

1　巴赞：《电影是什么》，江苏教育出版社，2005，第98页。

2　同上，第107页。

3　同上。

之后长盛不衰的叙事法宝——“最后一分钟营救”模式，面对邪恶复仇持巨大的悬念而不是必胜的信心。而在人物模式上突破还在于同英雄并肩作战的女性，这在传统西部片中并不多见。再如影片《搜索者》（*The Searchers*，1956），打破了以往对印第安人的偏见与歧视的传统，进行有力的反叛与控诉。主角伊森·爱德华的哥哥的家园被暴徒蹂躏后，开始踏上寻找侄女之路。而在发现侄女黛西已经成为印第安人族人的妻子之后试图杀死她，在影片的结尾，他即将回到东部的文明，但却犹豫地站在木屋的门槛前，最后决定回到沙漠中。可见，每部类型片的创新，都是在既有的大框架下的创新，这个“既有的框架”是体制决定的，它内在地包含该片种的艺术规律，符合观众对于此种类影片的心理图式与期待视野。规律不可违背。从观众的角度看，不同时代的不同主体在接受作品时有着不尽相同的期待视野，这与模式之外的时代、地域、民族心理等密切相关。

二、模式与创作意识

就创作而言，事实上，每个创作者都有他自己的理论模型，从创作心理角度说，这个理论模型基本上都是从自己的个人经验得来的，当然也包括经过学习别人的总结之后。这里面有两种因素：一是创作者自己的情感偏好，另一方面来自创作者个人的剧作经验，也就是说，对他个人而言，觉得某些特定的模式是“有效”的。“格式塔心理学的最重大贡献是在科学心理学的整体氛围中，坚定地将意义和思想带入学习的研究中，肯定意识的作用，重视感知的研究。”[1]

创作是艺术家个体情感的体现。电影剧作者创作意识的来源在哪里？“对于剧作者来说，在创作中重要的是把握童年情感印象的艺术流向，而不是具体的情节内容。”[2]就具体的情节模式而言，他们的数量、排列组合

1 宋家玲、宋素丽：《影视艺术心理学》，其中“格式塔理论和影像艺术心理的建构”章节。

2 孟中：《论电影编剧中的情感教育》，《北京电影学院学报》2008年第2期。

方式是有限的，而对于创作个体而言，各自的生存时代、生活环境、情感体验、成长经历却是千差万别，因而对于模式的演绎角度也不同，姿态各异。这也是读解“个性与模式”的问题的维度之一。而对于电影剧作者来说，剧作者的情感积累，是其贯穿一生的情感幻象。

情感经验来自漫长的生活经历，这是非常具体，因人而异的。它包括各自的儿童经验、精神创伤，这是创作意识的源泉和潜意识的动机的重要部分。科波拉（Francis Ford Coppola）从小患有小儿麻痹症，腿部的不便造成他自幼心灵的封闭。因此在《窃听》（*The Conversation*，1974）一片中，科波拉描绘的窃听师形象实际就是科波拉自己。影片《天堂电影院》（*Cinema Paradiso*，1989）、《星探》（*The Star Maker*，1995）的导演吉赛佩·托纳多雷（Giuseppe Tornatore）在北京电影学院宣传他的新片《阿巴利亚》（*Baarìa*，2009）时坦言，剧本融合了个人的童年经历，观众可以将此看作他的一部半自传片。新好莱坞时期的导演“电影小子”（Movie brats）在传统类型中运作，但试图赋予传统以自传式的色彩。卢卡斯的《美国风情画》（*American Graffiti*，1973）不仅是青少年歌舞片，也是卢卡斯在省思他20世纪60年代在加州的成长过程。马丁·斯科塞斯在《残酷大街》（*Mean street*，1973）中，回忆了在纽约“小意大利区”的青春岁月。

如同喜剧大师卓别林所塑造的流浪汉形象一样。在1914年之前，卓别林青少年时期的人生一直动荡不安，母亲在逆境中尽自己所能地照顾他们兄弟俩，有时读书给卓别林听，对那些过路人评头论足，逗他开心。后来卓别林深情地回忆说：“母亲使我看到了这个世界上前所未有的慈祥的光辉。只是在这种光辉的照耀下，文学和戏剧才有它们最伟大、最富有意义的主题，也就是关于爱情、怜悯和人性的主题。”[1]某次从家附近的屠宰场逃走的羊制造了一场混乱，年幼的卓别林被这有趣的场面逗得哈哈大笑，后来当那头羊被送回屠宰场时，他忽然意识到死亡的残酷，于是他跑进家

1 来自《卓别林从影90年》特别报道，载《看电影》2004年第12期。

门，哭喊着对母亲说："它们要杀死他了！"那个滑稽的追赶场面，许多年后仍然留在记忆中，他后来猜想自己拍电影的主题思想——悲剧与喜剧的成分相混合，即受了此事的启发。

这些都从不同角度说明，创作者的童年经历对于创作者本身的影响。再如影片《纳尼亚传奇》的编剧C.S.刘易斯，从小就喜欢躲在自家小阁楼上耽读、幻想，那时最爱斯维夫特德《格列佛游记》里面的巨人国、小人国，迷恋瓦格纳歌剧中的神话世界，同时他不善交际，有着敏锐观察力，这也反映了他的小说中独有的纯净与奇幻，是其性格使然。九岁时，母亲的去世让他无限忧伤，在《纳尼亚年代记》的七部作品中，关于母爱、关于亲人的早逝，存在很多重要的篇章描述，这些都是对母亲的怀恋和哀思，也直接影响了其笔下魔法世界的诞生。在与《魔戒》的作者托尔金的一次彻夜长谈中，他重新回归了基督教。刘易斯一直都被信仰基督教的托尔金所吸引，因为他们两人对古英格兰和斯堪迪拉维亚的神话和传说有着共同的兴趣。亲身经历过世界大战的刘易斯反对世俗的现代主义，所以选择寓言和童话的方式表达自己的宗教信仰。

根据他的小说改编的影片《狮子，女巫和魔衣橱》（2006）则充满了基督教的宣教色彩。影片讲述了一个奇幻故事：四个英国孩子，彼得、苏珊，埃德蒙和露西在家中的大衣橱中找到了通往纳尼亚王国的路，这世界被一个邪恶的白女巫所统治，终年寒冬却永远都没有圣诞节。在一些会说话的动物，特别是狮王阿斯兰的帮助下，女巫最终被击败，春天回到了纳尼亚，而四个孩子则成为国王和王后。这个故事充满浓厚的"基督教寓言"的味道，阿斯兰的被杀与重生代表了基督的死亡与复活，它牺牲自己以赎清人类的罪过。在这部影片中，狮王阿斯兰象征正义，是纳尼亚的造物主与守护神，还是贯穿整个故事的绝对主角。狮王是作者刘易斯根据《圣经》的故事构思而来，纳尼亚的希伯来文中一些和狮子有关的用语，往往将人甚至整个国家描绘成具有狮子的特质，特别是勇士和君王。影片中的阿斯兰在一个叫作石桌的祭坛走向死亡，其整个过程就是梅尔·吉布森《耶稣受难记》的简化版，充斥了肮脏可鄙的嘲弄、殴打和吐着唾沫的围观者。后来，当苏珊和露西站在阿斯兰的尸体边的时候，她们的姿势就像那些宗教绘画中哀悼的女人们一样；而当阿斯兰再次出现时，他身后的金光也是巴洛克式的风格。

有学者提出：电影剧作是一个自主发展的不完全受创作者控制的有生命力的系统——这一现象被西方著名心理学家荣格称为作品的“自主情结”，这种个人化的心理体验也使得对于电影创作心理的探索变得更加艰难，对于创作心理分析的深层展开分析，将必然涉及诸如心灵、个性、阴影、集体无意识等基本心理机制，这无疑将是探索“电影模式与创作意识”的重要范畴。

剧作是一个精神的家园，现实生活是一个物质的世界。对于这两个同时存在又同样重要的真实，中国古代哲学家王阳明曾经说人心有多大，世界就有多大。从某种程度上说，“学习者在电影剧作练习过程中应该首先学习发现情感，发现以往电影作品中掩藏的电影剧作者的情感体验；其次是在学习者自身人生经历中寻找这种近似情感体验；然后是学习尝试这种情感体验；最终是追踪这种情感体验的源头和流向，明确这种情感的确定性；在反复体会中不断产生对电影剧作的求知欲和电影剧作的创作冲动。”[1]

三、关于“模式化导致艺术创作僵化”的论断

艺术创作的一般原理“模式化导致创作的衰微”，是否也同样适用于电影剧作创作呢？有学者指出：“创作的艰难性和作品的唯一性在传统的艺术观念中占据着重要的地位。这两个特点决定了任何一种艺术都强调天才的独创，在内容和形式上对陈腐的观念进行革新。但电影却并不符合传

1　孟中：《论电影编剧中的情感教育》，《北京电影学院学报》2008年第2期。

统艺术的观念：创作上的集体工作特点；作品的可复制可拼贴的特点。”[1] 电影的创新与模式化创作是由电影的商品工业属性、回本原则以及对观众的尊重所决定的，电影的创新是在固有框架之下的创新，在符合观众预期之内的创新，受内在的艺术规律制约。芦苇在《电影编剧的秘密》一书中对这个问题论证得非常清楚，讲他年轻时边看电影边做笔记，某天想到“电影跟类型有关——任何一部电影都是类型电影”，他提到《双旗镇刀客》与《霸王别姬》都是严格按照经典类型片套路写出来，认为模式是一种学习方法。而在他写《霸王别姬》时，有两部外国影片是他的参照的目标，一是贝托鲁奇的《末代皇帝》，一是伊斯特凡·萨博的《靡菲斯特》。[2]

其实，情节模式化现象并非电影所独有。从电影的生产传播规律来看，把情节模式化看作导致电影创作僵化的重要因素，理由是不充分的。实际上，情节模式化不仅不是电影创作僵化的原因，从另一个角度来看，恰恰是电影创作兴盛的重要标志，比如好莱坞类型片。这是在观众与制片商的互动中产生的。情节模式化本身就是商业社会演剧繁荣的重要标志，这一点古今同理。模式化情节的出现意味着剧作家有效地抓住了受众的欣赏心理。而对模式化情节的陌生化处理同样可以创造出富有新奇感的作品，所谓电影剧作领域的创新，应该是建立在尊重艺术规律、尊重电影回本原则基础之上的创新。

1　理查德、麦特白：《好莱坞电影——1891年以来的美国电影工业发展史》，中译本导论部分，作者：胡克、刘辉，华夏出版社，2005。

2　芦苇：《电影编剧的秘密》，上海交通大学出版社，2013，第21页；“模式是一种学习方法”，第35页，提到这两部影片。

※ 思考题

1. 关于传统戏剧模式与电影剧作模式的关系，你认为是怎样的？在哪些作品之间你认为前后存在师承关系？

2. 你在自己喜欢的文学、戏剧作品或影片中发现哪些模式被一再应用？

第二章

电影剧作模式的研究现状

第一节　传统情节模式的研究

对电影剧作模式的研究，包括情节模式和结构模式两种。关于电影剧作情节模式的研究，包含剧作中“事件的组合”技巧，除了情节设置上的套路与技巧，也包括情节发展、人物形象及相互间的关系上的一种不断重复的套路。

电影剧作模式的根源在人类学与社会学，“情节模式”这一术语的使用率低于“情节类型”。“情节类型”使用的范畴多在民俗学领域，是“民间故事类型”研究的延伸，有时也合用作“故事情节类型”。而情节模式的使用则不限于民俗学领域，而且也较少和“故事类型”捆绑研究，具有较强独立性。“情节类型”研究更侧重于类的形成状况，类的特征具有模式的性质；“情节模式”研究侧重于模式的效仿，但模式细分也会出现不同的类型，二者既有区别，也有联系。

一、关于情节模式的划分

（一）对情节模式的最初划分

关于传统情节模式的研究可追溯到亚里士多德时代，他对情节模式做的理论研究，影响后世数千年。两千多年前的亚里士多德在《诗学》中对情节的定义、情节的特点、情节布局作了严谨而详细的理论，具有不朽的生命力。把戏剧分为6个部分：情节、角色、台词、思想、场景、歌曲。在对悲剧的定义中，他对情节（mythos）作了限定，认为："所谓情节，指事件的组合。"[1]情节是对行动的模仿。

他主张情节决定性格。根据他的定义，悲剧是对一个完整划一，且具有一定长度的行动的模仿，"一个完整的事物由起始、中段和结尾组成"。他认为：情节应该是一个整体。事件的承接要符合可然律或必然律的原则。情节应该模仿一个完整的行动。

他认为情节（事件的组合）是最重要的，强调人物不是为了表现性格才行动，而是为了行动才需要性格的配合。情节是悲剧的根本，是悲剧的灵魂。性格占第二位。他认为"优秀的情节应该表现有缺点或犯了某种后果严重的错误的好人由顺达之境转入败逆之境"[2]。

从以上的理论，可以总结出他在情节理论方面的贡献：

首先，他强调"情节"的整一，明确提出头、身、尾的划分，高度重视情节（动作）的重要。将情节看作是悲剧第一要素，这无疑是人类对情节模式的第一次划分。

亚里士多德认为"情节"高于人物性格，与当时社会的生产力水平有关。而人们相信命运，也与所处时代的艺术实际情况有关。"当时与戏剧

1　亚里士多德：《诗学》，Muthos在《诗学》中有时译作"故事"，见第68页注解21 muthos：作者对进行了界定：muthos在此指"情节"，而不是通常所说的"故事"。

2　亚里士多德：《诗学》，内容提要，商务印书馆，第25页。

比较邻近的文艺门类是史诗和抒情诗。悲剧多取材于史诗，主人公大多是神话、英雄传说中的现成名人，在性格刻画上比较粗疏，因而要从人物性格的刻画上把它与史诗区分开来是困难的。三个悲剧大师中欧里庇得斯比较注重性格，但亚里士多德对他恰恰不太欣赏、不太理解。至于戏剧与抒情诗的区别，比较明显的也正表现在情节、行动、布局方面。”[1]在欧洲文艺复兴运动之后，“人”被重新发现，人物的性格刻画越来越被艺术家们重视，肯定人、注重人性成为社会思潮，人文主义大师辈出，那个时代，人们不能同意在戏剧诸成分中把性格置于情节之下。另外，亚里士多德对情节模式的贡献还有：必然律和可然律的提出，揭示出因果关系的重要性。

根据必然律原则，亚里士多德提出戏剧在情节布局方面应该讲究合情合理。他一再强调，“一桩事件随另一桩而发生，须合乎必然律或可然律”，“情节中不应有不近情理的事，如果要它有，也应把这种事摆在剧外”。(《诗学》第十五章）他所谓的“合情合理”，并不排斥在情节中有意外事件，相反，他确信“惊奇是悲剧所需要的”。(《诗学》第二十四章）但无论意外还是惊奇，都不应表现为不近情理，其中奥妙之处在于不把它们处理成是在偶然状态、自然状态中发生的，而应该把它们作为特定的因果关系的产物。在论述如何通过情节达到悲剧效果的问题时他说：“如果一桩桩事件是意外的发生而彼此间又有因果关系，那就最能产生这样的效果；这样的事件比自然发生，即偶然发生的事件，更为惊人。”(《诗学》第九章）这也就是后世剧作家常常津津乐道的所谓“情理之中，意料之外”的布局诀窍，亚里士多德在两千余年前就有了明确的理论表述。

所谓与纯粹的“自然发生”“偶然发生”相对立的情节间的因果关系，就是亚里士多德主张的戏剧情节应合乎的必然律。照理，一切有情节的叙事性文艺样式都应讲究这一点，但亚里士多德提出这对戏剧更加重

1　余秋雨：《戏剧理论史稿》，上海文艺出版社，1983，第22页。

要。他说："史诗则比较能容纳不近情理的事（即是惊奇的主要因素），因为我们不亲眼看见人物的动作。赫克托耳被追赶一事，如在舞台上表演（希腊人站着不动，不去追赶，阿喀琉斯向他们摇头），就显得荒唐；但是在史诗里，这一点却不致引人注意。"（《诗学》第二十四章）这就是说，戏剧的动作性、可见性，使它在情节合乎必然律上的要求更高、更严苛。

（二）情节模式的技巧定义

除了对情节概念、布局的论述，亚里士多德还提出了诸如"突转""发现""悬念""延宕"等情节技巧。他体会到戏剧家们的苦衷，在于如何才能做到既有戏剧性效果又能合情合理，而且具体分析了"突转"和"发现"这两种布局手法——这两种在情节比较复杂的戏剧中用得极为普遍的手法：

"'突转'指行动按照我们所说的原则转向相反的方面，这种'突转'，并且如我们所说，是按照我们刚才说的方式，即按照可然律或必然律而发生的"（《诗学》第十一章）；

"'发现'，如字义所表示，指从不知到知的转变，使那些处于顺境或逆境的人物发现他们和对方有亲属关系或仇敌关系"，"一切'发现'中最好的是从情节本身产生的、通过合乎可然律的事件而引起观众的惊奇的'发现'"（《诗学》第十一、十六章）。

他强调两者都要合乎必然律原则。除了"突转"和"发现"这一悲剧中最打动人心的因素外，还提出常有的情节技巧有：巧合、震惊、误会等等。于是这种布局方法，在亚里士多德身后的两千年间，一直层出不穷于各地剧坛。由此可以证明，亚里士多德关于戏剧必须合乎必然律的原则，有着超乎时间的理论活力。[1]

在人物设置上，他提出："唯有那种尴尬状态的人特别适合担任悲剧

1 余秋雨：《戏剧理论史稿》，上海文艺出版社，1983，第22页。

主人公。”希腊人所深深信奉和赖仗的命运观念和因果报应观念，很容易造成由邪恶到惨败的“恶有恶报”的戏剧人物，以及纯粹因命运摆布而罹难的无辜者。亚里士多德理想中的悲剧人物正恰与这两种人相反，体现了他对命运观念的淡漠以至舍弃。

（三）关于情节模式的不同理论

在关于情节的理论中，比较有实际意义的有李渔的情节理论，以及黑格尔对情节的理论。福斯特在《小说面面观》中对情节的认识常被人提到，他说：“国王死了，因此王后也伤心而死，这是故事。”与亚氏相同，他强调的还是因果勾连。相比之下，弗莱关于“情节”的定义要宽泛许多，他说：“在虚构的文学作品中，情节是指某人做了某事。”电影学者D.波德威尔认为在电影中，“情节是用来包容所有在银幕上观众看得见、听得见的事物，情节可能包含于故事里的世界不相关的事物，比如序曲音剪辑和声音等无关剧情的元素”。[1]

在关于情节模式的诸多研究中，值得一提的是结构主义者的视角。结构主义者的方法既是对世界的一种想象，也是对世界进行分析的一种方式。“他们假定文化是一个分类系统，揭露了不同文化系统中表述出来的这些分类，像在语言方面，在亲属关系方面，在神话方面。”[2]例如，列维–斯特劳斯在其最初对神话所做的分析中剖析了俄狄浦斯故事。他把所有的情节划分为两大类：注重亲属关系与不注重亲属关系；俄狄浦斯杀死他的父亲，证明不注重亲属关系，俄狄浦斯娶他的母亲，则表明注重亲属关系，一种对高度痛苦的事件进行的相当冷酷的分析方式。随后列维–斯特劳斯展示了神话怎样解决这两大类之间的矛盾冲突。

俄国民俗学家普罗普从功能的角度分析了俄国童话中的人物在故事

1 大卫·波德威尔（David Bordwell）、克里斯汀·汤普森（Kristin Thompson）:《电影艺术：形式与风格》，世界图书出版公司，2008，第92页。

2 詹姆斯·皮科克（James Peacock）:《人类学透镜》，汪丽华译，北京大学出版社，2009。

中的作用后总结出了7种人物和31种功能序列。这是一种结构意义上的划分，更多的是揭示了情节进展的顺序和排列组合的可能，也是从民间故事的角度总结的关于情节过程推进的细分。

7种人物是：

1. 主人公（寻找者或受害者）。

2. 坏人。

3. 公主（被寻找的人）和她的父亲。

4. 派遣者。

5. 施受者。

6. 助手。

7. 假主人公。

叙述结构中的31种功能：

1. 一个家庭的成员不在家。

2. 英雄听到了一个禁令。

3. 这个禁令被违反。

4. 反角进行了一次试探性侦察。

5. 反角得到了有关他的受害人的情报。

6. 反角试图欺骗他的受害人，以图占有他或他的财产。

7. 受害人上当受骗，并因而无意中帮助了他的敌人。

8. 反角对一个家庭的某个成员造成了危害或伤害。

9. 不幸或不足的情况被公诸于世：英雄接到了一个请求或命令；他得到前往的许可或受到派遣。

10. 追求者同意或决定采取对应行动。

11. 英雄离家。

12. 英雄受到考验、检查、攻击等，所有这些为他得到一种神奇的力量或一个帮手铺平了道路。

13. 英雄对未来的施主的行动作出反应。

14. 英雄得到了一种神奇的力量。

15. 英雄被转移，得到解救，或被带至他所寻求的对象周围。

16. 英雄与反角直接交战。

17. 英雄被打上烙印。

18. 反角被击败。

19. 最初的不幸或不足状况得以解除。

20. 英雄返回。

21. 英雄遭追逐。

22. 将英雄从追逐中解救出来。

23. 未被认出的英雄回到家或另一个国家。

24. 一个假英雄提出了无理要求。

25. 英雄接到建议去完成一项艰难的任务。

26. 任务完成了。

27. 英雄被认出。

28. 假英雄或反角被揭露。

29. 假英雄被赋予一张新的面孔。

30. 反角受到惩罚。

31. 英雄完婚并登上王座。

在列举和讨论了31种功能之后，普罗普得出了很多他所谓的“一般推论”，可概括如下：

1. 只有31种功能。

2. 一种功能合乎逻辑地从另一种功能发展而来（而不是一种功能排斥另一种功能）。

3. 各种功能通常成对出现（如：斗争/胜利）。

他列出了功能中的两级对立：

英雄	坏人
寻找某物	阻碍主人公（英雄）
遭难	惩罚主人公
受苦	使主人公受难
被遣	参与侦察
得助（神奇的力量）	有亲信（邪恶的技巧）
女主人公（得救）	女巫（对主人公施魔法）
表面上的坏女人	使人看清假主人公的邪恶
爱情	淫欲
年轻的（儿子）	老（父亲）
英俊	丑陋
个人主义者	集体主义者
想象，发明	技术，人力
找到捐赠者	阻碍寻找捐赠者
得胜	被打败

自从普罗普写出有关俄国民间传说故事的著名研究以及列维–斯特劳斯写出许多他对神话的研究之后，许多不同“模式”的关于叙述的分析研究或者依各种不同情况研究叙述。如格雷玛斯、罗兰·巴特等。罗兰·巴特关于“序列”提出了自己的说法：“叙事作品的功能覆盖层要求一个中继组织，其基本单位只能是一小群功能，我们这里称之为一个序列。”[1] 按照序列是所有叙事作品最基本的结构层面这种说法，“情节就是对一系列序列的安排、加工和组织，在把它们叙述出来的过程中，赋予序列以情感价值和认识价值”[2]。

1　罗兰·巴特：《符号学美学》，辽宁人民出版社，1987，第125页。

2　罗岳：《非整一结构的对话性》，载《电影剧作观念》，中国电影出版社，2006，第187页。

二、情节模式：仪式的戏剧化

（一）从仪式到电影

我们知道，神话给我们提供了一种理想，一种不容置疑的、通常是提供了行为模式的、先验的价值系统。而神话及其文化形式要获得表现，则要靠仪式的戏剧化，除了仪式活动和叙述主题之外，神话的基本形态中包含一个特殊方面：即通过仪式的戏剧化，来表达个人与社会之间的关系和冲突：在每一种类型模式里真实的、不可调和的文化矛盾通过戏剧化的叙述得到了调和。“神圣的仪式是人类最具特色的特征，其最基本的形式与巫术有关，积极地试图去控制自然和上帝。”[1]

希腊语把仪式称dromenon，意谓“所为之事”。[2]“它表明，希腊人已经认识到，要举行一种仪式，你必须做一些事情，也就是说，不止是在心里想象，而且还要用动作把它表现出来，或者，用心理学的术语讲，是指当你体验到一种刺激，不应仅仅是被动的体验，还要对它有所反应。”[3]在古希腊，仪式是实际的行为，是模仿性的舞蹈。而在希腊语中用于指称戏剧表演的字眼drama，与dromenon这个词一脉相连，drama也同样意指“所为之事”，希腊语文本甚久毋庸置疑地表明，艺术和仪式之间是一门宗亲。

所谓仪式，“实际上是一种固定不变的行动，这种行动虽不是真正可行，却还去完全没有同实际做法割断联系，只是对真正实际做法的回忆或者预示。”[4]弗莱曾经指出仪式与戏剧的关联：“最易于觉察类似仪式成分的，不是在固定剧院和为有教养观众演出的戏剧之中，而是在朴质的或为图热闹的演出中，如民间戏文、木偶戏、哑剧、滑稽戏、露天赛会以及它

1 爱德华·O.威尔逊：《社会生物学》，北京理工大学出版社，2008，第526页。

2 简·艾伦·哈里森：《古代艺术与仪式》，刘宗帝译，三联书店，2008，第18页。

3 同上。

4 同上。

们流传到化装舞会、喜歌剧、商业性影片和活报剧中的遗风。”[1]

而仪式的戏剧化，指的是公式化的情节，即一个完整的戏剧化情节系列。在人类学的观察中，仪式的集体性是其重要特征，它往往由若干共同情绪体验的人们集体参与。有学者指出：“影视剧的魅力和作用在市民们的日常生活中具有了某种‘仪式’的性能。这种仪式是专门来俘虏、调配人们的幻想和情感的。”[2] 具体到类型电影中，歌舞片的题材模式，则来自舞蹈和现实生活的结合。歌舞片中的歌舞都源于舞台，处理歌舞同电影的关系，一直是歌舞片所面临的课题。而如何处理舞台化痕迹则是歌舞片一直要面对的课题，现实生活中毕竟是很少有人又唱又跳。在影片中，常常采用的一种形式是“教-学模式”，主人公通过学习展示了跳舞，在教与学的关系中自然地带出优美唱段，如日本影片《谈谈情，跳跳舞》（*Shall we dance*，1996）中表现了沉默内向的男主角学习跳交谊舞的过程；美国电影《荣誉》(《*Fame*，1980》）中讲述了一群学生从报考艺术学院直至毕业期间学习艺术的经历；西班牙电影《卡门》（*Carmen*，1988）中，是讲年轻的女舞蹈演员初次担任主角，在学习过程中发生的事情，导演发现在这段关系中，自己爱上的原来只是幻象；美国电影《中央舞台》（*Center Stage*，2000）中，是芭蕾舞学校招生培养青年芭蕾舞演员，《歌舞线上》（*A Chorus Line*，1975）是某舞蹈团挑选演员等。再如《歌舞青春》（*High School Musical*，2006）系列电影中也展示一个围绕参加比赛、演出，直至毕业、情侣面临分手的故事，而聚焦内心挣扎、自我斗争的影片《黑天鹅》（*Black Swan*，2010）则是围绕一个热爱舞蹈女孩子在学习过程中超越内心不安、最终站在舞台上完美谢幕的故事。

无论是情节剧、类型片，还是如法国新浪潮、意大利新现实主义等流派的“非情节性电影”、现代电影，关于情节模式的研究从未停止。对于它们而言，分类也显得格外重要。它们可以被分为情节剧模式“非情节

1 诺斯罗普·弗莱：《批评的解剖》，百花文艺出版社，2006，第154页。

2 周月亮：《影视艺术哲学》，中国广播电视出版社，2004，第72页。

性”电影模式、现代电影模式，而古典好莱坞影片显然可划分为强情节剧作模式。

第二节　关于电影剧作情节模式的划分

一、戏剧情节模式与电影情节模式

（一）什么是36种戏剧模式

这种剧作模式来源于戏剧模式，是由法国戏剧家乔治·普罗第（George Polti）提出的。在他之前，电影艺术诞生之前100年前，18世纪末，意大利戏剧家卡洛·柯齐（Carlo Gozzi）查阅了大量古代戏剧作品，得出结论：世界上的一切戏剧剧情，都可以被归纳为36种模式，但他并未一一指出这36种剧情模式。

20世纪初期，法国戏剧家乔治·普罗第（Geprge Polti）在研究了1200部古今戏剧作品后，写出了《乔治·普罗第戏剧的36种情境》（*Georges Polti's Dramatic Situations*），找出并列出了36种剧情模式。他认为，古今所有的戏剧剧情都不会超出这36种模式。在接下来的一个世纪，这本书在西方广为流传，特别是在美国编剧界，被认为是电影编剧的必读教材。这本书在20世纪上半叶由洪深翻译介绍到中国，并在一系列电影剧本创作中予以实践。

（二）如何评价36种戏剧模式

1. 强戏剧性与艺术规律

作为情感艺术的电影，理应向大家提供不同类型的情感供应。之所以这些模式能吸引观众，是因为观众在现实生活中不可能每天体验到“喜怒哀乐悲恐惊”这些不同的情感的。从某种程度上讲，这36种模式实际囊括了230多种戏剧情境，最大面积地涵盖了电影剧作的情节，有研究者认为：“无论是亚里士多德、歌德、席勒，还是柯齐和乔治·普罗第都只是对戏剧剧情模式作出分类，只有到了赫尔曼和麦基才开始真正对电影剧情模式进行分类，但是他们都没有超越普罗第所做的分类的高度。”[1] 随着时间的流逝和时代变迁，我们应当承认的是，法国人总结的“36种剧情模式”，至今还非常广泛而普遍地出现在影视作品中，延续着不息的生命力。“尽管普罗第的36种情节模式是通过对20世纪初以前的作品的分析归纳得出的，但我们仍能发现，大部分的现代影视剧的情节都能在其中找到所契合的模式。”[2]

仔细研究不难发现，普罗第提出的36种剧情模式，很大程度上是人类极端情感关系的概括，超越时空、国别、族群，在任何时代都充满强烈的戏剧性，基本上生活中类似这样的戏剧事件皆具备足够的戏剧价值，具备内在的吸引观众眼球的特质。亚里士多德在阐述情节理论时将“情节（动作）”立为悲剧的根本，“历史表明，只有很少一部分人，在一个短时期内，才喜欢那些性格和对话胜过动作的戏剧。各个时代的大多数人，不管文明程度的高低，都是首先喜欢突出动作的，而性格和对话只是人们更好地理解戏剧动作的辅助。”[3] 任何时代，喜欢淡化情节影片的只是少数观众，“天下之文心少而里耳多”，这实际上就是强戏剧性的剧情模式具有巨大的衍生能力和群众基础、并千百年来持续不衰的原因。“强戏剧性”决定了他们的生命力，这是由它的内在艺术规律决定。对剧情模式的反复摹写取得巨大成功的例子，在影史比比皆是。“一个时期有一个时期的‘文化压力’，这个压力便是这一时期的故事平台。”[4]

1 陈咏：《论36种情节模式》，载刘一兵：《电影剧作观念》，中国电影出版社，2006。

2 周涌：《影视剧作艺术》，中国传媒大学出版社，2005，第49页。

3 余秋雨：《戏剧理论史稿》，上海文艺出版社，1983。

4 周月亮：《影视艺术哲学》，中国广播电视出版社，2004，第83页。

2. 难以囊括新的模式

是不是可以这样说：由于戏剧的基本元素相对较少，却有无穷多、无穷丰富的组合方式，然而“绝大多数情节的基本结构元素自情节出现以来就一直存在着。那些宣称他们发明了一种新的情节的往往对戏剧和文学知之甚少，更别说那些浩如烟海的神话、传奇、语言等自语言发明以来人们一直在讲述的内容了。比原创情节更重要的是原创一个角色。因为令人难忘的往往是角色，而不是情节”[1]。所有那些关注超越时间的永恒问题的元素，都会永不过时。比如复仇主题——这一希腊、罗马作品的基础，在影片《哈姆雷特》《教父》《猎鹿人》《搜索者》《永垂不朽》《低俗小说》《红色娘子军》等影片中反复呈现。从这个角度说，“36种剧情模式”中所列出的模式具备相当程度的合理性与普世意义。

另外，由于阶级和时代的局限，随着时代的发展，也有许多新的模式，比如成长模式、比如幽微婉转的内心冲突，在描摹到内心戏时，是它所难以囊括的。有研究者指出“在20世纪50年代以前，世界上几乎所有的电影剧情都可以涵盖在36种剧情模式之内”。随着现代主义的兴起，无论戏剧还是电影，36种剧情模式无法再涵盖所有的电影剧情模式。比如像梅特林克的戏剧、契诃夫的戏剧，比如像《放大》《暴雨降至》《我们俩》这样的电影等，都是模式之外的作品。日本剧作家鬼头麟兵认为：“这是学者分析现有作品情境得出的，并不是作家要根据某种情境去写作戏剧。这种情境是公式的，不能套用，必须由内容产生出新的情境。事实上它的参考价值还值得怀疑。 实际作品并非单独一个剧式而是由其中几种适当地组织在一个戏里的。”[2]这种“必须根据内容产生出新的情境”其实是对“模式”与“情境”的关系阐述，对于模式的论述，笔者更倾向于赞同这种说法。作为好莱坞畅销的编剧小册子，在理论界一般很少被提及，即使提起也是一带而过，不被认为有学术价值。小津安二郎认为：“我不认为电影有公式，

1 霍华德·苏伯：《电影的力量》，李迅译，中国人民大学出版社，2008，第10页。

2 刘一兵：《论36种情节模式》，载陈咏：《电影剧作观念》，中国电影出版社，2006。

也不认为电影只有一种公式，如果有一部好电影，那它已创造了自己的形式。”[1]但它关于创作分类的思想，却值得认可。

（四）其他情节模式的划分

麦基的《故事》销量甚高，被称为“美国编剧的福音书”。该书列出了银幕剧作家通用的类型和次类型系统——这套系统是通过实践而不是通过理论演化而成的，并强调了题材、背景、角色、事件和价值的差别。[2]其中涉及的情节模式有：

6. 成熟情节。或曰成长故事：《小鹿斑比》。

7. 赎罪情节。主题多为主人公内心的道德变化，从坏变好：《辛德勒的名单》。

8. 惩罚情节。好人变坏，并受到了惩罚：《华尔街》。

9. 考验情节。坚强意志对屈服于诱惑的故事：《老人与海》。

10. 教育情节。人生观、他人观的深刻变化：《谈谈情，跳跳舞》。

11. 幻灭情节。世界观由正面到负面的深刻变化：《了不起的盖茨比》。

需要指出的是，情节模式广泛地存在于各种样式的影片中，并非只存在于类型电影中，它还存在于所谓反情节的先锋电影或实验电影与散文式风格的影片、艺术探索片中。比如散文式电影《城南旧事》中的疯狂、偷窃的元素，《黄土地》中革命的背景等。

与36种情节模式相比，可以看出，电影作为社会思潮的晴雨表，当代电影的情节模式越来越多地聚焦人物的内在冲突，关注个人的成长历程与心理状态，直面人的心理危机与微妙变化，更多展示现代人的幽微心灵。

1　大卫·波德威尔（David Bordwell）、克里斯汀，汤普森（Kristin Thompson）：《电影艺术：形式与风格》，世界图书出版公司，2008，第478页。

2　这些类型和次类型系统包括：1. 爱情故事；2. 恐怖影片；3. 现代史诗；4. 西部片；5. 战争类型；6. 成熟情节；8. 惩罚情节；9. 考验情节，坚强意志对屈服于诱惑的故事：《老人与海》；10. 教育情节；11. 幻灭情节；12. 喜剧；13. 犯罪；14. 社会剧；15. 动作/探险；16. 历史剧；17. 传记；18. 纪实剧；19. 嘲讽纪录片；20. 音乐片；21. 科学幻想；22. 体育类型；23. 幻想；24. 动画；25. 艺术电影。载麦基：《故事》，中国电影出版社，第99页。

除了这些编剧法则上的划分，经常被用来分析现代电影叙事，对情节模式的研究有理论工具意义的还有众所周知的列维斯特劳斯的结构主义、弗莱的原型批评以及普罗普的功能理论等。

二、电影剧作中情节发展的动力

影片中常见的情节发展的主要动力常常分为两类：一类是主观的，一类是客观的。在主观解决的一类中，人物内在性格的变化多出现在以人物性格的变化为主导的电影剧作中。

而客观解决的一类则包括外部事件、机械降神、不可抗拒的力量，往往与“巧合”相连、多出现在具有一波三折的情节的剧作中。

（一）情节动力与困境突围

情节的发展源自困境中的解决，所谓“置之死地而后生”。从原始人在洞穴上的绘画从祭祀到排兵布阵、希腊神话表现的人与命运的较量、被命运之手操控、摆布，无不说明了这一点。对于人类而言，最大的困境在于对死亡的恐惧。也就是美学上的“死本能”。这也是各类艺术的驱动力。

作为电影，困境突围这一主题同样被纳入艺术创作的表现视野。困境，危机，常常作为初始情境的不二法门。罗伯特·麦基在《故事》中谈论人物塑造时说：“人物真相只有当一个人在压力之下做出选择时才能得到揭示——压力越大，揭示越深，该选择便越真实地表达了人物的本性。”[1]在谈到结构的功能时，提到：“结构的功能就是提供不断增强的压力，把人物逼向越来越困难的两难之境，迫使他们做出越来越艰难的冒险的抉择和行动，逐渐揭示出其真实的本性，甚至直逼其无意识的自我。”影片《正午》的开端，警长凯恩陷入危机，试图在镇上找到同盟者来对付

1　罗伯特·麦基：《故事》，中国电影出版社，2001，第99页。

小镇共同的敌人，但是不同的人以不同的理由拒绝了他。

在动画影片《飞屋环游记》（*Up*，2009）的开端部分，妻子去世后卡尔赶走上门谈判收购房子的地产商，在暴躁情绪中失手打伤了工人，面对不得不搬迁的时候，他想到了保存房屋和追逐未竟梦想的双全办法——直接用热气球将屋子拔离地面，开始冒险之旅。这个困境开端设置得简明利落、充满情节驱动力。

（二）情节铺垫与驱动细节

麦格芬（MacGuffin），是希区柯克提出的“驱动细节”的概念。英国著名小说家吉卜林大多数间谍小说的核心是对一些秘密公文的追逐，后来被称作“麦格芬（MacGuffin）”。[1]所谓的“麦格芬”手法，意思是并不存在的东西，它表示一个话题或一个简单的情节和意念，并由此而生发出来的悬念和情节，目的在于误导观众。即某人或物并不存在，但它却是故事发展的重要线索。这是希区柯克最常用的一种电影表现手法。

希区柯克曾经通过一个例子来解释“麦格芬”（MacGuffin）这个语汇。一列苏格兰火车上，一位乘客看到邻座乘客形状奇特的包裹后追问究竟，对方回答：“它是麦格芬。”“什么是麦格芬？”“在苏格兰高地捉狮子用的。”“可苏格兰没有狮子啊！”“所以，也就没有麦格芬啦。”[2]他提出，“麦格芬（MacGuffin）不仅用不着认真对待，而且它变得微不足道会更好一些。”在《三十九级台阶》里“麦格芬”是一个技术公式，从头到尾成

1　弗朗索瓦·特吕弗：《希区柯克与特吕弗对话录》，郑克鲁译，世纪出版集团，上海人民出版社，2007，第107页。

2　弗朗索瓦·特吕弗：《希区柯克与特吕弗对话录》，郑克鲁译，世纪出版集团，上海人民出版社，2007。第六章：希区柯克：“多年来我学会的重要一点是，‘麦格芬’其实什么也不是，我对此深信不疑。我最好的‘麦格芬’手法——所谓最好的，我的意思是说最空灵的，最不存在的，最微不足道的——就是《西北偏北》中那一个。这时一部间谍片，剧情提出的唯一问题是：“这些间谍在寻找什么？”在芝加哥飞机场那一场戏里，美国中央情报局的人员向桑希尔解释一切，因为他在谈到维丹姆时曾问他们：“他是干什么的？”那一位回答：“可以说，这是一个做进出口贸易的家伙。”“他卖什么？”“噢！……这正是政府的秘密！”您看，这里，我们把“麦格芬”缩减到最纯粹的表述形式：什么也没有。

了一个贯穿剧情的悬念，在《贵妇失踪案》里则简化到极致，成了一段英国小调的旋律。在他的影片《西北偏北》中，在芝加哥机场，一个中央情报局的人问他的同行在做什么，人家回答他，说是在研究进口出口问题。“可他卖些什么呢？”“国家机密。”而在影片《美人计》里，“麦格芬”则被藏在酒瓶中，成为被用于制造原子弹的铀。影片筹拍于广岛原子弹爆炸前一年，关于美军秘密研制超大规模武器的传言盛行，灵感由此而来。他还就这个设定的合理性向著名物理学家米利肯求证，却被联邦调查局暗中监视了三个月。

驱动细节在情节发展中的意义在于利用某个表面细节误导观众，随着剧情的进展观众会逐渐忘掉，在临近结尾之处揭开谜底，属于情节模式的一部分。属于经典情节模式中的“悬念”与“误解”。

除以上列出的物品、一个简单的情节，驱动细节还可能是一出相对完整的事件。类似的驱动细节在希氏的影片《迷魂记》中也得到了充分的应用。在《迷魂记》中，影片的驱动细节已经成了推动剧情发展的重要力量。《迷魂记》的剧情围绕着一场精心策划的阴谋。加温·埃斯特是一名商人，他的妻子马德莲是一位造船商人，为骗取妻子马德莲的巨额遗产，他设计了谋杀妻子的整个阴谋。他首先挑选了患有恐高症的警探斯克蒂，向他编造了马德莲被自杀身亡的祖先附体的故事，并以保障妻子安全为由雇佣斯克蒂跟踪其妻，而斯克蒂浑然不知自己跟踪的是玛德莲的替身朱蒂，一个被雇佣的谋杀帮凶。斯克蒂被这个神秘的女人迷住了，“马德莲”告诉他一件“记忆中的事”，似乎是她祖先的回忆。斯科蒂据此描述把她带到了教堂，认为这就是“马德莲”记忆中的事，但她爬上教堂的高塔顶端，坠楼身亡。影片的第一段落画下句点。此处“玛德莲”的替身角色设置实际属于“误导观众”的驱动细节。而像《公民凯恩》中的玫瑰花蕾则不属于驱动细节。

第三节　电影剧作结构模式

一、关于戏剧结构模式的传统理论

如果说情节模式是针对具体事件组合安排的关照，那么剧作结构模式的研究则是对影片总体架构的把握。在这里，试图简单梳理电影剧作结构模式的流变，与社会、时代之间的关系。在戏剧结构模式中的研究卷帙浩繁，其中对戏剧剧作结构有深远影响的传统理论，至今依然散发着有启示意义的理论光芒。那么，在现在的研究中，对于创作实践有指导意义的有哪些?

关于剧作结构模式的经典理论，目前对于创作有实际意义的，笔者认为应该包括：亚里士多德关于 结构“头、身、尾”的划分，与艺术作品三段式的规则，戏剧理论中世阿弥的“序、破、急”的论述、李渔的戏剧结构论以及结构主义者们的态度。

结构对于戏剧的特殊重要性体现在三个方面：包括结构的单一性、结构的内部衔接、结构的完整性。李渔所说的“结构”二字，可以做动词来读，带有“布局”“构思”的意义，不能完全作为已凝结在作品中的艺术因素来理解。他认为：结构是有关戏剧整体的艺术生命，在各种艺术因素中也应置于首位，他说：“填写首重音律，而予独先结构，在他心目中戏剧诸因素的次序应该是“结构、词采、音律”[1]。

结构的单一——这是他的结构论中十分突出的论题，“此一人一事，即作传奇之主脑也”。这里的“主脑”，实际上是指结构的枢纽，结构中的

1　李渔：《闲情偶寄》，上海古籍出版社，2000，第30页。

制高点。"立主脑"的目的和功用，在于以此来归拢和廓清结构。可排除一剧之中多中心、多枢纽的倾向，使千头万绪归于一端，这是结构简单化的第一步。

他提出了"一线到底"的严格标准，认为头绪忌繁是剧作成败的关键[1]。他说，一线到底的戏，三尺童子看了，皆能了了于心，便便于口；而枝叶繁多的戏呢，只能使观众对其人莫识从来，对其事无力迎接，满眼只是频繁替换。"一线到底"的实质在于"结构的单一化"。[2]

结构的内部衔接——他把将"勿使有断续痕"列为一条重要的结构原则。他指出："所谓无断续痕者，非止一出接一出，一人顶一人，务使承上接下，血脉相连；即于情事截然不相关之处，亦有连环细笋浮于其中，看到后来方知其妙；如藕未切之时先长暗丝以待，丝于络成之后才知作茧之精。"[3]这里的"勿使有断续痕"也只是意在内在联结，并不排斥技巧上的跳跃、转换、顿挫。有时故意施展这些技巧反而会加强观众的悬念，因而也就从更深的意义上加强了衔接力。他认为：戏剧遇到自然停顿的豁口（如"小收煞"）就是依靠令人揣摩下文，不知此事如何结果这样的悬念接通上下。

另外，李渔关于结构间"重机趣"的言论，也有很强的现实意义。

结构的完整性、完整结构最主要的外在体现，则是头、身、尾的组合和呼应，在这点上，他大体上承袭了关于"凤头、猪肚、豹尾"的说法而把它用之于戏剧故事。对于开头要求"机锋锐利"，使观众一开头就能看到剧情一往而下的爽快劲头，戏中的主角、名角"不宜出之太迟"，这也是对完整的戏剧结构的要求，认为好的收尾应该临了再起一个波澜，或由惊到喜，或由疑转信，波澜与情致兼备。

1 关于这个标准，他得出结论："作传奇者，能以头绪忌繁四字刻刻关心，则思路不分，文情专一。其为词也，如孤桐劲竹，直上无枝条，虽难保其必传，然已有《荆》《刘》《拜》《杀》之势。"来处同上。

2 余秋雨：《戏剧理论史稿》，上海文艺出版社，1983，第317页。

3 李渔：《闲情偶寄》，上海古籍出版社，2000。

宗白华说：一切文艺都下意识地有几分适合于一般人，所谓“俗人”或“常人”的文艺欣赏的形式和要求。所谓常人，是指那天真朴素，没有受过艺术教育与理论，却也没有文艺上任何主义及学说的成见的普通人。他们是古今中外一切文艺的最广大的读者和观众。而常人对于艺术的形式方面潜伏的要求是“在形式结构上要条理清楚，章法井然，俾人一目了然，易于接受，符合心理经济的原则”[1]。而电影剧作结构的整一对于观众的观赏而言具有不可低估的重要价值。

时至今天，李渔强调“结构单一、完整”的剧作理论对电影剧作仍然具有巨大的现实意义和理论价值，因为它符合常人的心理接受原则。格利菲斯的《党同伐异》尽管艺术成就甚高却遭票房惨败，陆川的《南京！南京！》因结构的繁杂，打破了“结构的整一”。在笔者看来，因为结构的庞杂、不够单一而使得叙事力量得到消解，是“使观众对其人莫识从来，对其事无力迎接”的例证。

二、冲突律——电影剧作普遍遵守的创作模式

劳逊将戏剧理论带入电影而成为建设者，因而最早的电影剧作理论是建立在戏剧“冲突”的基础上的。电影从一开始就是向戏剧学习叙事的，在戏剧、电影理论中，“冲突”不是一个单纯的观念，而是一种系统——“冲突观”，这是一个概念的系统，由一系列的观念组成。

“冲突”是传统戏剧中戏剧性的核心元素。从戏剧理论的长河来考察会发现，在古希腊时期，并没有出现“冲突”这个概念，它的提出、深化与完善是社会历史变迁的结果，并成为相当长的时期内电影剧作普遍遵守的创作法则之一。

1　宗白华：《美学漫步》，人民文学出版社，2006，第109页。

（一）从亚里士多德到劳逊

1. 古希腊时期

亚里士多德曾经引证戏剧之所以被称为drama，就是因为戏剧是凭借着人物的动作来模仿的，多里斯人称动作为dran，而这正是戏剧drama的起源。奴隶主民主制是当时新兴的、较进步的努力社会政治制度。虽然存在阶级矛盾，但相对稳定的社会所带来的繁荣掩盖了阶级矛盾，希腊人民具有政治投票权。古希腊戏剧艺术在全民庆典的背景下产生是大家投身于民主制政治的重要艺术标志，亚里士多德给情节的定义，其实就是“动作”。

亚里士多德的戏剧学说完全符合古希腊悲剧的审美标准，即肃穆、端庄、沉静、圆满、凝固、均匀，而是不是“冲突”。从悲剧内容来看可能包含着冲突元素（比如《俄狄浦斯王》中俄狄浦斯与情境的冲突，《美狄亚》，人物的内心冲突），但从当时的社会环境来看，是没有产生以冲突为核心的戏剧理论的。虽然后来有英国研究亚里士多德的学者浦卷教授对“动作”做出了延伸的解释：“戏剧的含义不仅包括完整的、显著的、有目的的事件（动作），并且含有冲突之意。”他说“我们不妨把亚氏的话略加修改悲剧的灵魂，不是布局，而是戏剧冲突。”[1]戏剧的表现形式两个要素：作为表演主体的人和作为媒介的语言，这是戏剧和后来产生的电影的最大的区别。

2. 文艺复兴时期的“三一律”

文艺复兴活动中，《诗学》中的“动作的一致”被极大地提升为文学艺术的绝对规律——“三一律”，在“三一律”里“动作的一致”被强化为绝对封闭的情节，只许一个主人公的单一事件，将亚里士多德的一人或多人“一事”绝对化为“一人一事”，“时间一致”和“地点一致”的概念

1 余秋雨：《戏剧理论史稿》，上海文艺出版社，1983。

则是从“动作的一致”中引申出来的，将地点生硬地限定为“以一个人就能见到的为范围”，使文艺复兴时期的戏剧走向了形式的极端。17世纪欧洲文化中心转向法国，而当时的法国仍处在封建君主专制的统治之下，新兴的资产阶级只能软弱地妥协，随之诞生的无产阶级处在社会的最底层。此时的古典主义实际上是法国中央集权的君主专制制度的产物，要求封建时代私人利益服从于国家、君主利益。正因为“三一律”罕有这种极端形式，使得它满足了统治阶级的意志，法国皇家学院依据此“三一律”成为文学艺术的“法律”，强迫所有艺术家必须遵守，这使戏剧逐渐丧失了民主性的特点。法国古典主义只含有局部的现实主义，它讲究阶级的壁垒森严，悲剧的殿堂只有国王和英雄存在，市民只能生活在喜剧中，如“可悲的国王，可笑的市民”，此后，“三一律”统治了法国剧坛有一百年之久，这也是法国历史上最黑暗、最专制的时期。在这种氛围中，法国古典主义作家高乃依在创作中提出性格冲突的看法，这看法同亚氏学说中的“性格寓一致于不一致”相符合，由此创造出了《熙德》中的灵肉分离的女主角和情节的非整一结构。

3. 从启蒙运动到黑格尔：冲突理论产生并确立

18世纪初，法国启蒙理论的倡导者伏尔泰在一封信里写：“每一场戏必须表现一次争斗。”文艺理论家狄得罗在他的《论戏剧体诗》涉及戏剧情境时正式提出了戏剧“冲突”学说。他提出：“戏剧情境要强有力，要使情境和人物性格发生冲突，让剧中所有人物都同时关心一件事，但每个人各有他的利害打算。”这表明他的选材原则和剧作技巧处理原则是围绕着戏剧“冲突”的。他认为：人物的性格要根据他们的处境来决定，真正的对比乃是性格和处境间的对比，不同人物的利益间的对比。他处在大革命前，阶级矛盾对立尖锐、社会各种矛盾冲突即将总爆发的前夜，继英国资产阶级革命之后，一场即将来临的更大的风暴将从法国向整个欧洲蔓延。在这特定的社会历史环境中，狄德罗坚决批判了古典主义的教条陈规，由衷崇尚暴力革命，在他的艺术思想中，将生活中的悲惨景象，转化为艺术中的悲剧情境。将古希腊悲剧的怜悯、恐惧的教化功能提高到压迫、反抗的革命启蒙宣传。

系统地提出“冲突”学说的是18世纪后期德国思想家黑格尔。这一学说提出自有社会变革的背景原因：1789年的法国大革命，社会冲突的总爆发所带来的各阶级生死存亡的命运转变。黑格尔分析了三种冲突情境：

第一，物理的或自然的情况产生的冲突，这些情况本身是消极的、邪恶的，因而是有危害性的；如疾病、罪孽和灾害等。

第二，由自然条件产生的心灵冲突，这些自然条件虽然本身是积极的，但是对于心灵，却带有差异对立的可能性，如家庭出身和阶级关系等；但这两种冲突或是不合理或是不公平，不能成为理想的情境，只能作为“心灵的分裂”的“原因”和“基础”而发生作用。

第三，由心灵性的差异而产生的分裂（性格冲突），这才是真正重要的矛盾，因为它起于人所特有的行动。[1]

黑格尔认为，“冲突”是人物性格在某种具体情境中两种普遍力量（人生理想的分裂和对立）。并且，人物性格的高度和深度也要以冲突来衡量，他说：“人格的伟大和刚强只有借矛盾对立的伟大和刚强才能衡量出来。”相对“三一律”，黑格尔的“冲突学说”认为“动作（情节）的整一性”是真正不可违反的规律，而地点，时间的整一性却可以可有可无。他提到了“由心灵的差异而产生的分裂（性格冲突）”是真正重要的矛盾，关注到性格冲突产生的动作行为。

至此，在戏剧中以冲突为核心的创作规律——“冲突律”确立，情节是否具有戏剧性取决于冲突的强调；动作的取舍在于是否能导致冲突；结构的“起承转合”，指的便是冲突的不同阶段。

将“冲突”学说升高到“社会冲突”的是剧作家劳逊，他认为戏剧冲突也是以自觉意志的运用为依据，没有自觉意志的冲突一定是完全主

1 黑格尔：《美学》第三卷，商务印书馆，2000。

观或者完全客观的冲突，戏剧的基本特征是意志在其中发生作用的社会性冲突[1]。由于戏剧是处理社会关系的，一次戏剧性冲突必须是一次社会性冲突。

由于历史的局限，劳逊所强调的社会性冲突，仍是指的外部的、可见的冲突，这是冲突的外部现象，他没有涉及内心的冲突。而这也是贝克和梅特林克等理论家所意识到的、契诃夫等剧作家在戏剧创作中存在的现象。有学者指出："劳逊的贡献有两个，一是把戏剧'冲突'学说完全引到了现实主义的道路上来，为现实主义创作提供了十分完善的'冲突律'学说；二是把戏剧理论引入电影剧作理论。"[2]

在这之前，没有一本成形的电影剧作理论书籍，包括劳逊在内的电影理论家和电影工作者都是从事戏剧出身，电影剧作理论一片空白，传统戏剧理论中"冲突"学说更快地影响到电影的发展。"外部动作"冲突成为电影的主要叙事方式。

侯曜在1926年编写的《影戏剧本作法》里提到"影戏材料当包含的要素"包括"危机、冲突、障碍"[3]，这里的冲突指的是"剧中人内心的一种冲突，思想与行为冲突"。在谈到影戏结构的时候，他按照当时哈佛大学戏剧理论教授贝克的《戏剧技巧》，强调影片的组成部分分为："起头（introduction）、向上发展（Rising action）、最高点（Climate）、下落（Falling action）、结局的剧作格式（Catastrophe）。"[4]劳逊是将"戏剧理论与技巧"整理成"电影理论与技巧"著作的第一人，影响了东西方电影的教育和发展达半个多世纪。

在电影剧作理论产生的初期，劳逊因为将戏剧理论带入电影而成为建

1　J. H. 劳逊：《戏剧与电影的创作理论与技巧》，中国电影出版社，1989，第207页。

2　孟中：《电影剧作中的冲突律和反冲突律》，载《虚构的自由——电影剧作本体论》，中国电影出版社，2002，第93页。

3　侯曜：《影戏剧本作法》，载《20世纪中国电影理论文选》上 冲突（conflict）——剧中人内心的一种冲突，思想与行为冲突，第53页。

4　乔治·贝克：《戏剧技巧》，中国戏剧出版社，2004。

设者，因而最早的电影剧作理论是建立在戏剧“冲突”的基础上的。戏剧“冲突”成为普遍遵循的结构法则。这一结构法则对中国早期的电影创作影响深远。

（二）电影剧作结构模式的变化

电影自身的艺术特性决定它“并不是像戏剧那样完全依靠直接的人物冲突来表现作品的内容”。白景晟在《丢掉戏剧的拐杖》中拿小说、电影和戏剧来类比：“戏剧中的人物冲突是集中的，紧凑的，从戏剧开场，矛盾即展开，然后发展，最后解决，整个戏剧的进行都紧紧地围绕着人物冲突，形成戏剧特有的结构。在戏剧中除去人物之外，几乎没有，甚至不允许有任何其他的东西。但小说并不要求像戏剧那样有严谨的人物冲突结构……电影在这一点更接近小说，电影中有情节的故事片，当然也要表现人物的冲突，但它也无须像戏剧那样紧紧围绕人物冲突来展开，也可以不完全采用戏剧冲突的直接表现形式，它可以凭借无人的画面来抒情、取景。”[1]因此也决定了它具有表现那些无外在强烈表现动作的内部心理冲突的深广空间。在电影剧作中，即便是最微妙的抵触也能够用电影的手法表现出来。

经典古典好莱坞严格按照开端、结局、发展、高潮来组织故事，有明显的起承转合，封闭的故事结构。从经典好莱坞到新好莱坞时期，从结构上看，经典的“整一”结构被打破，呈现出多元的剧作结构模式。剧作更多地聚焦于主人公的内心。格里菲斯之后，影响了许多剧作的诞生。整一结构的电影剧作模式，被多元叙事风格的影片所打破。这是现代电影发展的一个趋势。1941年，格里菲斯四个故事交叉剪辑的叙事手法，在奥逊威尔斯的《公民凯恩》里转化为5个人物分讲同一人的叙事风格，事实上，威尔斯也由衷地称赞格里菲斯是“我们这一传播媒介中的第一天才”。

1 白景晟：《丢掉戏剧的拐杖》，《20世纪中国电影理论文选》上，第5页。

此后黑泽明的《罗生门》、基耶斯洛夫斯基的《盲打误撞》《两生花》、彼得·霍威特德《滑动门》、汤姆蒂威的《罗拉快跑》等也都是这种表现手法的延续，但有所不同的是，叙事焦点转移到人类命运的偶然性、巧合、宿命、无意识因素等，探讨不能轻易做出判断之终极事物。

（三）由外部事件到人物内心

第二次世界大战之后，现代社会最突出的矛盾常常发生在人际关系的危机和个体心灵深处的危机。物质文明、技术变迁常常会带来社会的异化和人类心灵的间离，尽管身处繁华都市，人们依然感到难以排遣的孤独和不可避免的异化。虽然每天都在和人打交道，但真正的沟通却成为普遍的社会障碍。人们近在咫尺，心灵却远隔天涯。

马尔库塞和弗洛伊德最基本的观点是：现代技术文明的恶果之一在于将人类降低为机械化的、非人性化的实体。“在当代社会中，许多社会角色都缺少机会表达人本主义、自发性、创造性和有同情心的活动。这些角色包括档案管理员、流水线工人等。”雅隆布斯基[1]称其为“机器人角色”，它们的千篇一律、厌倦感，以及非人性化的特征都可以用“工业流水线上日常工作的千篇一律来说明。同时机器人角色的扮演者却增加了，他们早上吃程式化的早餐、上班拧螺丝，下班看电视，休两个周的假期——并且因为生活方式的规训化而变得日益疲惫和厌倦。提高他们对生活的热情、他们的自发性和创造性的可能几乎降到了零。这种不舒服的生活状态的普遍后果，就是慢慢地增强了对他人的敌意和侵犯性”[2]。

现代化、都市化进程改变着人们的日常生活，水泥丛林中的各种品牌、象征符号构筑了都市中随处可见的日常场景。人们处在一个被钢筋水泥、不锈钢、玻璃幕墙所建构的都市迷宫与危险丛林之中。在这“迷宫”和“丛林”中，都市人习惯用符号化的面孔和表情来应对，有人除工作之

1 现任加州大学北山分校社会学系教授。

2 史蒂文·瓦戈：《社会变迁》，北京大学出版社，2007，第270页。

外不与他人建立任何关联，与朋友、家人日渐疏离，孤独终老的人数日益增加，社会学中出现“无缘社会”这个概念，传统的人际关系网络在当下已经变得越来越疏远，网络时代使得人与人之间的交流和沟通看似更便捷和频繁，通讯方式虽然日益多元，除了移动电话、电子邮箱以及近年来又增加的各种各样的社交软件，但实际上提供的是一种虚幻的、想象的、“遥远的亲密感”。人们可以通过网络和陌生人亲密地聊天、吐露知心话，可以和多年不见的朋友进行亲密的网络或者手机交流，甚至和父母、亲戚的交流也是通过这些新的冷冷的通信工具来建构亲密感，当下的都市人就是通过这种“遥远的亲密感”来寻求久违的亲情、友情甚至是爱情的感觉，满足自己贫瘠的情感世界，这已经是一种非常大众化的现象。

在这种时代背景下，电影剧作关注的生活焦点也就必然从社会外在的危机（比如战争和失业），转移到人类的内部危机中来，将镜头对准了人与人之间的关系和他们的内心情感甚至不成形的潜意识，更多地转到关注到个体精神、内心等层面上来。比如时下较主流的剧作模式“人情关系模式”[1]：聚焦于人际情感关系的变化发展而推进故事的模式，来探讨剧作模式在结构上的创新。其中包含异性模式、同性模式、长幼模式，该模式的形成依据在于寻求认同。而这种认同更偏重于归属感，与外部世界建立连接，进而确认自身价值。

以下，以许秦豪4部电影为例，研究人情关系剧作案例研究之异性模式。

通过影片《八月照相馆》（1998）、《春逝》（2001）、《外出》（2005）、《幸福》（2007），导演对于转瞬即逝的爱情的把握和生命无常的追问延续其中，影片的叙事节奏舒缓细腻，影像风格唯美清新，不疾不徐地讲述着一个个都市年轻人的爱情故事。这些影片在国内、国外均取得不俗的票房成绩，其中影片《八月照相馆》（1998）获得韩国大钟奖优秀新人奖、《春

1 该模式的提出来自北京电影学院刘一兵老师课堂，学术文章见韦华《人情关系模式》，出自刘一兵主编《电影剧作观念》，中国电影出版社，2006，第231页。

逝》获得东京电影节最佳艺术贡献奖、《外出》（2005）、《幸福》（2007）分别入围多伦多电影节竞赛单元等多个海外电影节。

从剧作模式的角度看，情感大师许秦豪这4部影片在叙事上有异曲同工之处——即都同属于“人情关系”模式之“异性模式”。作为电影剧作模式之一种，人情关系模式的电影具有相似的特征：重细节不重因果的叙事论证手段，剧作聚焦于人与人之间相对温和、复杂、微妙的人际情感关系。如《水中刀》《我们俩》《美术馆旁边的动物园》等。作为一种叙事类型，人情关系模式影片在两个基本人物的设置上，根据人的自然生理属性，可还原为集中配对模式：长幼模式、异性模式与同性模式。就总体而言，“电影模式是‘类’化而不是‘个’化的，电影剧作模式具有持续性，也是人类重复性文化策略在剧作中的应用。有些电影模式由于其表意对象属于人类永恒性母题的范畴，就将会跨越时空的局限，在整个电影发展进程中绵延不断。”[1]比如，表现人类忠贞不渝的爱情故事的影片本文会构成一个持续性特强的电影模式，只要人类忠贞之心不灭，电影这一媒体形式不亡，这种电影形式就将永恒地持续下去。从叙事策略关照许秦豪电影剧作，会发现他的影片无疑是将“人情关系模式”这一范例反复应用的成功典例。

从影片《八月照相馆》《春逝》，到后来的《外出》《幸福》，这些影片在人物关系设置上非常简单，自始至终，导演采用的是一对一的异性配对模式。通常，在人情关系模式的影片中，异性模式基本构成为一男一女，按照“二人从陌生——相识——相知相爱——分离（或重合）”的人物关系发展过程[2]来组织情节，展示性爱关系，折射出该类剧作的“性爱/慰藉”主题。在这类剧作当中，具体情节之间重细节而不重因果，推动影片剧情进展的是两个人的关系的发展、变化，或者是人物之间相互发现的过程。与常见的“冲突支撑剧作”的剧作不同，其中，情节之间的细节积

1　王稼钧：《模式论与电影》，《当代电影》1993年第3期。

2　韦华：《人情关系模式》，载《电影剧作观念》，中国电影出版社，第231页。

累支撑剧作，层层聚集，渐变式的积累直至瓜熟蒂落，水到渠成，在高潮来临时打动观众。几部影片着重展示的阶段，是二人相知相识相处的过程和二人的愉快时光、对一段段纯美的爱情的描绘。无论是《八月照相馆》的摄影师利用影像保存生命终结前的美好时光，还是《春逝》的录音师透过录音尝试捕捉来去无踪的爱情，或者《外出》中以时间的外部流程为框架，展示两个人物间难以言传的复杂状态，《幸福》中关注两个主人公由相爱到分离过程分离的论证，都是这种细节支撑剧作的渐变过程。

通过以下表格，考察这一模式下4部影片的情节动力、结局、主题等，我们不难发现：

异性模式	故事框架	情节动力	突转事件	结局	主题
《八月照相馆》	身患绝症的摄影师正源逐渐喜欢上德琳，面对渐进的死亡，对这份感情无能为力	二人由陌生、相识到熟悉的点点滴滴	正源病情恶化入院，女孩忽然再也找不到他	男孩死去，女孩某天在照相馆门前看到自己的照片	纯真青年对一个失去爱的女子的爱情
《春逝》	录音师尚优爱上恩素，一起采录声音，后来恩素离开，尚优感慨爱情的转瞬即逝	一起工作的种种细节、二人情感世界的愉快时光、感情中的磕磕绊绊	恩素提出分手	分离	控诉爱情的短暂和无常
《外出》	灯光师仁秀由于爱人的车祸和徐英相识，面对各自爱人的背叛，双方各自痛苦困惑，在照料病人的过程中逐渐被对方吸引，感受复杂、错乱	二人由不相识（某种程度上的相斥）、到慢慢接近、相互吸引的过程	任秀的妻子神智恢复，需要他陪在身边	开放式的结局，两人意识到要回到从前的生活，相约最后外出一次	陷入困惑的爱情和挣扎
《幸福》	来自城里的肝病患者英诛在乡下的疗养院与在这里待了8年的恩熙渐渐产生感情，恢复健康，他离开乡下，恩熙死去。	一次次的接触过程中，二人逐渐相爱、一方开始厌倦的过程想要摆脱的过程	英诛的前女友出现	一方离开另一方，女孩死去，悲伤结局	爱情与生命的转瞬即逝

人情关系剧作在整体结构上有稳定的叙事模式，即“相斥—相爱—分离（或面临威胁）—重合”的人物关系发展过程。在这个叙事规范式中，“分离”的母题恒定地存在于每一个人情关系式的剧作中，有其内在的审美心理依据。爱本能与死本能的主题是一直贯穿于人类艺术史的亘古命题，死本能的能量释放使得人在体验悲剧性情感时能带有某种意义上的快感。通过列表，可以看出，许秦豪的这4部剧作，完全遵循“人情关系剧作”模式“相斥—相爱—分离（或面临威胁）—重合”的设计套路，其中“重合”的部分被省略掉,4部电影的剧作设置严格按照这一模式建构故事。

在考察影片看似淡化情节的叙述方式时，会发现传统的戏剧元素“突转事件”依然存在，而这些事件往往并非来自外部的突发事件或者生硬的“机械降神”，情节的驱动力来自之前铺陈交代过的人物内在，具备相当分量的情节逻辑，这也使得剧作设置较为合理自然。考察每部影片结尾：影片均符合“离开”（离开恋人的设置出现3次、撒手人寰的设计出现1次）这一原则，从而使剧情充满悲剧色彩，增加了叙事张力。在爱情剧中，追求悲剧美常常会使用类似手法，主角的死常常唤起观众的悲剧情感，是自然而然的事情。

在人情关系模式的剧作中，一个普遍的策略是设计某种物象使这种分离的悲剧性情感外化。比如影片《安娜·卡列尼娜》中那一闪而过的火车画面。在许秦豪的影片中，雪景的反复呈现无疑承载了这一叙事功能。影片《八月照相馆》的结尾，德琳看到自己的照片被挂在照相馆门口，转身缓缓行走在雪地里，无言的哀伤充溢着漫天洁白的雪景银幕，纯净短暂的爱情显得格外空廓朦胧。而影片《外出》的结尾，双方都意识到都要返回从前的生活，相约最后一次的外出，最后一个画面由车上两人的前景逐渐过渡到背景车窗外铺满了积雪的道路，大雪把什么都覆盖了，同时也是主人公内心状态和作者思想的体现，故事在“我们去哪里？”“你想去哪？”的问答中结束，为影片打上了一个含蓄隽永的句点。在影片《幸福》中，女主人公恩熙在漫天风雪中冒着自己肺炎恶化的危险去山上采集草药，而在影片结尾，失去爱情的恩熙病况恶化，独自死在疗养院里，痛哭之后的男主人公独自拎着行李、在茫茫雪地中渐行渐远，这样的设置，使得剧作的悲剧意味愈加鲜明，这些雪景的呈现，也使得剧作具备清新而不轻浮的美学品格，增加了影片的悲剧张力。

通过对“人情关系模式”这一剧作模式的反复使用，哲学系出身的许秦豪延续着对转瞬即逝的爱情与生命的追问，通过一个个不同的故事载体得以呈现，在这经久不衰的模式中，融入了他个人的、东方民族的恬淡和内敛，以及对生命与爱情的默默静观和绵绵咏叹。在这种模式中，真切、有机地描摹出在繁华都市表象下匆忙奔波的年轻人的爱情心态，叩击无数年轻都市观众的心弦，成为当代纯爱电影的上乘选样。

而通过爱来寻求认同，这种模式的出现频率非常之高。在“人物情感关系变化”的结构下，梁赞诺夫导演的《两个人的车站》《办公室的故事》中也使用过同样的模式；而同性模式影片《雨人》，按照“相斥——波折——认同/救赎/成长”的范式来结构故事；长幼模式中《中央车站》也是按照这种范式来结构故事的。近年来，电影《海洋公园》《北京遇上西雅图》亦是这种模式的成熟应用，取得不俗票房成绩。在人物设置上，选择差异较大的双方，以渐变式的情感变化支撑剧作，细节落地，严格按照以上范式结构剧作。

（四）戏剧动作与道德教谕——从情节剧说起

情节剧是美国通俗电影的基本模式，一般来说具备如下特征：

（1）鲜明的道德对比，具有价值评判的伦理性。担负社会教化任务，有个劝善的艺术主题：惩恶扬善。女性一般作为被抛弃的形象（增加了坚强和反抗），补充“母性”。

（2）情节模式化，有尖锐矛盾冲突，动作建筑在尖锐冲突对比基础上，且冲突具有假定性。其叙事框架设计：在家庭范围内编织故事，结构方式多为巧合；在叙事推进上，偶然事件和误会起极大作用，使情境有戏剧性，且易有大团圆结局。

（3）历尽磨难的主人公，且人物类型化，角色行为不变，理想化的男主角、受难的女主角、坏蛋、滑稽傻瓜成为经典类型。

（4）强烈的感染力，煽情，迫使观者热烈体验主人公感情，博观者同情怜悯。

（5）通俗，具普及性，通俗易懂。

情节剧电影进入三四十年代时达到了一个鼎盛时期。它们无论是在讲故事的技巧上（包括人物性格的刻画、情节的演进甚至某些细部关节的安置等），还是在营造的情调、氛围，以情感人上，都达到了相当娴熟、高明的地步。 由于危机的不断加重，促进了美国电影在质量上的转机。战后，情节剧电影也终于从梦幻中走出，开始对社会的一些不合理现象以及人生值得思考的种种问题进行认真地探索各种电影艺术的样式。这一时期的情节剧无论在思想上还是在艺术上都已经逐渐成熟起来，与过去相比在整体上发生了较大的转型。法斯宾德则用传统情节剧的奢华形式，表现激进的思想内容。1979年，罗伯特·本顿的《克莱默夫妇》的魅力使情节剧电影大受欢迎，英国的《卡桑德拉大桥》和日本的《追捕》，也更好地发掘了人们的兴趣点。

20世纪60年代，情节剧在评论领域一直被认为是具有负面价值，在70年代被重新认定为一种类型。在彼得·布鲁克斯的《情节剧的想象力：巴尔扎克、亨利詹姆斯、情节剧及过火模式》（*The melodramatic imagination: Balzac, Henry James, melodrama, and the mode*）中对19世纪情节剧发展的历史渊源作出了极有价值的阐释，他找到了法国通俗戏剧中情节剧式想象力的根源并提出了它的兴起和持久不衰的重要理由，把情节剧本郑重地看作是真正现代的（但不是现代主义的）的形式，认为“它兴起于一个特殊的历史时刻。在情节剧中，道德教谕广泛存在于一切虚构的现实主义作品之中”。[1]神话结构同样存在于电影剧作模式中。“为使虚构作品真实可信，指

1 琳达·威廉斯：《改头换面的情节剧》，章杉译，《世界电影》2008年第2期。

改变一下神话和隐喻，使之符合关于社会道德和事物情理的种种规范。”[1] 直至今天，很多艺术大师对情节剧的模式依然着迷。

巴赞《电影是什么》中论及西部片时，谈到：“西部片这种史诗风格的真正意义只能从它作为它的基础和为它提供的道德内容中引发出来。这个道德是这样一个世界的道德：在这个世界中，社会性的善和恶以其纯粹和必然的状态，作为两种基本和简单因素存在着，但是，初生状态下的善会产生原始性的严峻法律，由于在社会法律的超然属性和道德法规的个体属性之间出现第一个矛盾，由于为保证未来城市秩序而设置法律的绝对必要性和同样不可忽视的个人意识必要性之间出现矛盾，史诗变成了悲剧。”[2]布鲁克斯认为：“情节剧是同在未许可的法国剧院中言论被禁有关的，通常，在震撼人心的场面里揭示的不可直言的真相也就是挑明谁是真的坏蛋，谁是串接无辜的受害者，这种揭示往往是一个戏剧性的、震撼人心的惊人场面。”[3]情节剧为我们提供了调整道义感情的最重要、最具表征意义的途径之一。它通过人物原型，传达道德教谕。

好莱坞影片研究专家大卫·波德维尔在提到当代动作片剧作策略时提到：“确实，它们是公式，是套路，但这不过是对标准规范的一种贬义称谓，几乎没有什么影片找到了更有创意的方式来履行这些准则，但其实每种类型电影都是如此。”[4]他承认，关键就在于这些格言戒律都是经过实践检验的良策，可帮助剧情更加清晰以及激发观众兴趣。

三、关于影片结构的不同分类方式

弗莱提出：“就叙事而言，神话是对一系列行动的模仿，这些行动接

---

1 弗莱：《批评的解剖》，弗莱原注：这里指改变一下神话和隐喻，使之符合关于社会道德和事物情理的种种规范。

2 霍华德·苏伯：《电影是什么》，李迅译，中国人民大学出版社，2009。

3 琳达·威廉斯：《改头换面的情节剧》，章杉译，《世界电影》2008年第2期。

4 大卫·波德维尔：《好莱坞的叙事之道：现代电影中的故事与风格》，世界图书出版公司，2018。

近或处于欲望的可以意料的极限。”[1]认为虚构的现实主义文学中存在一种神话的结构，为使得他们显得可信，而把解决这些问题所采用的方法概括为“移位”。[2]他提出文学叙事超越体裁的叙事成分：传奇、悲剧、喜剧及反讽，将这些统称之为叙事结构。并提出构成两两对立的两组，自然界的春夏秋冬对应的是喜剧、浪漫传奇、悲剧、反讽和讽刺，而神话体现了文学总的结构原则，包括了这4种叙事结构的全部雏形。

常见的关于电影结构模式的不同分类方法有：

（一）按照剧作结构表现出来的美学特征来分类，这是比较常见的一种分法。

把剧作结构类型分为戏剧式结构、散文式结构、心理结构、混合的结构样式、西方现代主义电影的结构等。[3]

（二）依据电影剧作的叙事时空对结构进行分类。分为时空顺序式和时空交错式。其中时空顺序式这类剧作特点是按照动作的时间顺序叙述剧情。

1. 时空顺序式

（1）客观视点的时空顺序式结构（如《喜盈门》）

（2）主观视点的时空顺序结构（如《城南旧事》）

2. 时空交错式

（1）多视点的时空交错式结构（如《天云山传奇》）

（2）主观视点的时空交错式结构[4]（如《野草莓》）

（三）依据影片的内容框架来分，可分为：

1. 历史故事型、故事即话语型（如《八部半》）

2. 故事多话语型（如《公民凯恩》《罗生门》）

1　诺斯罗普·弗莱：《批评的解剖》，百花文艺出版社，2006，第102页。

2　同上。

3　汪流：《电影剧作法》,1999，目录。其中“戏剧式结构”又包括传统的戏剧式结构和现代的戏剧式结构，散文式结构又分为线状的散文式结构和块状的散文式结构。

4　该分类方法来自刘一兵：《现代电影剧作常识一百问》，北京电影学院，第106页。

3. 话语故事型（《走出非洲》《阳光灿烂的日子》）
4. 结构调整型（《低俗小说》《暴雨将至》）[1]
5. 网格故事型（《巴别塔》《真爱至上》）

※ 思考题

1. 你认为常见的影片情节模式有哪些？影片结构模式可以有哪些分类？
2. 如何使个人内心的意识与情感的斗争外化以形成戏剧情境？
3. 选择一部你喜欢的影片，思考下它的情节动力源自何处？

1 该分类方法来自王志敏：《现代电影美学基础》，中国电影出版社，1996。

第三章

电影剧作模式与创新

“日光之下，并无新事。”

——《圣经·旧约》

就讲故事而言，这是一个从古希腊开始就有的古老的不能再老的传统。而艺术作品贵在独创，为更好地论证电影剧作模式与创新之间的关系，并找到人类学、社会学学理支撑，笔者试图通过常见的几种情节模式研究就公认的情节模式的作品加以分析，探讨情节模式的使用及创新，来进一步探讨模式与创作的关系。

研究方法：以36种情节模式中的3种当代常见的模式为例，每一种结合不同国别、时代的10部片例进行实证研究，从中探讨模式与创作的关系。为研究逻辑平行，本文所选取的情节模式分别来自36种情节模式之第6种灾祸模式之“背叛”、第12种“取求”、第28种“恋爱被阻碍”模式。每种模式10部片例，包括亚洲、欧洲、美洲电影，论证3种模式的成因与应用，从而更进一步探讨剧作模式与创作之间的关系。

选择这3种模式的理由如下：这几种模式广泛地存在于影视作品，被反复使用，根据时代的变化使固有的模式获得勃勃生机，具有当代意义和普世性。

第一节 “取求”模式与创新

一、“取求”模式的内涵

该模式来自36种剧情模式第12种“Obtaining”取求模式之第1种：“通过武力或者诈述获得目标”[1]。

该模式被广泛地应用于当代世界各国的电影中，存在于西部片、喜剧片、黑色电影、文艺片、科幻片、动画等不同类型的影片中，赢得了大量的电影观众。其中，“寻宝”模式作为重要的电影类型，亦是取求模式之一种。如影片《火车大劫案》(*The Great Train Robbery*，1903)、《夺宝奇兵》(*Indiana Jones*) 1234、《国家宝藏》(*National Treasure*，2004) 12、《星探》(*The star maker*，1995)、《盲井》(2005)、《刺陵》(2009)、《蝴蝶》(*Le Papillon*, 2002)、《意大利人在俄罗斯的奇遇》(1973)、《亡命夺宝》(*Rat Race*，2001)、《天空之城》(1986)、《千年女优》(2002)、《剑雨》(2016)等。下面通过部分影片，探讨“取求”模式的应用。

二、“取求”模式的成因

寻找、遭到阻拦，形成对抗，是这一模式的内在动力。寻宝模式、部分警匪模式属于该模式的范畴。

1 见《36种剧情模式》之第12种，“a solicitor and an adversary who is refusing, or an arbitrator and opposing parties” efforts to obtain an object by ruse or force(取求者，拒绝者，通过武力或骗术获得目标)。

获取物质与生产资料，是人类与生俱来的本性。如果说释谜模式的产生受人类的好奇心驱动得以存在，那么取求模式的诞生，则与人类的攫取、掠夺、渴望占有的原始天性紧密相关。人类对资源与生俱来的攫取欲望，是取求模式诞生的生理基础。在电影剧作中，取求模式往往与追寻主题密切相关，与夺宝和诈骗寻求母题密切相连。无论是《火车大劫案》（*The Great Train Robbery*，1903）、《夺宝奇兵》（*Indiana Jones*）1234、《蝴蝶》还是《国家宝藏》（*National Treasure*，2004）、《星探》（*The star maker*，1995），在剧情设置上的共同点就是具备明确的标的物，整部影片围绕着它来展开。它或为奖金、宝物、金钱、赔偿、藏宝图，具有清晰的类化特点和可识别特征。

追寻主题的类型之一是寻宝模式。在西方文学史中，众所周知《奥德赛》最早确立了文学创作的三大主题之一——追寻、浪游和回归，历史上称为三个母题。特别是追寻母题，从荷马史诗时期《奥德赛》到文艺复兴时期但丁的《神曲》、歌德的《浮士德》，从班扬的《天路历程》到现代主义小说到艾略特的《荒原》、乔伊斯的《尤利西斯》都在这个主题之中。这种神话的主题作品包括追求圣物、神圣情感、地位或者皇权，比如夺宝系列影片《印第安纳·琼斯》系列、《国家宝藏》系列中对圣物的追求，如圣杯、水晶头骨、约柜、神秘宝藏等。

在寻宝模式的剧作中，对抗过程中的一波三折是支撑故事进展的情节动力，正反两方的角逐，获取/受阻的冲突，形成强大的戏剧张力，支撑剧作。

三、“取求”模式与创新

（一）“寻宝模式”

◎ 实证1：《火车大劫案》[1]（*The Great Train Robbery*，1903）

1 影片《火车大劫案》（*The Great Train Robbery*，1903）导演：埃德温·S. 鲍特。

目标：打劫

对抗力量：盗匪/警方

由埃德温. S. 鲍特摄制的影片《火车大劫案》，是美国电影史上的里程碑、美国西部片的开山作品。全片仅有11分钟45秒，讲述了一个完整的盗匪抢劫火车并最终被警察击毙的故事。剧作模式上，属于典型“取求”模式，共有十四场戏，剧情简洁紧凑，故事从一间电报收发室中开始，一群歹徒抢劫一列火车，电报员被歹徒绑起来，歹徒抢劫财物后离开，之后警方追赶歹徒，形成两种对抗力量。本片在电影技巧方面颇多创新之举，为剧情片发展提供样板，例如突破舞台剧的限制，将摄影机放在火车顶上移动拍摄歹徒抢劫，不仅在画面构图上营造深度感，且富有强烈的戏剧张力，成为“西部电影”类型的开山之作。

◎ 实证2：《国家宝藏》[1]（*National Treasure*，2004）（美）

目标：获取《独立宣言》

对抗力量：三方

正方：冒险家本、电脑专家雷利

反方：冒险家伊恩

第三方：FBI的特工

剧作范式：“出发—释谜—得到赠予—战胜敌人—归来”

通过普罗普的“结构–功能”法与寻宝模式剧作的分析，探讨“取求模式”电影的剧作规律。俄国形式主义代表人物普罗普（Propp）在他的《民间故事形态学》一书中，列出了对构成神奇故事的形态学基础的31种功能，为分析寻宝故事，以下列出了其中10项：

1. 主人公离家；

2. 主人公经受考验，遭到盘问，经受攻击，等等，以此为他获得魔法和相助者做铺垫；

1　影片：《国家宝藏》（*National Treasure*，2004）导演：乔恩・图泰尔泰博，演员：尼古拉斯・凯奇，西恩・宾，黛安・克鲁格，哈维・凯特。

3. 主人公对未来赠予者的行动做出反应；

4. 宝物落入主人公的掌握之中；

5. 主人公转移，他被送到或被引领到所寻之物的所在之处；

6. 主人公与对头正面交锋；

7. 主人公被侮辱；

8. 对头被打败；

9. 最初的灾难或缺失被消除；

10. 主人公归来。

系列影片《国家宝藏》是继寻宝经典影片《夺宝奇兵》系列之后，“寻宝”模式的又一成功范例，影片讲述一位冒险家如何获取“独立宣言”并通过隐匿其中的藏宝图最终发现财宝的故事。在剧作设置上，“寻找宝藏”成为最明确直接的目标。困境设置的段落通过咒语、释谜层层展示，得到展示：美国的“独立宣言”被发现隐藏着一张秘密藏宝图，至关重要的文件处在危险之中，冒险家本被迫要盗取“独立宣言”。

按照寻宝模式的常规惯例，在影片的开端部分，寻找宝藏的双方对抗开始建置。围绕寻宝的对抗势力往往分为两种：喜爱考古的冒险家本（尼古拉斯·凯奇饰）决定完成寻宝的梦想，他找到了志同道合的好友、电脑专家雷利。两人共同寻找这一沉睡了多年的国家宝藏。

同时盯上这笔巨额财富的是英国富豪冒险家伊恩，他也在积极寻找这批宝藏的地点，并对竞争对手本屡屡痛下杀手，阻挠本的行动。这两种力量的对抗冲突支撑剧作，同时卷入这场事件的还有另一种力量，本被列入FBI的追捕名单，早被美国联邦调查局的特工盯上。主人公面临的困境被设置为：一边需要躲避美国联邦调查局探员的追捕，同时要对付他冷酷的对手伊恩，抢在伊恩之前破译尚未解开的秘密。这种三方建构，成为影片的开始段落建置的三股对抗力量。

一直致力于保护和研究“独立宣言”的艾比嘉尔博士，相对于本而言，她承担了主人公的“未来赠予者”的功能，在剧情的设置中，她对本原本充满戒心和敌意，一开始并不打算帮助本，后来通过主人公一连串的行动，态度发生变化，决定投向本的一边。

在寻宝故事中，派遣与出去寻找是稳定的因素。派遣者和处罚者、派遣的缘由之类是可变的因素。在主人公本接受的考验中，包括“释谜”：破解家族世代相传的谜语、力气、灵巧、勇气的考验：通过一连串的追车桥段得以体现。“追捕-获救”：体现在场景设置上，不外乎万丈深渊、空中脱险、地宫探秘、绝处逢生的桥段设置。

通过粗略地分析影片“国家宝藏”，发现剧作严格按照“初始情境—铺垫—开场—赠予—难题—婚礼”这一范式进行。同时，主人公遵循“交锋-战争”“追捕-获救”这样的传统套路。关于寻宝电影的剧作规律与歌剧《魔笛》类似，可以归结为：“出发—释谜—得到赠予—战胜敌人—归来”这个看似简单的情节模式被后世不停地应用、改写，成为寻宝模式内在的剧作规律，与之前提到的“英雄之旅”模式异曲同工。无论时代、剧情如何变幻，寻宝故事都始终遵循这一剧作规律，演绎出精彩纷呈的电影剧作。

在这一传统剧作规律的指引下，《国家宝藏》的剧作融合了诸多想落天外的创意。从剧请设置的角度讲，《国家宝藏》的探险剧情是由若干历史元素来推动的。这些元素包括：圣战骑士的财产、神秘代码、关于共济会和“独立宣言”。在寻宝的过程中，影片将美国开国历史与宝藏的隐藏经历结合得天衣无缝，“独立宣言”、藏宝图、美元图案、自由钟塔顶、开国元勋们的私人爱好、街道名称等这些看似毫无关联的东西，被编剧以丰富的历史知识串联起来，巧妙地缝合进了寻宝剧情中，使每一次关联都有详细可查的历史证据，通过一连串的悬念，整体链接达到让观众惊奇的效果。制片人布鲁克海默说：“当你想要拍摄一部寻宝电影，我想应该必须基于真实历史。我们选取了很简单的东西作为切入点，就像美元钞票，我们每天都要使用却从未仔细观察过，我们揭示了其中隐藏的秘密”。导演说：“虽然我们的故事是虚构的，但却与现实生活有着千丝万缕的联系，创作想法源于真实存在的事物，这让故事对观众更有吸引力。”[1]在影片《国家宝2：总统秘笈》中，则延续了寻宝模式加历史线索的叙事套路，主人公本与总统一道深入地宫探险，承总统之助，觅到隐匿于国会图书馆的总统秘笈，根据重重追寻，最终挖掘出“土著印第安人”的黄金之城。在寻找到宝藏之后，以“一切为全民所有”的名义捐给博物馆，不动声色地将美国的建国历史、主流价值观缝合在其中，在这部续集中，剧作依然严格地按照“主人公出发—得到赠予—战胜敌人—归来”这样的剧作规律，本质上完全符合“英雄之旅”的叙述模式。

◎ 实证3：《意大利人在俄罗斯的奇遇》(*The.Incredible.Adventures.of.Italians.in.Russia*，1973)[2]与《亡命夺宝》(*Rat Race*，2001)[3]

目标：财富

对抗力量：六方

而影片《意大利人在俄罗斯的奇遇》(1973)、《亡命夺宝》(*Rat Race*，2001)则同属寻宝模式的喜剧作品。这两部作品在剧作上的共同之处是：群像式的人物设置，主人公都来自六方，无意间凑成一起，为了财富共同踏上寻宝旅途。在这两部夺宝喜剧中，影片的情节动力来自一群人对财富的追求，以演员夸张的肢体动作来制造笑料，通过见财起意、争夺财宝反陷入尴尬境地的笑料迭出的细节支撑剧作。

在《意大利人在俄罗斯的奇遇》(1973)这部影片，孙女在老太太临终之际得到一个意外的遗嘱：之前为了保存巨额财产，革命年代的她十分巧妙地将财产藏匿在列宁格勒市某动物园的狮笼下面，在老太太认真讲述她的临终遗言时，不料被一旁隐匿的五个毫不相干的局外人听到。该遗产金额巨大，故事的建置由此开始：得知消息的双方不谋而合地搭

1　李四达：《迪斯尼动画艺术史》，清华大学出版社，2009，第357页。

2　影片《意大利人在俄罗斯的奇遇》(*The.Incredible.Adventures.of.Italians.in.Russia*，1973)，导演：梁赞诺夫、佛朗哥·普罗斯佩里。

3　影片《亡命夺宝》(*Rat Race*，2001)，片长：112 Min，导演：杰里·朱克。

同一架飞机前往，一路上，笑料迭出的喜剧情节便由此诞生。这部喜剧作品在一开始就将所期待的事件、对象完全告诉观众，让观众通过每一场戏的连续进展，获知剧中人物的命运与遭遇，以及事件的变迁，使观众对变换的事态产生浓厚的兴趣，翘首以待，静观事件的进一步发展。在影片中可以明显看到这一喜剧规律的应用。当主人公祖母的临终遗言被窃听者各起歹念之后，叙事呈现出难以预料的发展趋势，这便引起了观众对主人公的莫斯科之行心存悬念。当主人公到达莫斯科后，原先在病床上呻吟的跛子忽然行动矫健亦步亦趋紧紧跟随，那位异常狡黠、手段狠毒的产妇丈夫，则时时冷不防地出现在众人的面前，并迅速异常地走在众人前面，先人一步地采取行动。这些建置严格符合"取宝"模式，细节有力支撑剧作，成为构成冲突的重要因素，这些建置无疑深刻吸引着观众关注故事发展。

在影片《亡命夺宝》(2001)中，则延续着相同的情节套路。影片《亡命夺宝》是一场围绕200万美金的博彩展开600公里的火速寻宝。赌场的老板安排了一场竞赛，谁先达到600公里外的墨西哥州银市车站，就成为车站储物箱里200万美元的得主，没有任何规则。于是，入围的6组人，为这200万美元展开争夺。参与这个游戏的这些赌场幸运儿中，有失散多年刚刚重逢的母女、倒霉透顶的橄榄球裁判，以骗人为生却从未成功的兄弟，赌场烂醉鬼，患有阵法性嗜睡症的憨豆，从不赌博的律师。为了最先到达，六人偷抢拐骗齐上阵、抢劫汽车、偷还在测试中的火速火箭跑车。更遇上顽固的纳粹党、疯狂报复的出租车司机、外表文静但看到男友橱柜后完全失控的美女飞行员……短短的600公里高速路上，从地面到空中，洋相尽出笑话丛生。故事的几位主人公发现自己是被用来打赌，成为富翁们的笑料，将到手的钱在晚会上如数捐出，皆大欢喜。一路上笑料迭出的群像故事构成剧作骨架，影片由憨豆先生罗文·阿特金、乌比·戈登德堡等喜剧明星联手打造，将这个寻宝故事演绎得喜感十足。

◎ 实证4：《蝴蝶》[1]（*Le Papillon*，2002）

目标：伊莎贝拉蝶

人物设置；长幼模式

模式：遇到难题—远行寻觅—踏破铁鞋—意外收获

影片《蝴蝶》《天空之城》则是对寻宝故事在西方、东方不同国度的应用。同为寻宝电影，法国影片《蝴蝶》则充满了法式艺术的精巧浪漫。从模式的角度说，它是西方文化中经典的寻宝故事类型，影片严格遵循“遇到难题—远行寻觅—踏破铁鞋—意外收获”这一范式。[2]这种故事模式在博尔赫斯的《双梦记》中得到了传神简洁的描述。[3]而同样的叙事范式在小说《牧羊少年奇幻历险》中也得到应用。小女孩丽莎跟随蝴蝶专家朱利安踏上寻找伊

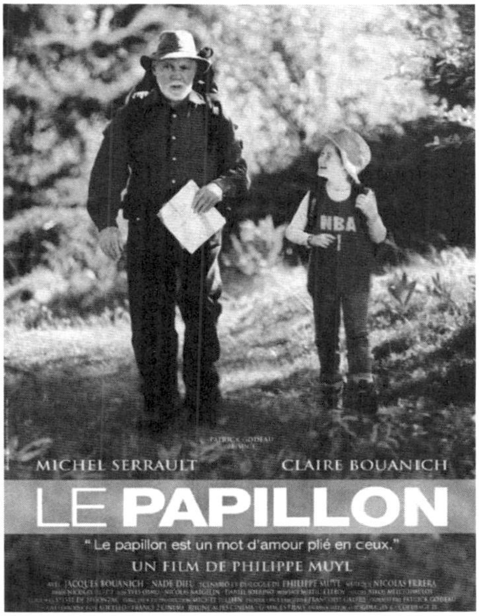

1　影片《蝴蝶》（*Le Papillon*，2002），导演：费利普·弥勒。

2　聂伟：《剧作范式：都市现代性的温情救赎：蝴蝶》，《当代电影》2006年第10期。

3　博尔赫斯《双梦记》：开罗有个家资巨万的人，他仗义疏财，散尽了家产，过着十分清苦的生活。有一天他做了个梦，梦见一个衣服湿透的人从嘴巴里掏出一枚金币，对他说：“你的好运在波斯的伊斯法罕，去找吧。”他醒来就踏上了征途，经过很多磨难，他到达了伊斯法罕，在清真寺过夜，一伙强盗抢劫后路过清真寺，翻过墙逃跑了，巡夜队长搜查寺院，逮捕了开罗来的人。对他严刑拷打，队长问他：“你是谁，从哪里来？”那人说：“我来自开罗，我叫穆罕默德·艾尔·马格莱比。神托梦给我叫我来这里寻找好运。可是我到了这里，发现等待我的好运却是你劈头盖脸给我的一顿毒打。”队长笑得大牙都露出来了，说：“年轻人，我三次梦见开罗城的一所房子，房子后面有个日晷，日晷后面有棵无花果树，无花果树后面有个喷泉，喷泉底下埋藏着宝藏。我根本就不相信那个乱梦，而你这个傻瓜居然相信一个梦，跑了这么多城市。别在让我在这里见到你，拿几个钱币走吧。”那个人回到自己家，在自己的院子的喷泉下面（就是队长梦见的地方）挖出了宝藏。

莎贝拉蝶的旅途，在故事表层轻松明朗的影像背后，一老一少寻宝之旅途的历程中隐含了深刻的伤痛和悲伤。巧妙的双线叙事使之具备轻快却又不轻浮的思想品格。影片表层形象的轻快明朗带给观众易于接受的艺术形式，而潜隐在故事背后的悲伤沉痛则构成了影片的思想指向和情节发展的动力。

老人朱利安在每天夜里几乎都被小女孩丽莎在楼上打球的声音吵醒，而丽莎狂热打球则是因为感到被母亲忽略，想要快快长大。8岁的丽莎有一个25岁的单亲妈妈，她常常被遗忘，这让她感到恐惧，害怕自己被送入孤儿院。当听说朱利安要进山寻找一种叫做伊莎贝拉的蝴蝶时，便偷偷躲进了老人的汽车后座，被发现时将公用电话的号码说成是自家的电话，丽莎悄悄弄坏朱利安的手机，通过这个恶作剧让朱利安失去了与外界的联系，在一老一少向阿尔卑斯山进发的路上，故事缓缓展开。当丽莎的母亲知道孩子的内心世界时，难掩疑惑，她问老爷爷朱立安，该怎么办？这部电影《蝴蝶》一上映就征服了上百万法国人的心，《蝴蝶》告诉观众，人是这个世界最不懂得珍惜自我的动物，总是犯下很多错误；在电影中，一对青年情侣剩下用冒险证明爱。蝴蝶只是一条引导人们走向自然界的主线，迷上蝴蝶的小女孩走向了自然界。

影片的开头部分对朱利安的“寻找”主题充满了暗示，在朱利安收到友人寄来的蝶蛹包裹，当他穿越房间放好蝴蝶后时，镜头下摇，背景中映出一张三口之家的合影，相框的一旁是一本已被翻读多遍的《伊莎贝拉》，道出伊莎贝拉蝶是朱利安计划已久的一个事件，它与个人曾经拥有过的家庭、亲人关联密切。

在山间，朱利安在与村民的交谈中慢慢回忆起往事，老人朱利安的儿子在都市日复一日的紧张工作压力下忽然间没有任何预兆地患上了躁狂症，人生最美好的时光却只能在精神病院度过。他唯独喜欢精灵般的蝴蝶，尤其希望父亲带伊莎贝拉给他看。再几个春天之后这种蝴蝶都没有出现，儿子的生命却走到了终点。朱利安的“寻蝶之旅”因此潜藏着丧子之痛，隐含着苍老孤寂的心灵对一颗不得安息的灵魂的思念。

在人物设置上，影片采用惯常的“长幼”模式，在这种模式中，往往年老的一方使年幼的一方得到成长，而年长者体会到纯真与温情，双方在共同经历的事件中有所改变。旅途中的丽莎一路上莫名其妙的问题，让朱立安爷爷又爱又气，却毫无办法。这是电影的表面叙事，失去亲生儿子的爷爷从邻居丽莎的身上感受到童年的天真烂漫与纯真人性。如影片中丽莎的台词：“我梦见自己放飞一只金丝雀，可是金丝雀不想离开，一定是爱上了我。”导演意在用小动物的命运去映照人类的行为，他们在丛林中观察鹿妈妈和小鹿，突然一声枪响，鹿妈妈被猎人打死了，朱立安很生气，说这些猎人为几块脏钱夺走了鹿妈妈的生命，认为他们是非法掠夺者；丽莎很难过，吃不下晚饭 ，她不同意老爷爷收集伊莎贝拉蝴蝶标本，即使采用“无痛苦死亡法”，认为老爷爷也是非法掠夺者，尽管蝴蝶只有三天的美丽生命。

老人做了丽莎的“外公”，他们在旅程中互相了解，慢慢靠近，成为可信赖的朋友。丽莎迷恋上蝴蝶，每天不停地追问伊莎贝拉蝴蝶什么时候破蛹成蝶，最后一天，丽莎下课后一路狂奔回到老爷爷家，俩人欣赏蝴蝶诞生的整个过程，把蝴蝶放飞回自然界。在蝴蝶获得了解放的同时，象征着人内心的救赎。 影片展示了法国电影情感细腻、精巧浪漫的民族思维特色，呈现出幽微丰富的内心世界。

而同为寻宝模式的《刺陵》(2009)，剧作上则乏善可陈，充分彰显出创作者将游戏作品影像化的拙劣尝试。影片叙事严重缺乏逻辑、缺乏明确的因果联系和情节交代，情节架构显得突兀生硬，缺乏看点。用导演朱延平的话说：“它就是一个电玩游戏。”[1]电玩游戏在通过每个关卡动手前的设置也会有充足的交代原因，何况过关之后还会有过关动画呈现。而影片《刺陵》的剧情则呈现出巨大的缺憾，一张沙漠寻宝图生硬地支撑起叙事

1　见《青年时报》网页http：//www.qnsb.com/fzepaper/site1/qnsb/html/2009-12/12/content_236147.htm

的动力。从剧作角度讲，问题出在人物性格的背景缺失，而视觉系统的设置，无论木乃伊、大漠飞鹰和男主人公的情人、沙尘暴兵团、古墓里的四个幽灵鬼兵，全都离奇的出现又都离奇的消失。影片总体给人的感觉莫名其妙，导演想讲一个神话，却因没有严格按照剧作规律呈现人物性格，而成了图解，讲成了一个笑话。影片《剑雨》（2009）同为寻宝模式，围绕摩罗遗体展开争夺，着眼于人物内心情感，严格遵从“夺宝”模式的剧作规律，故事围绕几方争夺展开，其叙事节奏、故事逻辑、人物性格实在扎实，饱满得多。

（二）“取求”模式的其他创新

◎ 实证5：影片《双重赔偿》（*Double Indemnity*，1944）

目标：赔偿金

对抗力量：保险业务员、金发女子/保险公司上司

黑色电影《双重赔偿》（1944年）也是“取求模式”影片的典型例证。影片采用倒叙的手法讲述了一个保险公司的业务员沃特和金发女子菲利斯合计谋害她的丈夫，以便诈领巨额保险金的龌龊故事。而她丈夫的保单上有一附笔，若因死于火车轮下则可获得双倍赔偿。随后他们的行动受到上司的怀疑调查。获得保险公司的“双重赔偿”成为男女主人公谋杀行为的直接动机，也是影片的情节动力。影片被誉为美国史上最好的剧本之一。与一般悬疑影片把重点放在谁是凶手上不同，比利·怀德（Billy Wilder）采用第一人称叙述，在故事的开端部分已经让观众知道了谁是凶手，并把叙事重点放在忏悔人的情感历程上。这种大倒叙的手法也是40年代的好莱坞常见的叙事手段。

这样做的最大的优势在于：便于细致勾勒主人公沃特走向犯罪的所有微妙心理变化，最终使影片成为一个相对完整的堕落男人的心灵煎熬史。随着画外音娓娓道来，沃特的心理变化有层次地展现在观众面前。影片由罪犯叙述其过程，也使这部悬疑片注入了更多的感性色彩。沃特在完成整

个谋杀事件之后、出来走向杂货铺，画外音呈现为："我一直走着，没有遗漏下任何东西，该注意的都注意到了，没有任何东西会让他们找到我，然而当我沿着大街向前走去的时候，忽然我发现一切都错了。听起来很荒唐……我无法继续往前走，这是一个死人的散步。"这种第一人称叙述的优势，把人物恐惧的内心世界表达得淋漓尽致。

据《双重赔偿》的原著小说作者詹姆斯·凯恩说，这个惊悚的犯罪故事源于他所听到的一件奇事：一个尽心尽力工作了好多年的报纸排字工人，有一天，他终于忍不住为某篇报道大标题中的猥亵字眼放行。[1]

就情节技巧的层面分析，悬念这一元素得到了精巧的利用。比如二人杀人成功、准备开车撤离的时候，突然发现汽车瞬间熄火，发动不了。在无声中两人再次实验，慢慢传来发动的声音。再如沃特的好朋友巴顿来访，前来表达自己对赔偿的案件中的疑点分析，在离开的时候，随后到来的正在门口的菲利斯只好躲在门后担心被发现，形成了充足的戏剧张力。影片《双重赔偿》的不凡意义在于开启了一个电影的传统，后来的黑色电影不断模仿其手法，"为了骗取保险不惜谋杀"的题材，影片《邮差总按两次铃》就被数次翻拍。

◎ 实证6：影片《盲井》(2003)

目标：骗取赔偿金

对抗力量：唐朝阳和宋金明/元凤鸣

剧作范式：谋杀—拯救

影片《盲井》是"取求"模式的另一变体，具有高度的社会责任感和现实意义，显示出无比的勇气及对中国国情的正视，得到了来自国内和国际社会的高度赞誉。现实中，2009年年末，有类似影片剧情的事情发生。导演李杨说："艺术也是来源于生活。《盲井》中的相关情节，是根据多年前一个真实事件来写的，这个事件发生在东北某省的一家煤矿。

1　来自《文汇报》网页：http：//whb.news365.com.cn/ys/201002/t20100205_2613287.htm

只是在结尾处，我们做了一些加工和拔高。影片讲到，一个16岁的男孩到矿井打工挣钱，而当一名凶手知道这个男孩就是他曾杀害的矿工的亲骨肉时，良心发现了……最后两名凶手自相残杀，男孩意外逃脱，获得了抚恤金。”[1]

影片讲述的是为得到煤矿的赔偿，不惜在井下杀人，伪造“亲属”制造事故的黑色故事：两个游手好闲的人，将打工者诱骗到矿区，将人害死在矿井下制造事故，之后再假装成作为死者家属，索取赔偿。 这部电影因种种原因尽管未能在国内公映，但在国际上获得较高的评价，并在第53届柏林国际电影节上荣获银熊奖。影片改编于作家刘庆邦的小说《神木》，剧作基础非常扎实，故事紧张动人，对话十分精彩，剧本结构和手法也相当纯朴、传统，即没有跌宕起伏或明或暗的多条叙事线索，三个人的关系支撑全部冲突；全片并没有使用闪回、闪前、倒叙、插叙等技巧，完全按照时间线自然呈现，呈现粗粝的现实之感。

像之前分析的“取求”模式的影片一样，由于开篇事件已有完整的开端、发展和结局呈现，（在影片的开端部分，简洁利落地交代了在私人小煤矿的矿井下，农民工唐朝阳和宋金明残忍地用镐头将“哥哥唐朝霞”杀死，然后制造事故现场。矿区封锁煤矿之后，矿长给了唐朝阳一笔3万元的封口费，换来一张“永不追究”的书面证明）这为观众预见到即将重演的下文，而影片随之而来的令人意料之外的情节突转打破了观众的心理预期。元凤鸣的出现，仿佛一道光亮，让宋金明残存的人性慢慢点燃，经历着情感的撞击，内心的良心忽而觉醒。在影片中，元凤鸣辍学离家打工的目的是为了给父亲和妹妹交学费；虽然也为生存而挣扎，却还保留着纯朴的秉性，在矿井深处地方打工并心存希望；时刻带着书包和课本，期待有一天能够重回校园。这些细节使得唐朝阳逐渐背弃谋杀计划，转向对元凤鸣的拯救。这也是“突转”这一模式的再度应用。影片采取了开放式的结

1　来源：《楚天都市报》网页《双重赔偿，美国悲歌》，见：http：//news.sina.com.cn/o/2009-12-30/060316853023s.shtml

尾：元凤鸣犹豫着接过了钱，抬起头来，高耸的烟囱里冒出的黑色烟雾遮住天空。

◎ 实证7：《星探》[1]（*The star maker*，1995）（意）

目标：骗取试镜费

人物设置：乔莫·瑞利/小镇居民

剧作范式：行骗—被揭穿

意大利影片《星探》（*The star maker*，1995），讲述的是一个关于诈取钱财的故事，随着主人公乔莫·瑞利带着老旧的电影摄影机和一堆过期的底片，随着卡车的行驶，一路走在西西里岛不同的小镇上。打着导演选角的幌子，组织了一场又有一场的"影坛新秀"试镜活动，每到一地，男女老少赶来试镜，包括妇女、警察、匪徒、牧羊人、老兵、医生、同性恋理发师、骗子等。人们怀着出人头地当明星的梦想，心甘情愿地交出100比索报名费。

影片与常规的"取求"模式的不同之处在于：在故事展开到第84分钟之前，一直是公路片模式，最后在被警察揭穿谜底的一瞬间，解开"取求"的模式的面纱——对于人们钱财和梦想的双重诈取。通过剧组广场试镜，沿途中他遇到不同的展示在镜头前的是小镇居民的真实反应和梦想，（包括黑社会和警察对试镜的渴望）通过镜头前的喜怒哀乐，呈现出西西里岛啼笑皆非的众生相。不同职业的普通人在镜头前的生动表现支撑剧作，从不同的切面展现了西西里岛小镇生活的人的心态、渴望、欲求和创伤。在西西里岛的小镇上，男女老少在镜头均可熟悉背诵《乱世佳人》的大段经典台词，表情投入，"明天又是新的一天"的台词反复出现，足见电影对此地人们影响之深；中途被警察拦住，要求试镜，在镜头前抑扬顿挫地背诵但丁的《神曲》；牧羊人在讲述牧羊途中，旷野的星星变幻的不同形状；镇子里沉默多年、经过战争的老人在镜头敞开心扉，讲述战争带

1　影片《星探》（*The star maker*，1995），导演：Giuseppe Tornatore。

给自己的创伤；同性恋者讲述逃离本地的渴望，在镜头前呈现不同表情和自然表演。正是这些可爱感人的细节使这部影片充满了生活质感和会心笑料。在“取求”主情节的大框架下，小镇居民在摄影机前推心置腹、倾诉心声的自我表现，才构成剧作真正的分量，让这部文艺片具备了厚重、深沉的叙事品格。

◎ 实证8：动画影片《天空之城》(1986)[1]（日）

目标：天空之城

对抗力量：三种

西塔、巴斯/海盗、军队/慕卡斯

动画影片《天空之城》，呈现了三方历险：主人公西塔、少年巴斯以及海盗、军队、慕卡斯等三股势力寻找天空之城雷帕特。其中，现实的和历史上的雷帕特文明分别作为明暗两条线索，这两条叙事线的交错来推动情节前进。在影片中历史时空的设置中，希塔一族对王室的繁华早已淡漠，雷帕特王室另一族的后裔——慕卡斯却野心勃勃，一直企图重返天空之城，并利用其统治世界。七百年间，随着大地上人类文明繁荣飞速发展，人类不断地寻找传说中的天空之城。有人还曾经目睹过这座神秘之城，雷帕特机器人从天而降，坚定了人类寻觅它的信念，尤其是在机器人身上所体现出来的尖端智能，是人类所无法企及的。于是，政府出动了大批军队，还派遣了一个由慕卡斯领导的类似克格勃式的神秘组织、一群垂涎于雷帕特财宝的海盗同时展开行动，开始几方争夺。影片讨论了机器与人类自然文明的关系，机械化是否一定意味着进步呢？作品的人文思考远超于同时代动画影片之作，具有人类学意义上的关怀与思考。

通过这样的寻宝故事，影片集中表达了宫崎骏对文明与自然关系的人文思考。文明与自然如同树木之于泥土。如果不植根于大地的泥土，即使是参天大树也无法存活。脱离自然、控制自然、凌驾于自然之上的文明是

---

1 影片《天空之城》(1986)，是宫崎骏所属的吉卜力工作室的开山之作，宫崎骏一人兼任了绘画、导演、编剧和角色设定四项重任。

否值得人类追求呢？只有“植根厚土、沐浴清风，呵护着种子度过严冬、和鸟儿一起歌唱春天”，文明之树才能枝繁叶茂，四季常青。按照人类学的观点，所有的植物进化的最高形态是树，树木本身也是本体生命力的象征。

宫崎骏通过在影片中对古城争夺的故事，来传达他内心对人类文明前景的忧虑。天空之城雷帕特的文明象征着人类史上诸多曾经华美却业已消失的文明的缩影。那座浮于天际的城市宛如古巴比伦的空中花园、已化为流行的“和平号”和人类正在建设的国际空间站……影片通过想落天外、迷幻传奇的故事情节，不落俗套、虚实相生的科幻情节，将动画电影童趣十足与深厚的人文思想巧妙、完美地结合在一起，感动了几代观众，而背后对于人类文明的深切关注、反省与思考，更是难以抹掉。

第二节　“恋爱被阻碍”模式与创新

考察75届历届奥斯卡最佳影片会发现，应用最广泛的模式之一是“28种恋爱被阻碍”[1]，在这些最佳影片中，应用此模式的5部影片分别是：第7届最佳影片《一夜风流》、第12届《浮生若梦》、第34届《西区故事》、第70届《泰坦尼克号》、第71届《莎翁情史》。在这类情节模式中，又分别分为：因门第、地位、财富不同而不能结为婚姻；因仇人从中阻挠而不能结为婚姻；误会所爱的对象已和别人结婚，其中，第一种最为常见，“因门第、地位、财富不同”的一对恋人，按照结果分为两类，一类是“灰姑娘模式”的轻喜剧，比如《龙凤配》(1954)、《风月俏佳人》(1990)、《罗马假日》(1953)、《一夜风流》(1934)、《游龙戏凤》(2009)等；或因阻碍

1　见乔治·普罗第（36种剧情模式）中第28种：恋爱的障碍，因为阶层的不平等而阻碍婚姻。

以悲剧收场，如《瑞典女王》(1933)、《爱情故事》(1970)、《秋天的童话》(1988)、《泰坦尼克号》(1998)、《云水谣》(2005)等。这些影片提供给观众的，都是同一个梦。这个梦的奥秘在于通过爱情故事使固有的社会冲突、阶级差异得到想象性解决，弥合冲突。

一、该模式的成因

爱情是人类最美丽的精灵，是日常生活的诗意源头。爱情是电影永恒的主题。美好的生活总是与爱情的甜蜜相偕而来。“两人的爱情因阶级、门第的差异被阻碍”这样的情节设置，成为爱情戏中最常见的俗套之一。“恋爱被阻碍”这种模式形成的社会原因来自何方？

首先，这是由爱情戏的自身要求决定的，一波三折，是剧作创作技巧自身的要求。罗伯特·麦基在《故事》里说：“在写爱情故事时，我们要问的最终最重要的问题是：‘什么东西会阻碍他们？……两千多年以来，从希腊戏剧家米南德开始，所有的作家都用‘姑娘的父母’来回答上述问题。她的父母发现小伙子不合适，于是便形成了一种被称为‘阻拦人物’或‘反对爱情的力量’的常规。莎士比亚在《罗密欧与朱丽叶》中把这一常规扩展为双方的父母。从公元前2300年开始，这一根本常规一直没有变化……”[1]

而更深层的社会原因是：这一模式的屡屡出现，实则是为了弥合自私有制出现以后，随之而来的阶层、种族、等级间的社会矛盾的需要。为何频繁地出现因“门第、地位、财富不同而不能结为婚姻？”这一情节模式？从深层上说，这是由电影作为社会润滑剂的功能所决定的，为弥合阶级差异、消解对立冲突，对难以解决的社会问题“给出想象性解决”，则是该模式长盛不衰的奥秘。

1 罗伯特·麦基：《故事——材质、结构、风格和银幕剧作的原理》，中国电影出版社，2001。

在分析剧作模式与社会结构的关系之前，有必要先打量一下人类社会分层。在世界上的某些社会中，社会分层是普遍而强有力的现象。分层社会基本上是分成两个或两个以上类别人群的社会，这些类别彼此之间有相对的高低等级之分。不同层次或阶层的人进行比较的时候，他们在特权、报酬、限制和义务等方面的差别就变得明显。较低阶层的成员与那些较高阶层的成员相比拥有较少的特权和权力。总之，社会分层等于制度化的不平等。没有等级之别——高与低——分层就不存在，社会差别没有这一点也不构成分层。在文明社会中，大规模人口以及人口的异质性要求把人民分成便于管理的几个社会类别。“社会分层是真正文明的规定特征之一。”[1]这也是该剧情模式形成的社会原因。

从社会学的角度说，“社会分层（social stratification）只出一种按照人们相对的权力、财产和声望，将人群划分为不同层级的制度。”[2]社会分层是在等级体系中对不同群体进行排列分类的方法，等级集体显示了他们相对的特权。从私有制产生以来，人类历史建立以来的不同形态的社会阶段，不论形式如何，社会分层都是普遍存在的。在人类历史上，四种主要的社会分层制度有：奴隶制（slavery）、种姓制（caste system）、欧洲等级制（estate stratification system）、阶级制度（class system）。这些制度并非历时的线性交替出现，某种程度上甚至还是一种共时存在。

奴隶制度似乎早已消亡的今天，奴隶制这一原始制度十余年前在苏丹、毛里塔尼亚和非洲的象牙海岸等地区却依然存在。在毛里塔尼亚，奴隶制度直到1980年才被正式废除，苏丹则直到1987年才正式废除奴隶制。虽然官方已经废除了奴隶制，但奴隶制依然存在。自从20世纪80年代苏丹内战爆发以来，大量苏丹的丁卡部落的人被杀害或沦为奴隶。有些努力成功逃脱后，极其详尽地叙述了他们所遭受的折磨。

1　威廉·A. 哈维兰：《文化人类学》，上海社会科学院出版社，2005，第334页。

2　詹姆斯·汉斯林（James Henslin）：《社会学入门——一种现实分析方法》（第7版），林聚仁等译，北京大学出版社，2007，第231页。

第二种社会分层制度是种姓制，在这种制度中，地位由出身决定，且终生不变。种姓制的基础是先赋地位，典型的种姓等级社会是印度，其等级体系存在了大约300余年。这一制度虽然在1949年被印度政府正式废除，但种姓制仍然是印度日常生活的一部分。例如，人们在出生、结婚及死亡时所遵循的仪式都是根据种姓制规定的。这一制度在日本也较为明显。

中世纪形成的欧洲等级制度（ estate stratification system ）分为3个集团，分为贵族、牧师和平民三个等级。阶级制度（class system）与前面集中僵化的水分层制度相比，显得更为开放，因为它主要以可获得的金钱或位置财产为基础，界限相对灵活，允许社会流动（social mobility），即人们在阶级阶梯中向上或向下的运动。比如我们过去的科举和现在的各种现代考试制度。

马克斯·韦伯认为：社会阶级由财产、声望和权力这三个部分决定，把社会阶级定义为在财富、权力和声望等方面相近的一大群人，这三个要素，把人们的生活方式分为不同的类别，给予人们不同的生活机会，并使得他们看待自我和世界的方式也各不相同。因为阶级的差异、世界观的差异，各个阶级不能很好地融在一起。[1]

而电影是造梦的艺术，从满足观众愿望的功能来讲，弥合阶级差异、消解对立冲突是其题中应有之义。从这个角度说，在这样的故事面前，观众的梦想得到满足，乐于看到阶级的鸿沟被跨越、真诚的爱情冲突世俗藩篱，在走出影院之时感受生活的美好，感叹爱情的纯真。克拉考尔说："从长远的观点看，决定好莱坞生产性质的，是观众的愿望。""最忠实于观众期待的影片总是最上座的影片。这是天经地义的。"[2]他认为："如果确实存在这样一种可能，知道哪些影片最具有群众性，那么人们多半会发

1 詹姆斯·汉斯林（James Henslin）:《社会学入门——一种现实分析方法》(第7版)，林聚仁等译，北京大学出版社，2007，第107页。

2 克拉考尔:《电影的本性》，江苏教育出版社，2005，第75页。

现，仅以上座与否作为保存影片的标准，结果保存下来的只是一个梦，甚至总是同一个梦……”。

在阿尔杜塞的著名论文《意识形态和意识形态国家机器》中提出“依靠绝对的意识形态‘概念的’设计，建立起一个有着自由形成或自由认可所信仰观念的意识的主体”，认为“意识形态把个体询唤为主体”[1]，从“人生来就是意识形态动物”的意义来讲，所有的人自发或自然地生存在意识形态之内。而意识形态国家机器作为要素效力于生产关系再生产，电影，作为传播媒介的意识形态国家机器，不同程度地参与生产关系再生产的环节。从这个角度说，这种故事的生产，是一种成人童话的再生产、向人们提供梦幻、坚信美好。这也就是有“门第、财富、地位”差异而主人公坚持相爱这一情节模式常演常新的原因。

然而，有研究表明：很少有电影能正面描述工人阶级的利益，或者批判精英阶级的权力，在社会研究著作《新阶级社会：美国梦的终结？》关于“文化产业与和解”中，研究者通过考察1995年与2006年的流行电影数据时指出：其中涉及阶级不平等的议题的只占5%与8%，已故影评人罗杰·埃伯特（Roger Ebert）也曾提到美国电影中与阶级相关主题电影的相对缺失，他曾提出：“在美国，阶级在电影中通常是看不见的，并且往往不是电影的主题，我们没有很多具有阶级意识的电影制作。”[2]论及电影内容对文化和阶级意识的影响，作者认为：这表现出当今美国的大多数电影均在强化而非挑战和解过程。在考察到广告商乐于赞助的节目类型时，研究给出最简单的回答是ABC（Anything But Class），在对广受欢迎的黄金时段网络电视内容的研究显示，缺少以可能激发观众批判性思考的方式来处理以阶级不平等为基础的不平等议题。该书清晰论证由电影、电视和互联网组成的电子媒体是如何促进日常生活中的和解，由于缺乏对阶级问题的

1　李恒基：《外国电影理论文选》（上），三联书店，2006，第90页。

2　厄尔·怀松、罗伯特·佩卢奇、大卫·赖特：《新阶级社会：美国梦的终结？》，社会科学文献出版社，2019，第260页。

关注，如阶级不平等、冲突的阶级利益和超出阶级权力，大多数电影、电视节目或网站内容这类问题并不经常出现，进入消费者的头脑中。这也是从社会学角度对电影“弥合阶级冲突”功能的有力阐释。

二、该模式在不同时代的应用

把情节模式和时代气质放在一起来考察，可以了解情节模式的仪式性功能。

在“恋爱被阻碍”模式中隐含着“障碍–抗争”这一内在的剧作规律。在该模式的剧作中，设置的困境为爱情之路大都坎坷不平，历尽艰辛。角色设置中的地位、境遇悬殊给主人公带来了困境。于是，“实现爱情理想、突破困境”就成为影片的情节动力，与重重障碍进行抗争成为一波三折的看点。

◎ 实证1：《魂断蓝桥》(1940)

人物设置：贵族子弟罗伊 / 舞蹈演员玛拉

障碍设置：战争、社会观念

《魂断蓝桥》也有对这一古老的情节模式的运用。罗伊和玛拉存在阶层差异，罗伊是贵族子弟、上尉军官，而玛拉只是一个舞蹈演员、社会地位不高。当时的英国有个规定，军官所选择的伴侣必须是出身贵族或国王召见过的人。玛拉的演艺职业在当时的社会看来十分低微。影片中罗伊带着玛拉，先到军营找上校团长，上校团长没有异议，却要求他必须得到公爵的同意。罗伊又赶到公爵府，他的真诚让公爵同意了他的婚事。这里造成婚礼延宕的事件在于烦琐的手续和仪式，剧情也因此随之逆转，罗依与玛拉与拦在他们面前的障碍抗争，除了战争，应该说还有社会观念。

影片《魂断蓝桥》也是“恋爱被阻碍”模式的变体，虽然也有门第阻碍的因素存在，但这部影片中的主要阻碍因素发生变化，已经不再是门第观念，因为那时人们更关心的是战争对人生的影响，所以在那些影片里，战争就代替了门第观念而成为制造爱情悲剧的罪魁祸首。尽管当时门第观念的因素还隐隐存在。在影片《忠勇之家》(*Mrs. Minivan*, 1942）中，影片交代了阻碍年轻人幸福的原因也是战争，战争夺去了即将踏入婚姻的女孩的生命，这也是这一模式在影片中的变体。这一类的影片还有《雁南飞》(*The Cranes Are Flying*, 1957)等。影片《情人结》(2005）中阻碍的设置来自父母一辈的不和。再如电影《云水谣》(2006)，故事情节老套，而2006年两岸关系正在缓和，通航在即，于是，这一主旋律作品中将“恋爱被阻碍”的因素设置为新中国成立以来的“相隔两岸、音信不通”，这样的时代背景，使得陈秋水、王碧云的坚贞爱情无疾而终，将革命加恋爱的因素杂糅整合，通过对古老模式的重新应用，打造了一部赚人眼泪的电影。

◎ 实证2:《泰坦尼克号》(1998)

人物设置：富家小姐露丝/ 流浪汉杰克

障碍设置：灾难

《泰坦尼克号》中的角色设置无疑也符合这一规律：一个是上流社会的富家小姐，一个是身无分文的流浪汉，爱情已经萌芽，露丝母亲视杰克为草芥，千方百计当众揭穿杰克贫穷的身份，想让其出丑；同时，她涕泪交加地警告露丝远离杰克，保住上流社会的身份。冰海沉船的故事背景，灾难模式加恋爱受阻，从剧作模式上讲，这个故事相当老套而简单。在极具震撼力的视觉冲击下，这一故事的感染力得到最大限度的张扬。

◎ 实证3:《瑞典女王》(1934)

人物设置：女王克里斯蒂娜/特使唐·安东尼奥

障碍设置：叛乱

好莱坞全盛时期的影片《瑞典女王》的剧作亦沿袭了“爱情因地位被阻碍”这一传统套路：女王克里斯蒂娜微服出游，在卡站小酒吧中巧遇特使唐·安东尼奥，在系列误会与情感纠葛之后，两人真挚相爱，誓死不渝。但唐·安东尼奥绝不愿身居宫廷，为女王所供养。女王决意退位，只身相许。这因此引起宫廷内乱与国内骚动。女王平息叛乱，毅然逊位，却发现爱人已为宫廷内的贵族阴谋杀害，尽管如此，女王毅然决然地只身登船如约前往唐·安东尼奥的故乡。这里阻碍爱情的因素除了“阶层差异”，再加上外部事件：叛乱，这些是构成冲突的突转因素。

◎ 实证4：影片《一夜风流》(1934)

人物设置：穷记者/富家女

障碍设置：阶层差异

卡普拉的影片《一夜风流》，这一经济危机时期的浪漫喜剧，无疑是这一模式的巧妙应用。影片诞生时恰逢20世纪30年代美国经济大萧条时期，影片却以生动幽默的爱情故事转移了观众的注意力，让他们暂时忘记现实的苦闷、而在电影营造的浪漫世界中得到抚慰，这里阶级矛盾得以弥合。影片讲述的一个富家女和穷记者之间的爱情故事。大富翁的女儿艾伦，从小娇生惯养，骄傲任性，为和飞行员威斯利结婚独自离家出逃，彼得乐观热情，是失业报社记者。两个身份悬殊、性格迥异的人在开往纽约的公共汽车上相遇，引发了一连串喜剧故事。在艾伦要求为她的身份保持沉默并试图付钱时，彼得的台词被设置为：“你心里只想到自己的钱，你有没有听说过谦虚这个字……你和你爸爸在我眼里根本不算什么”，这是出现在影片第17分钟的两人第一次交锋。影片通过一系列障碍的设置，如旅途中汽车延误12小时、车上彼得主动为艾伦解围、大雨中桥梁被冲垮被迫入住汽车旅店等。一路上的经历，让这外在差异甚大的两个人逐渐产生了火花。影片开创了乖僻喜剧这一类型，大部分学者将这之后的1934—1940年看作神经喜剧的黄金年代。

而影片《龙凤配》(1954)、《风月俏佳人》(1990)、《魔法奇缘》(2007)、《游龙戏凤》(2009)都属于这一模式的翻版。再如影片《浮生若梦》(1938)的结尾处，影片通过银行家同被要求拆迁的老人合奏口琴的处理，达成两个对立阶层的和解，同时来自两个构成框架的情人终成眷属；影片《莎翁情史》（1998）的结尾，用女王机械降神的方式解决了两人的障碍。影片《秋天的童话》（1987）中描写了一对社会地位、教育背景等都相差甚大的青年男女之间的一段真挚却又不可能结合的恋情，因各种原因而从各自的生活中淡出。影片《爱情故事》（1971）讲述富家子奥列弗和一位面包师的女儿简真诚相爱，简却被病魔夺去生命的悲剧故事。这些建立在“男女主人公社会地位差异”基础上的爱情戏，由于结局的不同，或为喜剧、或为悲剧。

法国影片《纺织女工》（1977）中，描述了一个文科大学生和一个女理发员之间不能实现的爱情故事。这是一个十分古老的主题，一个专攻文学的青年知识分子爱上了一个从事体力劳动的姑娘，他们一个不断地追求精神生活，另一个却用双手悄悄地营建自己的安乐家园。现实不断地加剧横列在他们之间的鸿沟，摧毁他们甜蜜的爱情美梦。在他们迥异的精神和文化背后则是阶层差异，最终二人相逢在精神病院，女孩编起谎言，男孩走出门，为给予她的精神伤害流下眼泪，影片聚焦人物心理准确、细腻、动人心魄，场面和戏剧性不依赖于任何技巧营造，全部来自对于人物的逐渐深化，聚焦的是人物心绪沉浮。最后影片的字幕呈现为：

他将走过她的身旁，即使触到她的肩膀，也未必向她投去目光，因为，她并不引人注目，也没有可炫耀的衣装。

但是，应当再三思量，你应该向谁投去深情的目光。画家作画也许会把她选中，成为风俗画的一个形象。她是谁？是洗衣妇，是送饮水的姑娘，还是花边女工？

第三节　背叛模式与创新

该模式来源于灾祸模式 之“被弃”模式[1]，这个模式属于三十六剧情模式之第6种“灾祸”类别下之“被情人或丈夫抛弃”一种，背叛模式的影片包括《安娜卡列尼娜》(2012)、《廊桥遗梦》(1995)、《相见恨晚》(1946)、《战地浪漫曲》(1983)、《一声叹息》(2000)、《甜蜜蜜》(1995)等等，《卡萨布兰卡》(1942)、《莫斯科不相信眼泪》(1979)、《律政俏佳人》(2001)等。

该模式产生的根源在于人的理想之爱与社会冲突的矛盾。这也是该模式具有普世价值的原因。有学者谈到“崔张故事”的时候，归纳为“始乱终弃模式”，指出“这是中国所有传奇故事的奥秘”，这个秘密和矛盾也是许多作品的叙事结构，[2]提到人类天性和社会性的矛盾。“表现始乱符合人的欲望，表现终弃符合社会纲常需要，社会性需要终弃。”[3]这是一个永恒的题材。

学者潘光旦曾在《冯小青》中对理想之爱的虚幻性有一番现身解说：“未婚之青年男女，试与言择偶问题，每曰，非理想之妻不娶，或非理想之夫不嫁……未几，某君与某女士，或某女士与某君，果以往还，论交，订婚闻矣；试就而询之，则其所论交而订婚者果适符所愿之人物也。设一方略有文学之意趣者，则必发为诗歌，满幅皆为赞颂之辞；设不能者，亦必强为之，或与人津津道之不衰，一以美其所欢，一以自鸣得意。我辈读

1　见乔治·普罗第：《36种剧情模式》第6：灾祸，被丈夫或情人抛弃；受祸者，一个胜利的敌人。

2　王志敏：《现代电影美学体系》，北京大学出版社，2006，第125页。

3　同上，第126页。

其文辞闻其称道者固深羡之，然同时未尝不可疑问何以世间理想之佳偶若是之多。……此种心理状态，在青年时代为多，至壮年或老年，与实际生活之接触日多，青年时一气呵成之空中楼阁乃风流云散。”[1] 在生理学和心理学的分析之下，“爱情”的神圣性灰飞烟灭。

◎ 实证1：影片《莫斯科不相信眼泪》（*Moskva slezam ne verit*，1979）[2]

“被弃–奋发”模式是情节剧的常规剧情之一，《莫斯科不相信眼泪》中的女工卡佳，美丽、单纯、有知识，也有进取心和毅力，创作者把最大的同情和理解倾注在卡佳身上。卡佳在被电视台摄像师欺骗、遗弃后，生下一个女儿，一面照顾孩子，一面发奋读书。15年后，她成为化工联合企业的厂长。50年代后期，针对西方影坛已经出现的“作家电影”对人的潜意识的表现，苏联以叶格布里罗维为首的电影大师也提出了“作家电影”，但它不是表现导演个性，而是表现真正的剧作家个性的电影，与此同时，出现为观众拍片的主张，《莫斯科不相信眼泪》正是其中之一。影片在剧作上则没有中心事件，更无谋杀、失踪之类的事儿，也不单纯是某一对人的爱情波折。三个姑娘生活中发生的一个接一个的日常生活小事儿，都是随着人物关系的变化自然流露出来的。它在剧作结构上特别要求前一场戏中为下一场戏发出的主要动作埋下伏笔，不使观众感到突兀，全剧由卡佳的命运松散地穿起来，但作为情节剧，仍保持着合乎逻辑的因果关系，比如在柳德米拉和卡佳冒充教授女儿，邀请社会名流的晚上，卡佳与摄像师鲁道夫相识，之后鲁道夫去工厂拍女工的先进事迹，以卡佳欺骗她为借口将她遗弃，这更加促使卡佳发奋读书，她白天工作，照料孩子，晚上等孩子睡下后，发奋学习，每日苦读到深夜。卡佳在当女工拍电视时讲的一番话已经显示出她的领导意识与才能，后来她完成了高等教育，成

1　海青：《岂独伤心是小青？》，《读书》2006年4月。

2　影片《莫斯科不相信眼泪》（*Moskva slezam ne verit*，1979），片长114分钟，导演：弗拉基米尔・缅绍夫。

为一名化工专家，成了一名拥有三千工人的化纤联合工厂的厂长。这是一部关于一个人的成长和变迁的电影，它可以让人触摸到生命的律动，让人相信未来。

◎ 实证2：《律政俏佳人》（*Legally blonde*，2001）[1]

美式轻喜剧《律政俏佳人》的情节动力来自“被弃”，年轻貌美的选美亚军被男友抛弃，奋而努力考上哈佛大学法律系，最终凭借自己关于时尚的常识成功打赢了一场官司，实现完美转身和自我价值。

◎ 实证3：《廊桥遗梦》（1995）、《相见恨晚》（*Brief encounter*，1945）、《战地浪漫曲》（1983）

剧作范式：相遇—相知—相爱—被迫分离

这3部不同国家的影片表达了相同的主题，那就是都聚焦于家庭与感情的冲突，陷入感情纠葛的善良主人公纠结于家庭责任与真挚感情之间，最终回归日常生活。

1946年的《相见恨晚》，作为典型的情节剧，影片表现出某种程度的“反社会性”，个人与社会、意识形态的矛盾在日常事务及家庭生活中无时不在地潜藏着。这完全是出于当时压抑的年代背景和观众的需要——影片拍摄于在四五十年代的西方社会，家庭本身越来越明显地成为压力的根源。影片倒叙的叙事手法和第一人称独白的画外音，将女主人公内心中道德与情感的强烈冲突表现得细致入微。影片的张力在情感纠葛和内心挣扎之中表现出来，最终爱情纠葛因男主人公远走非洲而得到解决，留下的是无尽的怅惘和苦涩甜蜜的回忆。结尾时，女主人公坐在温暖的客厅里，面对正在玩填字游戏的丈夫，往事历历在目，爱情却已不可得。

影片《廊桥遗梦》的情节简单，情绪表现却十分细腻。影片揭示出了中年人的伦理价值观与情感平衡问题，以其对中年人家庭和情感问题的细腻刻画引起了众多中年观众的共鸣。由于影片内涵深刻的社会伦理，引发

---

1 《律政俏佳人》（*Legally blonde*）片长95分钟，导演：Michael Mann，主演：Reese Witherpoon。

了有关家庭责任和爱情的讨论。

影片《战地浪漫曲》的主要部分聚焦于描述柳芭在萨沙夫妇之间的出现而形成的错综的感情关系与冲突，它肯定了萨沙对困境中的柳芭给予真心关怀、帮助的合理性，以及薇拉对丈夫行为的高度理解、宽容，甚至在三人关系中甘愿自己退出的自我牺牲精神。在这个浪漫故事中，焦点在于肯定现实生活中必然会存在的人际感情关系的诸等复杂性与多面性，在不回避这些普通人身上种种性格差异与弱点的同时，展示了他们性格中闪光的美德，他们的善良、同情心与宽大为怀。这一浪漫曲的悲剧根源，更多地在于战争、战争带来的创伤以及包围他们的社会环境与某种势力。影片让其主人公处在刻意被洁化、净化的活动环境中，是使这部浪漫影片诗意化的有力手段，也更有助于突出这些为数不多的主人公各自的鲜明生动的性格。整个故事被置于俄罗斯冬季城市的冰天雪地，似乎也成为这个爱情浪漫曲的悲剧性质的一个隐喻。

◎ 实证4：影片《甜蜜蜜》(1995)、《卡萨布兰卡》(1942)

如前文中提到，陈可辛导演坦言该片深受《卡萨布兰卡》影响，从剧作模式的角度看，显然属于“三角关系”模式，而这部影片打动人们的则是质感与细节。总体上看超越了简单的爱情片范畴，它包含着对生命的无限怜惜，对每个人物命运深切的同情。大量日常生活的细节镶嵌其间，支撑剧作，使影片具有一种令人愉快的、舒缓的节奏，同时能够打动观众的心灵，随主人公一起经历一段充满着喜乐忧惧的、复杂的情感之路。通过这些细节，实现了静观默察中对人生的绵绵咏叹，以一种人道的、人性的关怀对生命在生存追求中所作的一切寄予了理解和同情，并以爱情、友情和亲情来努力化解一切痛苦和哀怨，抚慰在都市中的漂泊心灵。——这才是影片成功的关键。

第四节　中国电影中的“女人苦戏”模式

本节以中国电影中的女人苦戏模式情节模式为例，分析中国女人苦戏模式的成因、应用。从剧情模式的角度讲，该模式属于灾祸、背弃模式之列。因其在中国具有众多的生活原型及广泛的受众基础，故以此为例单独分析。需要指出的是，“女人苦戏”模式不止限于中国，在儒家文化圈影响的东亚地区亦有呈现，如沟口健二诸多影片；该模式也无法涵盖少数民族，从文化人类学的角度考量，“男女平等”这本身是现代性的概念，各民族地区的价值观迥异，在他们的价值观里，诸多涉及女神崇拜，比如藏族地区班丹拉姆女神信仰、白族的“阿央白”生殖崇拜、满族的女神崇拜，因此讨论该模式不涉及中国少数民族影片。

一、中国电影中的“女人苦戏”模式

在中国电影史上，作为情节剧类型之一的苦情戏是家庭伦理剧的重要部分，而其中的女性苦戏模式，成为重要的情节模式之一种，频频出现在不同时期的银幕上，具有深广的社会性和清晰的教化性。从早期电影的《姊妹花》《新女性》《桃花泣血记》《神女》到后来的《一江春水向东流》《乡音》《芙蓉镇》《妈妈再爱我一次》《九香》《生活秀》《茉莉花开》等。女性苦戏模式，构成了东方电影长廊中的独特景观。这一情节模式的影片还

有《咱爸咱妈》《我的兄弟姐妹》《漂亮妈妈》等。在传统的影片当中，传统的中国女性多为忍辱负重、牺牲形象和刻板印象。

在桑弧导演、张爱玲编剧的影片《太太万岁》中，王玉珍的婆婆听了她的介绍说新上映的绍兴戏是出苦戏时，老太太回答："啊，苦戏？越苦越好，我就爱看苦戏。"这其实也是整个民族的审美心理折射。

苦情戏首先是"戏"，作为通俗剧模式之一种，或者说是中国文艺传统中的传奇模式。"中国苦情戏更多的是体现一种'人生的悲苦'，是外界的压迫所造成的一种现实性的苦难，具有现实指向性和批判性。具体地说，往往存在明显的'受虐——施虐'模式，从而在观者中引起或同情、或愤怒或满足等多种直接的情绪和反应。"[1]从电影剧作的角度来说，苦戏的创作观念是建立在对于观众审美心理透彻了解的基础之上的：中国的观众对于弱小而善良的人物一向具有天然的好感和同情，对于悲苦的爱情传奇一向具有强烈的兴趣，所以"苦情戏"总是分外受到观众的青睐。从20世纪20年代的鸳鸯蝴蝶派电影到20世纪30年代的所谓"软性电影"，再到抗战时期"孤岛"的时装言情电影，一直到20世纪80年代的谢晋模式，电影的历史已经一再地证明了中国观众的这个特点。把握这一特点，将会对提高中国电影剧作者的观众号召力起到非常重要的作用。

"女人苦戏"模式，结合不同时期的文化压力，不同时期的导演都能从中取一瓢饮，将这一模式纳入创作视野。笔者试图通过不同时代的剧作，探讨这一传统模式与创新的关系。该模式在中国具有强大的衍生力，截至1996年，6部在观众中产生过轰动效应的中国电影中，有4部是苦情戏。[2]在这6部影片中，有4部影片是民族化苦情戏的情节剧模式。

卜万苍导演的影片《桃花泣血记》（1931）[3]中，呈现出旧市民电影固

1　汪方华：《新女性：中国电影传统——苦情戏》，《当代电影》2004年第4期。

2　李亦中：《中国电影九十年6大卖座片探析》，《电影四面八方》，第274页。这6部电影分别是：《姊妹花》（1931）、《渔光曲》（1934）、《一江春水向东流》（1934）、《喜盈门》（1981）、《妈妈再爱我一次》（1990）、《焦裕禄》（1991）。

3　《桃花泣血记》编剧：卜万苍，导演：卜万苍，主演：金焰、阮玲玉。

有的模式，采用传统、封闭的叙事，讲述了新男女被旧道德残酷扼杀的故事。影片展示的乡下姑娘琳姑和少爷德恩的爱情，属于典型的家族叙事中的“主仆”模式，因为阶级差异而不见容于封建家长的故事。典型的女人苦戏情节，相当简单，因为封建家长的阻拦，琳姑最后在贫病交加中死去，恋爱的阻碍来自封建家长的阻拦。影片表现出对现存的道德状态和伦理尺度的反抗。影片的结尾处字幕打出“我负了你，我应该死，但我死了，我们的孩子怎么样呢？我要奋斗，为孩子谋福利”，则是在那个反封建时代追求“德先生赛先生”的时代呼声。

影片《新女性》(1934)[1]继续体现并发扬了传统的苦情戏模式，体现出鲜明的现代意识。影片的剧本根据“作家女明星”艾霞的自杀改编，影片透过韦明的悲惨身世，相当生动地揭示了旧中国知识女性被压迫、被侮辱的命运，直指当时半封建半殖民都市社会的黑暗和糜烂。阮玲玉饰演的女作家韦明是追求自由、自觉的新女性，念书时与男友私奔，脱离家庭，未婚先孕产女，后来去上海女子中学教书。她的年轻貌美、单身身份，使之不可避免地始终成为男人眼中的猎物，因遭人算计，不得不从女子中学辞去教员一职。后来女儿从家乡前来投奔自己，她迫于经济压力陷入困顿。在之后的一连串的生活艰难、小报污蔑、经济困顿、孩子生病中意欲轻生。她追求女性的自觉，将自由当作生命的终极目标。作品将矛头指向了那个时代。在以往的苦戏影片中，传统的中国女性形象往往是刻板的、最终以惊人的道德力量获得赎救。影片通过对单身职业女性的刻画，展示了女性知识分子同环境之间的关系。在故事的结尾，采用了开放式结局引起“疗救的注意”，令人印象深刻的是，韦明在临死前喊出“我要活，我要活”；濒死的韦明在病床上呼号“救救我吧”，与鲁迅先生在《狂人日记》中的“救救孩子”遥相呼应，继承了五四以来的反封建、追求自由、民主

1　影片《新女性》中国黑白故事影片，联华影业公司1934年摄制。导演：蔡楚生，主演：阮玲玉、郑君里。影片通过女主人公韦明为争取婚姻自主、独立生活而终于被折磨致死的悲惨身世，生动地反映了在30年代的中国正直的知识妇女被迫害被污辱的命运，控诉了黑暗社会吃人的罪恶。

的精神。这部片子，无疑很好地为“启发民智、唤醒民众”提供了民主武器。“将苦情戏从个人情爱和家庭离乱中提升到社会批判、现实控诉的历史、时代高度，从而呼应着‘左翼电影’的创作实践和要求”[1]则是《新女性》这部影片的经典意义。任何经典的影视作品，必须使人物的命运与时代、社会发生关系，通过主人公的遭遇使人们感知到整个时代，这部作品直到今天看来，依然散发着朴素的现实主义光芒。

在影片《一江春水向东流》(1947)[2]中，素芬含辛茹苦却遭抛弃，在结尾处投江自尽。这无疑加重了作品中“苦戏”的分量，这里面既有对社会黑暗的控诉，也符合观众的传统审美心理，而“苦戏好卖钱”是当时电影业人所共知的，是当时观众的审美倾向。通常学者认为“苦戏在本质上是大众流行文化的一种，是一种‘文化产品’，大多只是赚取观众的廉价眼泪，谈不上深刻的文化思考和审美体验，不能与艺术经典相提并论。”[3]而素芬投江这样的剧情设置不仅没有削弱作品的艺术性，反而大大增强了其悲剧和批判力度，经典魅力并未削减丝毫。

至于影片《乡音》(1983)[4]的女主人公陶春身上，虽然具有我们民族的传统美德，却渗透了封建意识。[5]陶春终日操劳不得闲，肝癌已到晚期，动手术也活不长时，他才惊呆，淌下悔恨的眼泪。出院后，陶春感到丈夫变了，处处要她作主；木生问她有什么心愿，她说只想等公路修通，坐汽车去龙泉洞看看风光和火车站。木生方才强抑难过地说，明年去就太晚

1　汪方华：《新女性：中国电影传统——苦情戏》,《当代电影》2004年第4期。

2　影片《一江春水向东流》年份：1947年，片长：210分钟，类型：剧情，制作：中国昆仑影业公司，导演：蔡楚生、郑君里，编剧：蔡楚生、郑君里。

3　见视频之家网页“荧幕苦情戏还能让人哭多久”,http：//www.52video.net/art_view8607.html，电视评论家李凤亮认为，电视上的苦情戏在本质上是大众流行文化的一种，是一种‘文化产品”，大多只是赚取观众的廉价眼泪。

4　影片《乡音》(1983)，导演：胡炳榴，编剧：王一民，主演：张伟欣、刘延、赵越、陈锐、位北原。

5　导演胡炳榴在《乡音构想》里提到：“只有使观众中充分认识陶春束缚于封建道德观念的可悲之处，才有可能领会到主题的深刻内涵所在。”见《20世纪中古偶电影理论文选》，中国电影出版社，第639页。

了。第二天，木生用独轮车推着陶春去龙泉洞，走在弯曲石板路上，远方的火车鸣笛响亮，一声声撞击、回响、激荡着古老的山谷……陶春被沉重深厚的封建积淀压得麻木了，通过那重复的台词“我随你”、重复的“端水”动作，导演不倚重戏剧性纠葛或“爆炸式”的情节运动，却选择了内蕴较深的农家日常化动作，通过“引而不发”的抵触，进而有力地揭示出千百年来所遗留下来的封建意识残余是如何根深蒂固地浸透于今天人们的日常生活和心灵深处。

影片《九香》(1995)[1]，刻画了一位可歌可泣平凡而又伟大的母亲，属于“牺牲”模式的剧作。该母亲身上集中地反映出中国传统女性所特有的高尚品德。为独自养活5个儿女，她含辛茹苦，默默奉献了自己的一生，在缺衣少食的情况下，苦苦支撑着这个家。此时有一个男人爱上了她，但是考虑到孩子幼小，女主人终于放弃了这份恋情，直到被生活折磨得失去了形状。在孩子长大之后，看到他们个个前程似锦，她也想找到昔日的恋人，可他早已离开了人世。遵照母亲遗愿，五个儿女将母亲送回她魂牵梦萦的小山村。

再如影片《茉莉花开》(2005)[2]准确地传达出了苏童原著《妇女生活》中那种字里行间的张力、阴郁、压抑的气息和人物世代相传的执拗、神经质、宿命般的悲剧人生。三段式的结构互有累积、递进、影响。一个多小时的剧情节奏跌宕有致，情节强度均匀密集，只是剧作上有两处让笔者认为稍感别扭：一是邹杰的死过于突兀，缺乏足够的情节交代和人物心理铺垫，另一处是在结尾雨中生子情节，夸张的痕迹太明显，风格化较强，浓墨重彩地张扬出一段生命交响。导演侯咏提到：“我想表达的第一个意思就是女性命运的一致性，这实际上就是宿命，我觉得生活中女性的命运跟

1 影片《九香》(1995)，导演：孙沙，编剧：杜丽娟，主演：宋春丽、张桂生、张洪杰、强音。

2 影片《茉莉花开》，导演：侯咏，编剧：张献、侯咏，主演：姜文、陆毅、陈冲、章子怡、刘烨。影片讲述的是一家三代女人——茉、莉、花的情感故事，三段式的结构分别再现了30年代、50年代、80年代中国上海的风貌，精心地描摹了在三个不同时期中三个女人不同的生活状态、但又宿命地拥有相似的生命轨迹。

时代没有特别直接的联系，不管她们怎么折腾改变、到头来都是一样的。这种命运可能是女性自身的性格造成的。影片是以积极、关注的态度对待女性生活的，认为女性应该自强自立，不要把自己去全部寄托于爱人或爱情。”[1]这部女人苦戏依然延续了“不幸”“丧失所爱的人”等情节剧路数，通过这个苦戏故事，传达了创作者对“女性应该自强自立”生活态度的真诚关注。

另外，“痴心女子负心汉”这一母题，自《秦香莲》、元杂剧《琵琶记》到影片《一江春水向东流》《人生》《暖》，从剧作模式的角度说，戏核相同，这也与我们的民族文化心理有关。“关于家庭男女悲欢离合的传奇故事，历来是中国叙事作品最具有表现力和生命力的母题之一。”[2]这一模式在不同时代又产生了不同的变体，近千年的光阴流逝并没有能改变她们在关键一点的相同：“被情人或丈夫抛弃”。

中古以来，来自底层的民间社会的士人，往往在家耕读的时候不可能违背自然和人伦而不论婚嫁，背负了一份不能旁贷的责任，当生命轨迹发生根本性逆转之后，他们又不得不面对生活伴侣的新一轮选择，这种选择有时关乎他们的前途，甚至政治生命。但忘恩负义作为一种可耻的行为，永不能见容于善良人类最基本、最普遍的道德准则，这便是该模式长盛不衰的原因。 这一点，无论是影片《人生》中的高加林、《暖》中的井河，莫不如此。

席勒认为各种各样的悲剧方式受观众欢迎的原因，最终都离不开道德和理性。[3]朱光潜在《悲剧心理学》中说：“悲剧表现人类的苦难，但由于它表现苦难的真实和传达这种表现的高度技巧，却使我们产生快感。”[4]

1　侯咏、陈宝光：《茉莉花开：真诚关注女性》，《北京电影学院学报》2006年第12期。

2　武龄仁：《情感模式、叙事母题于世界性观照》，《电影艺术》2002年第2期。

3　余秋雨：《戏剧理论史稿》，上海文艺出版社，1983。

4　朱光潜：《悲剧心理学》，安徽教育出版社，2006。

二、“女人苦戏模式”的原型与民族心理

（一）地祇形象的转型与演化

中国电影中“女人苦情模式”的原型可追溯到远古神话。在中国神话题材戏剧中的女神可以分为天神和地祇两类。天神类女性的行为特征是胜利和拯救，地祇类女性的行为特征则是受难。天神类的“原型”是母系社会女权至上的意识与观念在后代社会中的直接显露。而地祇类的社会是以男权为主的时代，所以，自然打上了男权社会深深印记的女性崇拜。后者也是历代剧作中“女人苦情模式”的渊源。

在不同的时代可能有不同的女性天神人物，而不同的时代中却常有相同或相近的地祇女神形象。因为，和天神的具体内涵随着不同时代而演变不一样，地祇的具体内涵却常常恒定不易。原因在于“人神恋原型中地祇类女性原型具有超稳定性”。“这种超稳定性既源于此种原型所具有的强大的内聚力和辐射力，也来自男权社会中价值观念的恒久。”[1]希腊神话的地母盖娅可被归为同一种人物形象谱系。作为一种有着悠久的文化传统与浓厚的伦理意识，它在不同的时代被反复讲述。

既然地祇类女性的特征就是受难，作为民族的审美理想与审美趣味的表现，于是在中国的戏剧、戏曲舞台及银幕中反复表现受难女性的品质，都是有利于她们迎接与承受苦难的种种美德。在思考该问题时，笔者发现，中国民间四大传说竟然全都是女人悲苦的爱情戏，这也从侧面说明我们这个民族有热爱苦情戏的心理基础。无论神话、戏剧还是电影这几种集体艺术在原型上及演化关系，也许可以在一定程度上揭示“女人苦戏”模式的奥秘所在，这里面蕴含着产生某种原型的集体无意识以及由此而来的民族审美心理结构对电影剧作的影响。

1 章俊弟：《神话与戏剧》，中国戏剧出版社，2002，第71页。

（二）女性的苦难——中国剧作中的永恒主题

戏剧成功之处总是必然契合观众的审美心理结构。女性的苦难，这也是一个自戏曲以来一脉相承下来的古老内容。在中国戏曲中常常表现女性的藐视金钱与财富、非妒而又痴情等这些惯常情节模式——这是与西方戏剧女性形象相异最大之处。中国戏曲史中大量描写男女恋情的篇章都在反复演说这样一个道理：中国妇女轻财重义，戏曲中恋爱结婚的男女青年中，总是女的富贵，男的贫贱，相反的例子十分罕见。这背后是中西文化思维的差异。比如中世界的精神之恋中，被仰慕女子往往是贵族。

纵观中国戏剧史，不论是戏曲，还是话剧，我们都可以发现一个十分明显又非常有趣的现象：绝大多数中国戏剧，特别是那些影响深远、流传甚广的著名戏剧中，最能打动观众，最能激荡观众心灵，最让观众流泪哭泣地同情或击节不止地佩服的，往往是女性，尤其是年轻女性，她们的女性舞台形象的生动、鲜明与丰腴的程度超过同台的男性形象，而且她们的精神品质、精神世界以及行动能力等内涵远远胜过男性。“中国戏剧表现的最多的也许是女性受难，中国观众历来也最爱看这类戏。”[1]一度曾被众多戏剧家认为是中国戏剧最早雏形的《踏谣娘》，就是我们今天所能见到的这方面的最早的戏剧。唐代崔令钦《教坊记》载：

> 北齐有人姓苏，齇鼻实不仕，而自号为郎中，嗜饮酗酒，每醉辙殴其妻，妻衔悲，诉于邻里。时人弄之。丈夫着妇人衣，徐行入场。行歌，每一辙，每一迭，旁人齐声和之云：“踏谣和来！踏谣娘苦和来！”以其且步且歌，故谓之“踏谣”；以其称冤，故言苦。[2]

中国最早的完备戏剧，居然是以女性的苦难及对这种苦难的描写与申

1　章俊弟：《神话与戏剧》，中国戏剧出版社，2002，第11页。

2　见唐《教坊记》。

诉命名而成，在这其中包含了男丑女美、男恶女善、男性作恶女性受难等特征和特点，这些都成了其后千年来剧作中延绵不断表现的内容。

每个熟悉中国戏曲的观众或读者，对以下类型的故事都不会陌生：两家门当户对的家长为自己的孩子互相定亲，后来男家衰败了，女方父母反悔，而女儿则坚决不同意，在一连串的冲突之后，总是女儿获胜；其中原因就在于前有然诺，翻悔即有违道义。比如《荆钗记》《破窑记》。而传统戏曲中的女主人公选择的秀才往往通过科举的途径实现阶层流动，最终喜剧大团圆结局；如果漫长的等待换来的是背叛，故事就换了另外一种讲法，“痴情女子负心汉”的背弃模式。这一模式的产生，毫无疑问，也是由社会制度决定的。

（三）“女人苦戏模式”出现的社会原因——传统性别文化的延续

1. 苦情戏与社会文化的关系

> “女人是后天形成的。”
>
> ——波伏娃《第二性》

苦情戏模式的产生与中国传统文化赖以生存的基础大有关系。所谓“一个民族的共同心理”，著名学者张岱年认为：“是在占统治地位的哲学思想的熏陶下形成的。而所谓的‘共同心理’的基本内容就是占主导地位的世界观和价值观。”[1]

先秦时期，形成女性哲学观的主要有儒、法、道三家。周初，就已经出现“男尊女卑”的观念。经济上的井田制对应着政治上的分封制，井田制按照“方里而井，井九百亩，其中为公田，百家皆私百亩，同样公田”的办法划分开来，分封给宗室、贵族及功臣。所谓“公田”，就是拥有封

1 钱民辉、田玉荣：《中国女性行为的文化释义》，社会科学文献出版社，2009。

邑的贵族供他们祭祖开支的土地。“私田”就是分给农夫的土地。分私田的办法是一夫（成年男子）授田百亩，按照这种分法，妇女是没有分田的资格的；“农夫”首先要完成“公田”的耕作。那时，与分封制相配套的宗法制和嫡长子继承制的家庭生活已经出现了重男轻女的现象。男子的地位明显高于女子，如果家庭生了男孩，男孩尊贵（置于床上），女孩卑贱（放下地上）；一个玩璋，长大好做家室君王（璋是玉之一种，为贵族男子所执，表示身份的尊贵）；一个弄瓦（防捻线用的瓦制器具）。至今，在一些地区仍然沿用着这一叫法，生了男孩贺为“弄璋之喜”，女孩则是“弄瓦之喜”。

西周人的《周易》开创了乾坤定位的次序，认为乾为阳，坤为阴，乾坤主宰坤阴、坤阴顺从乾阳才万事亨通顺利。基于这种男女之别、乾坤定位的观念，在《家人》卦中提出男女分工的观念：“五攸遂，在中馈”，“贞吉”[1]。意思为，妇女的职分应在家备酒食，不让她们随心所欲，要竭尽妇职，才能家庭相安无事。这也是“男主外、女主内”的家庭分工仪式在《周易》中的体现。《礼记》中多次提到“买妾而不知其姓则卜”[2]，这说明妇女当时是可以像商品一样随便买卖。《三礼》中明确规定了不同等级的家庭中妻礼妾规等清规戒律。

董仲舒细致地划分男女、君臣、父子关系的尊卑界限，并强调了妻子不可独立行事，没有独立自主权等。董仲舒贬抑女性、褒扬男性的理论富有权威性，而且还将其蒙上有神论色彩，因此，他说：“阳为夫而生之，阴为妇而助之。王道之三纲，可求于天。”之后，班固强调女子对丈夫的绝对服从，无论在什么情况下，女性都不能和丈夫离婚，不能对丈夫表示不满，不能参加任何社会活动，更不能保有独立人格和自作主张、统帅别人的意愿。班固即使赋予妇女一些极小的权力，如谏诤丈夫，也是站在夫妻具有共同利害关系的立场上而言，他说“男女之交，莫若夫妇”，

1 《周易》，中国古籍出版社，2003，第13页。

2 史蒂文·瓦格（Steven Vago）：《社会变迁》，北京大学出版社，2005，第257页。

就是为了将男女的各种关系统领在夫妻关系上，以强调其绝对的无所不至的夫权。中国封建社会虽几经朝代更迭，但儒家的思想文化结构并无多大改变，几千年所形成的文化心态、思想意识，特别是在对妇女的观念上，儒家的思想和文化观念对今人的影响还是远未清除的，比如提倡“夫为妻纲”，强调家庭中实行父权之上，强调丈夫对妻子的绝对统治和妻子对丈夫的绝对服从。从“三从四德”到班昭的《女戒》，这一套强加给女性的道德教育流传了几千年。比如非妒，这是封建社会所重视和提倡的女性的又一美德，也深深影响了中国剧作中的女性形象，一夫多妻制是产生它的社会土壤。以男性创作于欣赏为主的剧作，必然按照男性心目中的理想来设置人物。

从宗教的角度看，佛经中有“女转男身”作为果报的说法。流传在中国的观音故事，大慈大悲的观音菩萨在印度佛教中是阿弥陀佛的左胁侍，为男性。可是，传到中国后，似乎比阿弥陀佛更受到民众的欢迎，而且摇身一变为女性。在佛教中，观音是可以应机以种种化身出现来拯救苦难众生的。可是中国人却相信她是首先经过了千百种苦难才变为菩萨的。于是受难女性之所以被看作是神祇，是因为：一是默默地自愿受难体现了崇高的精神境界；而是只有通过受难才能拯救他人（主要指男性），乃至普度众生。

2. 苦情戏与社会结构的关系

在世界上，社会性别是人们之间最主要的划分方式。每个社会都以性别为基础设置了壁垒，使得女性和男性在获得权力、财产和声望方面拥有不平等的机会。因而，社会学家把女性归为一个弱势群体。

社会学上关于父权制起源的理论指向人类再生产的社会结果。在早期人类的历史中，人的生命短暂，为了繁殖人类群体，人们不得不多生育孩子，因此女性的大部分时间都被限制在这些活动当中，因此全世界女性承担起了与照顾家庭和孩子相联系的工作，而男人则从事猎取动物和其他需要更快的速度和长时间远离居住地的工作。这种“男主外、女主内”的分工使男人逐渐成了统治者。正是他们，离开居住地去猎取动物，司其他部落建立联系，与其他群体作交易，以及同他们争吵打仗。同样也是男人制造和掌管交易、杀戮工具和用于狩猎、打架的武器。男人在交易中积聚财产，并通过带着战俘或所猎取的用以养活全体部落成员的打猎物返回赢取声望。相比之下，女人所从事的工作往往是普通的、日常的、被视为理所当然的，因此，这些工作所获得的声望较低。最终，男人统治了整个社会，并建立一种循环思维系统。男人开始认为自己天生优越，他们用保密和精心设计的规则和仪式把许多活动包裹了起来，女性在那个时代被公开认为是劣等的。[1]

男性的统治也许是因为一些完全不同的原因。"人类学家马文·哈里斯（Harris，1977）提出，这是因为大多数男人都比女人强壮，而在部落群体里赤身肉搏的战斗是必要的，男人成为战士，女人则成为诱使他们进行战斗的奖励。恩格斯提出父权制社会是伴随着私有制的起源而形成的。然而，他无法解释为什么私有制导致了男性统治。格尔达·勒纳（Lerner,1986）提出，或许父权制社会在不同的地方会有不用的起源"[2]。无论起源是什么，这种循环思维体系已经形成。男人开始认为自己天生更优越，直至今天，父权制也常常伴随文化的支持，这种文化的支持意图证明男性统治的合理性。随着部落发展成为更大的群体，享受权力和特权的男人们继续维持着他们的统治。打猎和赤身肉搏战早已不在再是日常事务，人们也早已无须生很多孩子以延续人类群体，然而，男人依然紧抓着他们的权力不放，于是，现代社会的男性统治，就成为具有几千年历史的古老模式的延续。

1　詹姆斯·汉斯林（James Henslin）:《社会学入门——一种现实分析方法》(第7版)，林聚仁等译，北京大学出版社，2007。

2　史蒂文·瓦格（Steven Vago）:《社会变迁》，北京大学出版社，2007。

第五节　常见的情节模式及概率

列表考察历届奥斯卡75部最佳影片中，以36种剧情模式为工具，以影片采用的主情节模式为样本，统计影片最常用的主要情节模式概率。根据75届奥斯卡最佳影片主要情节模式的分析、统计出情节模式的比率。

从该表格可以看出，在75部奥斯卡最佳影片中，影片的主情节属于36种剧情模式之外的占22部，尤其在20世纪60年代之后，这一倾向伴随着新好莱坞运动兴起后，更加明显。在可以归类的53部影片中，通常被用到的模式大约有壮举、恋爱被阻碍、复仇、野心、牺牲、“争夺一个情人”等。由此可以看出，模式研究对于电影剧作而言，有重要学术价值。从列表中可以发现，在这75部影片当中，常见的情节模式有：

第9种“壮举”（9部），占12%；第28种“恋爱被阻碍”模式（6部）占8%；第3种“复仇”模式（6部）占8%；第24种“三角恋爱”模式（两个不同势力的争竞）（5部）；第30种“野心”模式（5部）；第20种牺牲模式（5部）各占6.7%。

表格2　历届奥斯卡最佳影片

历届获奖影片	剧情模式
第一届（1927—1928）《翼》（*Wing*）	三角恋爱
第二届（1928—1929）《红伶秘史》（*The Broadway Melody*）	三角恋爱
第三届（1929—1930）《西线无战事》（*All Quiet on the Western Front*）	牺牲
第四届（1930—1931）《壮志千秋》（*Cimarron*）	革命
第五届（1931—1932）《大饭店》（*Grandhotel*）	取求
第六届（1932—1933）《乱世春秋》（*Cavalcade*）	壮举
第七届（1933—1934）《一夜风流》（*It Happened One Night*）	恋爱被阻碍

续表

历届获奖影片	剧情模式
第八届（1934—1935）《叛舰谍血记》（*Munity On The Bounty*）	背叛-报复
第九届（1935—1936）《歌舞大王齐格飞》（*The Great Ziegfeld*）	野心
第十届（1936—1937）《左拉传》（*The Life Of EmilaZola*）	模式之外
第十一届（1937—1938）《浮生若梦》（*You Can't Take It With You*）	恋爱被阻碍
第十二届（1938—1939）《乱世佳人》（*Gone With The Wind*）	野心
第十三届（1939—1940）《蝴蝶梦》（*Rebecca*）	释谜
第十四届（1940—1941）《青山翠谷》（*How Green Was My Valley*）	不幸
第十五届（1941—1942）《忠勇之家》（*Mrs.Miniver*）	牺牲
第十六届（1942—1943）《卡萨布兰卡》（*Casablanca*）	三角恋爱
第十七届（1943—1944）《与我同行》（*Going My Way*）	模式之外
第十八届（1944—1945）《失去的周末》（*The Lost Weekend*）	模式之外
第十九届（1945—1946）《黄金时代》（*The Best Years Of Our Lives*）	模式之外
第二十届（1946—1947）《君子协定》（*Gentlemen's Agreement*）	壮举
第二十一届（1947—1948）《王子复仇记》（*Hamlet*）	复仇
第二十二届（1948—1949）《一代奸雄》（*All the King's Men*）	野心
第二十三届（1949—1950）《慧星美人》（*All About Eve*）	野心
第二十四届（1950—1951）《一个美国人在巴黎》（*An American In Paris*）	三角恋爱
第二十五届（1951—1952）《戏中之王》（*The Greatest Show On Earth*）	三角恋爱
第二十六届（1952—1953）《永垂不朽》（*Longlive*）	复仇
第二十七届（1953—1954）《码头风云》（*On The Waterfront*）	革命模式
第二十八届（1954—1955）《马蒂》（*Marty*）	模式之外
第二十九届（1955—1956）《环球旅行80天》（*Around The World In 80 Days*）	取求
第三十届（1956—1957）《桂河大桥》（*The Bridge On The River Kwai*）	革命
第三十一届（1957—1958）《琪琪》（*Gigi*）	模式之外
第三十二届（1958—1959）《宾虚》（*Ben—Hur*）	壮举
第三十三届（1959—1960）《桃色公寓》（*The Apartment*）	模式之外
第三十四届（1960—1961）《西区故事》（*West Side Story*）	恋爱被阻碍
第三十五届（1961—1962）《阿拉伯的劳伦斯》（*Lawrence Of Arabia*）	壮举
第三十六届（1962—1963）《汤姆·琼斯》（*Tom Jones*）	模式之外
第三十七届（1963—1964）《窈窕淑女》（*My Fair Lady*）	灰姑娘

续表

历届获奖影片	剧情模式
第三十八届（1964—1965）《音乐之声》（*The Sound Of Music*）	模式之外
第三十九届（1965—1966）《四季之人》（*A Man For All Seasons*）	模式之外
第四十届（1966—1967）《炎热的夜晚》（*In the Heat of the Night*）	模式之外
第四十一届（1967—1968）《奥利弗》（*Oliver!*）	模式之外
第四十二届（1968—1969）《午夜牛郎》（*Midnight Cowboy*）	模式之外
第四十三届（1969—1970）《巴顿将军》（*Patton*）	壮举
第四十四届（1970—1971）《法国贩毒网》（*The French Connection*）	逋逃
第四十五届（1971—1972）《教父》（*Godfather 1*）	复仇
第四十六届（1972—1973）《骗》（*The Sting*）	取求
第四十七届（1973—1974）《教父2》（*Godfather 2*）	复仇
第四十八届（1974—1975）《飞越疯人院》（*One Flew Over the Cuckoo's Nest*）	疯狂
第四十九届（1975—1976）《洛奇》（*Rocky*）	壮举
第五十届（1976—1977）《安妮·霍尔》（*Annie Hall*）	模式之外
第五十一届（1977—1978）《猎鹿人》（*The Deer Hunter*）	牺牲
第五十二届（1978—1979）《克莱默夫妇》（*Kramer vs.Kramer*）	模式之外
第五十三届（1979—1980）《普通人》（*Ordinary People*）	模式之外
第五十四届（1980—1981）《火的战车》（*Chariots Of Fire*）	革命
第五十五届（1981—1982）《甘地传》（*Gandhi*）	壮举
第五十六届（1982—1983）《母女情深》（*Terms Of Endearment*）	模式之外
第五十七届（1983—1984）《莫扎特》（*Amadeus*）	嫉恨
第五十八届（1984—1985）《走出非洲》（*Out Of Africa*）	模式之外
第五十九届（1985—1986）《野战排》（*Platnoon*）	牺牲
第六十届（1986—1987）《末代皇帝》（*The Last Emperor*）	不幸
第六十一届（1987—1988）《雨人》（*RainMan*）	模式之外
第六十二届（1988—1989）《为戴茜小姐开车》（*Driving Miss Daisy*）	模式之外
第六十三届（1989—1990）《与狼共舞》（*Dances With Wolves*）	壮举
第六十四届（1990—1991）《沉默的羔羊》（*The Silence of the Lambs*）	释迷
第六十五届（1991—1992）《不可饶恕》（*Unforgiven*）	复仇
第六十六届（1992—1993）《辛德勒的名单》（*Schindler's List*）	救赎
第六十七届（1993—1994）《阿甘正传》（*Forrest Gump*）	模式之外

续表

历届获奖影片	剧情模式
第六十八届（1994—1995）《勇敢的心》（*Brave Heart*）	革命
第六十九届（1995—1996）《英国病人》（*The English Patient*）	恋爱被阻碍
第七十届（1996—1997）《泰坦尼克号》（*Titanic*）	恋爱被阻碍
第七十一届（1997—1998）《莎翁情史》（*Shakespeare in love*）	恋爱被阻碍
第七十二届（1998—1999）《美国丽人》（*American Beauty*）	模式之外
第七十三届（1999—2000）《角斗士》（*Gladiator*）	壮举、牺牲
第七十四届（2000—2001）《美丽心灵》（*A Beautiful Mind*）	疯狂
第七十五届（2001—2002）《芝加哥》（*Chicago*）	野心

※ 思考题

1. 关于剧作模式与创新的关系，除本章提到的，你认为是怎样的？

2. 关于“弥合阶级差异”的影片，你认为还有哪些？而明确提出阶层差异、权力关系不平等的影片，你认为还有哪些？这两类影片就剧作而言，共性、差异性在哪里？

3. 挑选几部模式之外的影片，你认为从剧作角度，创新性如何实现？

第四章

模式之外与剧作创新

第一节　童年记忆与家族物语

——《少年H》的剧作艺术

水古丰导演的影片《少年H》，为2013年日本影坛经典之作，曾获第35届莫斯科国际电影节特别作品奖、第37届日本电影学院奖最佳影片提名。影片改编自日本知名作家、舞台设计家妹尾河童的自传性作品，小说自1997年甫一出版，充满浓浓怀旧气息的描述以及调皮幽默且极具魅力的故事即受到广大读者好评，经口耳相传迅速成为风靡大街小巷的畅销书，距今已出版整整25个年头，上下两卷累计销售量突破340万册，并先后推出了英文版、韩语版、中文版，其国际知名度不断攀升，渐次成为世界级的畅销著作。

影片精当还原少年（妹尾肇）在20世纪三四十年代度过的少年岁月。在原著中饱含深情地回忆生命与战争息息相伴的十年，日本发动战争及经历战败的经历的时期，日本本土国民精神、躯体都不同程度地被卷入战争。通过呈现少年H的成长细节，对家国记忆的真实摹写与忧思追问，我们得以窥见战时日本的社会和人心。

影片中妹尾家的二层房屋在东宝摄影厂搭建，完全按照原著中的描述复原而成，一家四口的全家福也根据作者家真实的照片拍摄。导演与其妻子本色出演，得到编剧妹尾河童本人的赞赏，称“同见到了自己真实的父母一般”。影片温情诚挚的叙述由一群孩子聚拢海边围观少年H画军舰开始，由历经战乱洗礼的少年坐在脚手架上为新房屋墙上绘制一只粉色浴火重生的凤凰羽翼戛然而止，战争使用的武器到神话中的凤凰，点睛意味呼之欲出。整部影片以缓慢悠长的叙事节奏，以少年H的孩童视角，绵绵静观地讲述着大变迁时代下的亲情、友情、反思、成长，勾勒出战时日本浴火重生、缓步向前的家庭物语风俗画。

影片开场摇镜头始自旧日街角，以少年妹尾肇对前去为洋人量体裁衣的裁缝父亲的发问开始：“和各个国家的人们说话：为什么都能相互理解呢?”时而对客户讲英文、法文的父亲这样回答：“因为都是人类，跟国家和语言没什么关系，不是吗？”这恰与人类学理论遥相呼应，人类学家列维-斯特劳斯和博厄斯都是文化相对论的倡导者和推动者，他们都提出“人类深层心理的一致性”“心理同一”（psychic unity），但也都强调语言、文化种族边界的不一致。结构主义认为，结构是一种关系的组合，整体决定部分，系统统辖成分，部分与部分、成分与成分之间对应存在，互相依赖。结构主义寻找不同“社会文本”中的深层结构，在不同的表现内容中，分析和发现共同的逻辑结构。社会和文化的现象是多样的，因而“十里不同俗”；但隐藏其下的深层结构却是同一的，因而“放之四海而皆准”。

父亲的理性、睿智、充满文化尊重的态度在父子对话中随处可见：在妹尾肇问及“什么是赤色分子”时，父亲回应为“所谓共产主义者，就是和日本政府思考方式不同的人们”，面对孩子的追问“为什么不可以思想方式不同呢？”，他沉吟之后作答：“每个人的思考方式不同是理所当然的，只是现在，国民必须要团结一致，所以被严格管制着”。虽然H阖家笃信基督教，他却能够保持开放心态，告诉母亲应当“尊重其他人的宗教”，再次体现出“文化相对主义立场”。父亲的睿智、坚忍还体现在明知儿子去“危险分子”家听威尔第歌剧唱片而并不阻止，在演员青年被逮捕后提醒孩子要小心不要再把画军舰的画送给朋友；当因明信片被告发而遭到逮捕和刑讯后，妹尾肇要去找泄露秘密的同学算账，父亲却阻拦儿子并告诉他：“事情变成这样，他也一定在苦恼吧”，“这场战争会怎样，爸爸也不知道，但是如果自己不坚强的话，就会被摧毁”，“一定要忍，可不能等到战争结束的时候，发现自己变成一个可耻的人”，在战争结束之后修好从战火废墟里捡回的缝纫机，恰是父亲这些点点滴滴，影响妹尾肇成为热爱艺术、具备独立思考能力与批判能力的少年，而不是如片中轻易受煽动、人云亦云的“裙带菜”一般的被洗脑群众，影片中少年H潜水时所见到海底的群带菜是个绝妙的隐喻，战前的军国主义宣传、全军教育对战时日本家庭、社会的影响无孔不入：出于对作家的仰慕进了他们的母校中学，却发现整天面对的却是农活与战壕生存技能，学习杀敌果敢精神，对艺术的热爱反而招致一顿痛打；战时状态，全民皆兵时代，父亲也离开裁缝桌前，参加消防员队伍随时赶赴火场，就连妇女，也被组织起来爬上梯子，依次在梯子上传递水桶，以备灭火，随时准备应对空袭可能带来的火灾。

从剧作方法考察，值得称道的是：无论如何宏大的社会历史变迁，影片均以妹尾肇的孩童视角贯穿始终，聚焦于一家人的日常生活流变、所见所感。在战争的笼罩下，妹尾一家的幸福宛若狂风暴雨之下的烛火，这风中之烛明灭不定，温情微弱，随时面临熄灭的危险。H的孩童视角带人们走进战时的童年，一系列不可思议的社会事件映入视野：居家拉面铺的大哥不知为何、从事何种非法活动而被当作政治犯逮捕；在电影院工作的原男旦艺人愿应征奔赴战场，他为此遭到宪兵队的围追堵截。广播里传来“与英美军队开战”的消息让他疑惑：“美国那么厉害的国家，打得过吗？”面对家园被空袭的夜空，以孩子的眼睛看来，丢下炸弹的瞬间，竟如烟花般绚烂。以水桶试图灭火的细节，更是孩童视角的再现，这些穿起了影片叙事链上珍珠点点，充满生活的质感与人性光芒。

影片以时间顺序，自官方宣战至昭和元年宣布战败，从广播“一亿国民抱着特工的觉悟，报效天皇时不我待”到战后青年依然不肯相信战败，发誓捐躯杀敌，影像始终克制静观，没有刻意渲染。随着不安空气肆意弥漫，不久战争终于爆发，军事管制愈加严厉。一度充满昂扬氛围的昭和日本，不可避免地进入了一个无法随心所欲袒露心声的黑暗时代。一向心直口快的阿肇置身其间，自然感到前所未有的异常与困惑。面对不知所措的儿子，盛夫尝试教育阿肇要认真看清当下的现实。伴随着战争的脚步声，阿肇升入初中，日复一日的军事训练成为每天必备的功课。此时盛夫转向消防队工作，敏子则成为邻组的班长。当前线局势急转直下之际，普通民众的生活也急剧发生了变化，在此期间妹妹好子被迫疏散到了乡下。某夜，深户遭到惨烈空袭。残酷的战争落下帷幕，家园化作废墟焦土。战后，H与同学们一道藏起枪支，与战争中失去父母的同学潸然相拥，“这场战争，都做了什么好事！”这句回荡在林间的少年H的追问，亦如天问般，格外让人心颤、发人深省。所谓历史，还是要回到日常生活与家园文明中来。蔡元培先生早在1932年就以惊人眼力，看到如此图景：“负军国民教育者，与社会主义瞬驰，在他国已有道消之兆。然在我国则强邻交逼，亟图自卫，而历年丧失之国权，非凭借武力，势难恢复。且军人革命以后，难保无军人执政之一时期，非行举国皆兵之制，将使军人社会永为全国中特别之阶级，而无以平均其势力。则如所谓军国民之教育者，诚今日所不能采者也。”在30年代的中国，就有这样的声音，今日观之，我们不得不敬佩先生的超前，“然在我国则强邻交逼，亟图自卫”，“谓军国民之教育者，诚今日所不能采者也。”影片所折射出的日本战时军国民教育的点滴，对日常生活、个体生命的戕害，宁可自缢而死也不愿上战场挡子弹的男旦演员，既是对战争的控诉，亦是对这段话的鲜明注脚。

影片关注到战后重建人们的心态：慈悲为怀的母亲，坚持布施仅存的白米饭给邻人，坚持“给予比接受更让人幸福”，并背出圣经章节，与死亡如影随形的，便是神户乃至日本的新生。经历了无数磨难的妹尾一家，也终于可以朝着新的时代迈出重要的一步。战争过去，日常生活还要持续。这些艰难时世的人性细节，格外温暖，它们赋予影片真诚淳朴、厚重隽永的叙事品格，既直面战争的戕害，又不乏对人类坚韧不屈精神的礼赞，呈现出饱受战争血与火洗礼之后，借爱与信仰走出阴霾、重获新生的家庭物语。从剧作角度值得称道的是，剧情设置源自童年记忆，脱离固有模式之外，细节支撑剧作。

第二节　日常生活的诗意呈现
——以影片《亚特兰大号》《小森林冬春篇》为例

从剧作角度考量，这两部影片风格化较为明显，不具备强戏剧性特征，共同特点在于剧作本身的精巧细致、层次丰富，聚焦人物内心幽微变化与细腻心灵，无论生活质感还是人物情感变化，坦率真实，可圈可点，诗化的剧作风格相当明显，属于模式之外的上乘选样。让·维果（Jean Vigo）的《亚特兰大号》（1934）不属于36种剧情模式中的任何一种，影史上它排在诸多最伟大影片的榜单之上，被英国《视与听》杂志选为十大影片。与情节剧模式严丝合缝、单一情节的剧情不同，影片展现出年轻夫妇生活中的日常生活片段，聚焦于人们的感受——他们对于周边、对于自身的脆弱、敏感与愚蠢。影片以充满诗意的方式展示驳船上朱丽叶、让、老水手朱尔斯的日常生活，除了他们，驳船上还有至少六只猫与一个小侍童。影片细致展现了日常生活、船上有限空间的诸多细节，仿佛一串散落的珍珠，朱丽叶离开驳船后前往巴黎，影片不回避彼此间的思念与怅然若失，最终以朱丽叶返回、二人相聚打上句点，总体风格像是抽取了驳船上生活的一个个片段，不能忍受猫咪，朱丽叶和老水手聊天看到玻璃瓶里保存的手，让突然间爆发的情绪，宛若印象派的光影斑驳的画卷，影片聚焦于感受、内心世界的动作化，比如分离后的让一头扎进寒冷刺骨的运河，看到朱丽叶的笑脸在他面上游去。在他回到甲板以后，老水手和他的侍童想用音乐让他开心起来，但他神色恍惚地离开，像拥抱朱丽叶一样抱住了一块冰。

影片《小森林冬春篇》分为冬春两部，田园时蔬气息氤氲开来，从蕨菜到洋葱的种植、采摘到烹饪热闹的生活过程，一个女孩子的农活经验、烹饪手记，处处充溢日式艺术的清新自然。没有任何剧烈戏剧性场面，以晒萝卜干、柿子干、腌蕨菜、炸卷心菜、晒洋葱等田园生活贯穿始终。最终影片以神舞、丰收节为结尾，礼赞生命、自然的抽格画面为之打上一个温暖的句点。

这部模式之外的作品，从剧作角度讲相当散文化和内心化，在小森这个位于日本东北某个地区的小村庄中，影片在冬篇和春篇两部中，分别娓娓道来七道菜式的由来，日记体般，由女孩市子的独白转场贯穿全剧，从制作纳豆糯米团、边冻着萝卜边等待春天的到来，从制作冻萝卜、柿子干到挖蕨菜、炸卷心菜，呈现的是市子如何就地取材、用心烹制每一道可口的菜品，几乎没有情节支撑，也没有交代女孩子为什么会在这里，不疾不徐地讲述铲雪、种菜、保留耕地，大量的劳作、烹饪场面，人们看到的是人与土地的亲和，人与自然的融合与亲近；在影片的第45分钟，通过独白，才透露“都是因为没有好好面对我才回到小森”这个信息；对于市子离开小森之后的经历，影片没做任何交代，一起淡淡地来悄悄地去，结尾定格在5年后小森春收节上市子的神舞表演，为这部影片打上了仪式化的句点。

第三节　平行叙事与偶然关联
——以影片《机遇之歌》《两生花》等为例

这类影片在《电影中的复合叙事》被分类为“数据库”模式，同属这类模式的还有《滑动门》《蝴蝶效应》等。将这几部影片放在一起，重点是探讨命运、偶然性、共名现象之间的相关性。1930年荣格首先使用“共时性（Synchronicity）”一词来对这些超自然的现象进行描述。促使他对这些现象进行关注的原因是因为荣格发现在其一生中发生相当多“有意义的巧合”事件，用“巧合”来解释往往不能令人信服。尤其是如果一个人一生中多次经历类似的巧合时，这种概率解释就更加缺乏说服力了。荣格本人的经历使得他无法接受这种巧合论的解释。他曾写道：“众多事情难以预料地凑合在一起，使得视概率为一决定性的因素之观点，很难成立。”这使得他一直寻求一个理论性的概念来说明这种超自然现象。于是他用“共时性（Synchronicity）”来描述这种心理状态与客观事件间的非因果关系，而这或可成为解释这类影片的学理依据。

在影片《机遇之歌》的第7分钟，随着硬币的捡起，主人公赶上去华沙的列车加入政治团体，成为一名共产党人执行任务，之后进入中央委员会，在女友因为政治问题被当局带走时冲突爆发殴打上司，他感到迷失，来到机场却发现走不了，这是第一个故事；在影片的第60分钟展开第二个故事，同样的火车站，他没有赶上火车，同车站保安打起来，被警察抓住审讯，之后当局希望将他发展为间谍，这个故事中他作为一位基督徒做地下党的工作；影片的93分钟第三个故事开启，他当了医生结婚生子，但仍然不可避免地卷入政治，在一次飞行中忽然飞机不幸坠毁，最后画面定格在主人公惊恐的表情。这三个故事围绕“个体意志向政治意志突围”，无论个人如何选择，都难以避开政治对个体的影响。通过三次存盘重放的讲述影片深入讨论命运感、机遇、偶然因素与生命个体的关系。如同影片的台词："这不是偶然，""有时我就觉得是个偶然"。荣格关于偶然的共时性理论背后是通灵本质，探讨了生活表象和生命本质乃至神圣力量之间的关联。齐泽克在《无意识的法则：论一种超越善的伦理》中提出打破时间的固有秩序，"如果……那么"，可谓路径分岔叙事电影的开山之作。而之后的《两生花》《滑动门》《蝴蝶效应》《海市蜃楼》等也是该"路径分岔"模式的一再应用。

影片《两生花》则对这种宿命感、神秘关联的讨论更加明显、技法上也更加成熟。两个同名女孩，一个手指灼伤时另一个感到疼痛。在这部影片中，如同荣格的"共时性（Synchronicity）"概念来描述这种心理状态与客观事件间的非因果关系一样，基耶斯洛夫斯基也仅仅展示了不同国家的两个姓名、长相完全相同的女孩精神之间的连接，背后是非理性，而非常见的好莱坞电影那般严丝合缝、精心铺排的因果关系。影片中人物也难以解释自己行为的动机、受到深邃的直觉指引以及对直觉所指引的人生道路的确信。比如其中一位薇若妮卡决定放弃音乐的学习，老师问她为何放弃，她无法解释。同样，人物也无法理解推动她们前行的动力，如同一句台词："这一生中，我都觉得自己既在此处，又在彼处，我总能感觉到自己应该做些什么"。影片还展示了难以理性解释的点点滴滴：乐谱架上悬荡的绳子、水晶球、唇膏、被丢弃的鞋带，这些元素强调不同的生命体通过某种神秘渠道的连接的可能，而这个临界领域可能被日常生活的世俗看法所湮没，影片在正常的理性世界和超越理性的世界之间建立关联，提醒我们除了日常生活还有神圣性的世界存在。这种超越阈限的影片呈现，从剧作模式角度考量着实可圈可点，是为模式之外的经典案例。

在这之后，类似的创作一再出现，无论《滑动门》呈现的两种生活方式的可能，还是《罗拉快跑》提供的三种叙事空间，都意在强调命运无常、难以掌控。而在《蝴蝶效应》与《海市蜃楼》这里，主人公一次次穿越时空，回到当时的发生地点，挽回局面，从而更改剧情、改写命运，在这些叙事中，故事重新被讲述，主体意志被进一步强化。影片《海市蜃楼》中，男孩尼克在一个风雨交加的夜晚目睹了邻居安吉尔杀害自己妻子的场面。在和安吉尔的追逐之中，一辆车将尼克撞倒致死亡。多年过去，薇拉和丈夫大卫带着他们的女儿住进了尼克曾经居住过的房子，在电闪雷鸣的夜晚，薇拉意外的在电视里看到了尼克，让薇拉感到震惊的是，自己能够通过电视和25年前的尼克对话。在薇拉的告诫之下，尼克免于一死，但过去的改变也牵连着薇拉的生活发生了巨变。为了寻找女儿，薇拉最终穿越时空，揭穿罪行，最终止于“有情人终成眷属”“恶有恶报”。从剧作模式考察，显然是对于“存盘重放”开放性结构的创新演绎。综上，这一叙事潜力无穷，从创作角度讲，背后有深厚的神话学、人类学基础作支撑，必将散发广阔的生命力。

※ 思考题

1. 除本章描述的模式之外的创新，你能想到的还有哪些？
2. 除本章描述模式之外的剧作创新，它们的共性在哪里？

第五章

电影模式与心理

第一节　商业控制下的乌托邦童话

如今的流行影片很少以单一产品、事件或商品的形式出现在大众面前，它往往作为混合商品出现，“把DVD、计算机或视频游戏、动画人物或者主题公园游行等联系起来，目的在于延伸影片在影院之外的销售。最为根本的是，电影作为文化商品的属性的变化，反映了一个严峻的产业事实，即电影产业不再是一个自给自足的产业，多数情况下它仅仅是大型跨国集团生产的一系列文化商品的一部分”[1]。百年迪士尼给全世界几代人带来了无可估量的欢乐和梦想，也代表了一种全球知名的品牌形象，一种娱乐产品的营销模式和企业文化精神，迪士尼作为联合作者，数十年来也在全球范围内取得巨大声誉。2003年之后，迪士尼凭借“加勒比海盗”系列和“纳尼亚传奇”系列在商业上的巨大成功，使迪士尼公司从传统动画制作发行公司转换为集动画、真人电影、媒体和主题公园于一体的现代文化

1　格雷姆特纳（Graeme Turner）：《电影作为社会实践》，高红岩译，北京大学出版社，第3页。

创意产业集团。在这一背景下考察电影模式的产生与发展，是电影工业发展的自身要求。

好莱坞电影工业催生了“类型”与“模式”的概念，电影剧作模式的形成某种程度上是由电影的商业本性和制片制度决定的。“电影的商业反馈系统很少提供给观众任何直接或间接的创造性输入，而是通过对一部当前电影所表达的集体的认可或者不认可，它将会影响未来的变化。这样的反应有一种累积的效果，开始是孤立的，而后渐进式地把一个电影故事提炼成一个熟悉的叙事模式。”[1]“许多学者发现，类型片的深层具有某种现代人的心理矛盾和价值崇尚。类型片的底层是具有某种在自由交流中发展、显现出的大众心理密码的。在这个意义上，巴赞等学者把类型电影视为当代神话。”[2]正如“类型片”的划分不是理论家提出来的一样，剧作模式的形成同样是工业本性决定的。类型片是一种有生命力的程序，它来自人类心理和集体意识的深处，规则不可违抗。如同荣格提出的人类共通的无意识心灵功能，不仅是我们现代象征主义绘画的来源，还是所有以往类似产物的来源。观赏电影的深层心理，观众的深层愿望如何通过叙事得到替代性的满足，这是剧作模式的内在成因。这一深层原因决定了创作者们必须研究观众的基本心理需求，尊重剧作模式的内在规律，只有这样，电影产业的回本原则才有迹可寻。

电影剧作模式的诞生与发展是制片厂与观众互动的结果，所谓“效果靠博弈”，是被无数电影创作实践检验、证明了的。“电影类型本质上一个叙事系统，关联到叙事和电影成分的熟悉的模式，其目的在于不断地重新考察一些基本的文化冲突。”[3]“通常说来，电影模式一般具有持续性（continuity）、整体性（totality）、变换性（conversion）和自调性（auto

1 托马斯·沙茨:《好莱坞类型电影》，上海人民出版社，2009，第17页。

2 郝建:《电影类型学》，北京大学出版社，第67页。

3 托马斯·沙茨:《好莱坞类型电影》，上海人民出版社，2009。

regulation）等多方面的特性。”[1]从持续性的角度看，一种电影模式一旦真正地形成，在得到创作者和接收者的双重认同之后，通常不会即刻消逝，而将持续一段时间，甚至很长的时间。

第二节　电影模式与认同

一、电影模式与观众认同：投射–认同机制

人类学家埃德加·莫兰认为：电影人类学更为直接和明确地把我们带入了历史现实性的核心。“由于电影艺术是一面人类学反射镜，所以它必然会反映实际和想象的现实，即当时的需求、交流和人品问题。而且，由魔法、情感性、理性、虚幻和现实构成的各种复合体及其构成的各种复合体是影片的分子结构，它们能使我们看到当时的社会复合体及其构成、理性在全世界的发展、崇尚灵魂的文明以及20世纪的魔法。这种魔法从古代魔法发展而来，它把我们的个人生活和集体生活固化为崇拜对象。”[2]他提出：“对想象进行人类学研究使我们进入当代问题的核心。我们也不应当忘记，人类学研究也是由此起步的。”[3]在他的解释中，电影这架机器不是用来生产物质财富，而是用来满足想象需求的，它刺激了梦幻工业的大战，“从更广泛的角度看，情感需求已经进入到工业商品循环中，这使我们隐约看到了今后的研究对象：梦幻工厂是灵魂工厂和人格作坊”[4]。

电影的类型化模式并不是由电影理论学者或影评人发明的，而是商业

1　王稼钧：《模式论与电影》,《当代电影》1993年第6期。

2　埃德加·莫兰：《电影或想象的人 社会人类学评论》，广西师范大学出版社，2012，第94页。

3　同上，第211页。

4　同上，第212页。

电影自身的状态，在这个状态中，受欢迎的故事可以一再变化和重复，只要它们能够满足观众的需求，为片厂赚取利润。“类型是基于电影工作者、影评人、观众之间的默契而存在的。而重复在每部影片中出现的类型公式和惯例（genre conventions），给予了各个类型电影公用的识别规律。”[1]类型化模式能够一再被重复，意味着它们符合主流的个人、社会、文化的需求，符合大众的集体情感和审美经验。商业剧作者并不是摒弃自己的个人化情感，以便迎合市场，而是将自己个性化情感放置到大众的集体情感中，和大众化的观众合作，一起形塑和加强集体的情感共同价值和观念。“以观众的角度看，观众对形式的体会均来自作品中的信息，以及先前的经验——源自日常生活和其他艺术经验……这些辨别讯息、观察形式结构和产生心理期待的能力，都来自真实生活的经验以及对形式惯例的认识。”[2]

“电影是用日常生活画面焕发出‘原始情感’的宣泄，它们的叙事内容都是经过意识整理过的本文。电影就像梦的仿生学产物，也存在着创造者、文本和观众，造梦与电影都是一种欲望的满足。”[3]艺术需要观众的认同，关于观众对银幕的认同，雅克·拉康提出一套影响深远的理论，描述了被他称为“镜像时期”的婴儿的发展。他认为，在婴儿早期的发展中，他并不会意识到他自己本身的这个主体，与外在客体或外世界之间，有什么明显的区别。这种状态，拉康称之为“想象态”。随着年龄增长，母亲无法随时陪在身边时，此时婴儿感到一种“匮乏”的焦虑和紧张。虽然幼儿会渴望回到早期的婴儿阶段，却不可得之，于是幼儿会寻找替代，当他在镜中发现了一个可见的、完整无缺的形象时，他确信那镜中形象就是自己，而这就是所谓“镜像”阶段。

1 大卫·波德威尔（David Bordwell）、克里斯汀，汤普森（Kristin Thompson）：《电影艺术：形式与风格》，世界图书出版公司，2008，第375页。

2 同上，第71页。

3 孟中：《电影创作中的“潜意识”》，《电影剧作观念》，中国电影出版社，第260页。

与真实搭建的戏剧舞台、表演为真人的戏剧艺术不同，电影所创造出的媒介时空能令观众丧失自我意识。有研究者指出："银幕上的人物自然而然就是认同对象，而舞台上的人物是心理对立的对象，因为他们实际在场，这就使他们成为客观的实在，为了把它们幻化为想象世界中的人物，就需要观众的积极的意志参与，这是把人物的实体存在加以抽象化的意志。这种抽象化是智力活动的结果，我们只能要求完全具有自我意识的个人做到这一点。而电影观众往往通过心理作用与主人公相认同，这种心理作用的结果是使观众合为一体且感情趋向一致。"[1]

电影是一门情感艺术，电影作品所表现的情感往往是经过升华的有人类共同特点的情感属性，电影情感实际就是贯穿整个电影活动的情感转移过程。"商业电影并不只是为了大众而创作，而是由大众集体所创作出来的。所谓大众化情感指的是一种社会集体中普遍存在的情感共性，也就是大部分人类都具有的情感特质。"[2]从观众心理的角度说，每个人都是在内心情感的支配下观看电影的。电影表达出了人的欲望和需要，因为能够使藏在观众心中的潜意识情感得以宣泄。这就像是幼儿所面对的"那面镜子"，如同观众在观影时，也是在面对一面反映自己内心需求的镜子。电影将影像投射在银幕上，会在他心中制造出一个心像，从而产生了所谓"镜子效应"。在这种效应当中，观众在此时会承认为银幕的真实性，而认同了银幕中的人物和形象，而"主观镜头"和"特写镜头"更使观众强烈地认同剧中人物。于是人类误解和自我欺骗的过程就此展开：我们以自我为中心来认同自己的形象，其实永远都只是某种假象而已。"尽管电影具有高科技特征，但是，电影提供的快感几乎还是最原始的。我们对电影的认同过程似乎还源自我们最基本的驱动力。"[3]

1　转引自安德烈巴赞：《电影是什么？》，崔君衍译，文化艺术出版社，2008，第145页。

2　李嘉音：《情感传递的媒介》,《电影剧作观念》，中国电影出版社，"电影剧作情感传递的误区"章节。

3　格雷姆特纳（Graeme Turner）：《电影作为社会实践》，高红岩译，北京大学出版社，第151页。

传统电影理论家明斯特堡说过，“是人类的心灵才促使电影产生力量和效果”[1]。他断定，这些电影形式的根源，其实就在人类的心灵之中，是心灵赋予电影生命。电影是心灵的媒体。电影的实质并非放映外在世界，而是在于反映个人内在的心理真实，亦即潜意识的部分。好莱坞剧情片之所以能带给观众娱乐，正是因为它契合了观众趋向“想象态”中的人性愿望。观众向往电影用内幕所呈现的声光影像，是因为自己的潜意识的需求。一方面，电影可以是映照人类心灵所托的一面镜子。另一方面，人处于现实的情境，困顿之处在所难免。而电影造梦，足以使人们回复到它完满无缺的境界，也就是说，人们在看戏的时候，感受到的是自己的内心的形象。精神分析家马克维内特精确地描述出观众的心态：“特别是在怀旧忆往的经验匣，我会津津有味地看着这个我曾经也是这样的片中人物，这个我以为我曾经就是这样的人物，这个我本来可能会变成这样的人物，这个我不再是这样的人物，这个可能我从来都不是、然而我却很想在其中认出我自己的人物。”

关于影片与观众的关系，明斯特堡在《电影心理学》中已经漂亮地论证出：“电影不存在银幕，只存在于观众的头脑里。”[2]他指出，电影提供给观众的是另一个情感世界。“描绘情感必定是电影的中心目的……我们在银幕上看到的演员只能用他正在干的事情来抓住我们的注意力，他们通过那些控制着他们感觉和情感的动作使我们掌握含义和统一。”[3]“情感的双重结构，指的就是经由某个情感的有效范围进入它的核心，情感是处于情境中的自我感受。”[4] 如果我们在银幕上看到一个人在医生的诊所里进入催眠状态，病人自己可能闭着眼睛躺在那里，他的面部表情中没有任何东西表明他的情感状态，没有向我们辐射任何东西。但是如果现在只有医生和病

1 李恒基、杨远婴主编《外国电影理论文选》，三联书店，2006。

2 同上。

3 同上。

4 诺尔曼·丹森：《情感论》，魏中军、孙安远译，辽宁人民出版社，1988，第152页。

人维持不变的稳定状态，而整个房间的一切都开始先是颤动，然后起伏波动，并且越来越快地改变着。[1]

“电影的认同以含混性为特点。观众常既认同于施者，又认同于受者。类型片利用了这一点，观众往往能得到多方面的幻觉满足。”[2]在不同模式的影片中为自己虚构了不同的理想角色，或是无敌勇士，或是情场幸运者，或是无所不往的冒险家。比如，爱情片，它的魅力在于能使观众觉得自己既是爱人者，又是被爱者。阿诺德·豪泽一针见血地指出这种情感的虚伪性：“不承担义务的多愁善感倒是一种危险。这不再是一种无害的假托，而是一种毒化人际关系的谎言。……现在事实上只有很少一部分读者和电影观众真正希望自己的痛苦有一个好莱坞式的‘美好结局’。大多数人做的既是自我戏剧化合自我可怜，又是自我欺骗和自我满足。”[3]

人类学家莫兰认为：“情感参与存在两极，一极是主观生活和内心灵魂；另一极是异化和泛灵论。而情感参与能以多种方式把上述两级囊括起来。”因此，我们在感情、欲望、恐惧、友谊、爱情等方面的经历促进了各种投射–认同现象的发展：从难以表达的情绪到神奇的偶像化。他认为：“所有电影现象都倾向于把主观性结构赋予客观影像。这些现象都与情感参与有关。”[4]

作为造梦的电影艺术，某些类型电影之所以产生和在商业上大获成功，阿尔杜塞用他的国家意识形态理论解释说：“是因为它们暂时解除了人们在认识到社会和政治冲突后产生的恐惧心情，它们帮助人们打消了在这种冲突的压迫下可能萌发的行动念头。”[5]“它引起满足感而不是触发行动念头，唤起恻隐之心和恐惧感，而不是导致反抗；它们是在为统治阶级的

1　于果·明斯特伯格：《外国电影理论文选》,《电影心理学》，三联书店，2006，第一章。

2　郑向虹：《类型片的虚幻意识——兼与〈类型电影和大众心理模式〉一文商榷》,《当代电影》1989年第12期。

3　居延安：《艺术社会学》，作家出版社，2000，第259页。

4　埃德加·莫兰：《电影或想象的人 社会人类学评论》，广西师范大学出版社,2012，第94页。

5　李恒基、杨远婴：《外国电影理论文选》，三联书店，2006。

利益服务，因为它们大力帮助维持现状，给受压迫者以安抚。”[1]商业电影的类型模式本来就不适合于建构什么意识形态，而只适合于环节和麻痹大众在意识形态垮塌后产生的失落感。[2]托马斯·沙兹在《旧好莱坞/新好莱坞：仪式、艺术与工业》一书中将罗兰·巴特的神话学方法，解释了大众性的好莱坞电影如何作为一种仪式来实现其神话功能——如何将复杂的社会问题转化为“自然”的信念系统。

二、电影模式与心理需求

> 电影的根本使命在于通过电影艺术特有的魅力，使得人们逐渐摆脱人性中的假恶丑，使得人们的心理与行为逐渐变得真、善、美，从而达到自我完善，走向人类的更高境界。[3]

之前提到神话功能，在心理学大师荣格看来，神话经常在意识和无意识念力之间搭建起桥梁。在他关于积极想象、心灵实体的论述中提到戏剧性幻想的作用，“有可能你会用一个虚构的人格进入内在的意象世界，因而避免了真正地参与。这甚至会危害到意识，因为你成了自己的幻想的受害者，屈从于无意识的力量”[4]。他指出：如果真正地把自己置于这个戏剧中，将不仅获得真实性，并通过对幻想的质疑，创造能有效平衡失控倾向的抗衡效果，以此来建立于无意识的友好关系，意即心理联盟成为真实之日，始自自性化开始之时，这也是他关于“自性化”的重要论述。他在一个多世纪前看到，让走得太前的意识与在背后的无意识背景再次联结的重要性，在他的研究中发现：曼陀罗是一种经过时代考验的原型意象，代

1 尤第斯·赫斯：《类型电影的现状》，载邵牧君编《西方电影史概论》，第31页。
2 西拉弟·阿克什：《作为商品的俄罗斯》，《世界电影》2003年第3期。
3 周月亮：《影视艺术哲学》，北京广播学院出版社，2004，第87页。
4 荣格：《荣格文集III：积极想象》，长春出版社，2020，第208页。

表着心灵领域的完整性、人身上孕育的神性，也是完整性概念最简单的模型。

社会学功能主义大师马林诺夫斯基在他的《文化论》中指出："一切文化要素都是直接或间接地满足人类的需要。一切文化要素，若是我们的看法是对的，一定都是在活动着，发生作用，而且是有效的。文化要素的动态性质指示了人类学的重要工作就在研究文化的功能。"[1]因此，在影视剧叙事，是根据受众的需求，在现实基础上进行想象，而后再将想象完美地表达，它是"对现实的压缩，对平凡的强化，这里的生活、故事形态是超常的"[2]。剧作模式的产生与人类的基本心理需要密切相关，有人归纳过：生本能、消灭和严惩敌人的本能，是杀敌复仇片、战争片产生的心理基础；爱的本能，是爱情片产生的心理基础，好奇本能对应的是悬疑、推理、探险寻宝模式。同时，也是自我实现保持家庭稳定所需（社会生物学的例子）从这个角度上说，剧作模式的内在囊括普世价值。

从马斯洛的五个需求层次分析，与某种电影类型一一对应。首先是生存价值。所有的人都有维持生存的需求，吃饱穿暖，不生病，还要生殖繁衍。在生存的层面，吃饱比饥饿好，穿暖比冻馁好，健康比疾病好，繁衍比绝种好。之后，还有归属需求、尊重需求、自我实现需求，于是有了如下的需求与剧作题材的对应关系：

生本能——灾难救援、恐怖惊悚题材

消灭和严惩敌人的本能——杀敌复仇、战争题材

爱的本能——爱情片、伦理片

好奇本能——悬疑、推理、探险、寻宝题材

许多屡试不爽的情节模式除却其本身蕴涵的巨大的戏剧性和可看性之外，还可以满足观众不同层面的观赏心理。而电影的根本使命在于通过电影艺术特有的魅力，使得人们逐渐摆脱人性中的假恶丑，使得人们的心理

1　马林诺夫斯基：《文化论》，费孝通译，2002，第15页。

2　李显杰：《影视叙事学：理论与实例》，中国影视剧出版社，2000，第51页。

与行为逐渐变得真、善、美，从而达到自我完善，走向人类的更高境界。而只有研究观众基本心理需求，尊重剧作模式的叙事规则，唯其如此，电影的回本规则才有迹可寻。

“好的故事能够给我们提供双重愉悦，一是使我们发现陌生的世界，二是一旦进入陌生世界，我们又发现了自己，在这双重发现中，我们能够体验到生命的含义和生存的焦虑。”[1]这是好莱坞著名编剧罗伯特・麦基对“好的故事”的描述。它既勾勒一个梦的故事外壳，满足我们的期待视野，又汇聚了青年人成长的点点滴滴，激起我们的内心共鸣。因此造梦的艺术，得以获得观众强烈的心理认同。“任何艺术，本质上都是诗……作为对现实的一种想象，艺术把生活诗化了”。萨特认为：“情感世界是由魔术的规律统治着的。这个魔幻的世界有一个实存的结构。当世界的理性结构崩溃，这个魔术般结构便出现了。当与世界打交道的普通方法不再奏效时，这个魔术般结构便出现了。 这个魔术般结构便取代了它而进行决定论的活动。情感仪式受到干扰，它使决定论的世界转变为魔术般的世界。”[2]

现实生活需要诗化的艺术，用镜头把生活中可能存在的人物和事件点染上童话的色彩，建立起一个超现实的时空。影视艺术的本质就是创造一个可能的世界，用故事、色彩、光影、旋律等等重新组织这个世界，以形象的方式传给观众。这种以真实底色衬托的虚幻，为观众带来愉悦和“魔术般的世界”，可谓“影视通巫术”，而每部作品都包含以往情感经验的要素，在变幻多姿的模式中，于细微处，赋予每个似曾相识的梦想以重新体验，在人类的意识深处，展翅翱翔。

1 罗伯特・麦基：《故事——材质、结构、风格和银幕剧作的原理》，中国电影出版社，2001。

2 诺尔曼・丹森：《情感论》，魏中军、孙安远译，辽宁人民出版社，1988。

※ 思考题

1. 从“投射–认同”机制来看电影剧作模式，你认为得到观众认同的人物应该具备什么样的特点？

2. 剧作模式与人类基本心理需要、与神话的关系是什么？

参考文献

专著类

［1］芦苇. 电影编剧的秘密［M］. 上海：上海交通大学出版社，2013.

［2］怀松，佩卢奇，赖特. 新阶级社会：美国梦的终结？［M］. 北京：社会科学文献出版社，2019.

［3］罗艺军主编. 20世纪中国电影理论文选［M］. 北京：中国电影出版社，2003.

［4］奥兰斯汀. 百变小红帽——一则童话三百年的演变［M］. 北京：三联书店.

［5］朱光潜. 悲剧心理学［M］. 合肥：安徽教育出版社，2006.

［6］奥蒙. 当代电影分析［M］. 南京：江苏教育出版社，2005.

［7］李四达. 迪斯尼动画艺术史［M］. 北京：清华大学出版社，2009.

［8］孙惠柱. 第四堵墙：戏剧的结构与解构［M］. 上海：上海书店出版社，2002.

［9］ 刘一兵. 电影编剧学习［M］. 北京：中国电影出版社，2006.

［10］ 克拉考尔. 电影的本性［M］. 南京：江苏教育出版社，2005.

［11］ 苏伯. 电影的力量［M］. 李迅译. 北京：中国人民大学出版社，2009.

［12］ 刘一兵. 电影剧作常识100问［M］. 北京：中国电影出版社.

［13］ 汪流. 电影剧作法［M］. 北京：中国电影出版社，1999.

［14］ 汪流主编. 电影剧作概论［M］. 北京：中国电影出版社，1999.

［15］ 刘一兵主编. 电影剧作观念［M］. 北京：中国电影出版社，2006.

［16］ 菲尔德. 电影剧作者疑难问题解答指南［M］. 北京：中国电影出版社，2002.

［17］ 郝建. 电影类型学［M］. 北京：北京大学出版社，2002.

［18］ 戴锦华. 电影理论与批评［M］. 北京：北京大学出版社，2002.

［19］ 巴赞. 电影是什么［M］. 南京：江苏教育出版社，2005.

［20］ 李亦中. 电影四面八方［M］. 上海：上海三联书店，2006.

［21］ 李显杰. 电影叙事学：理论和实例［M］. 北京：中国电影出版社，2001.

［22］ 波德威尔，汤普森. 电影艺术：形式与风格［M］. 北京：世界图书出版公司，2008.

［23］ 特纳. 电影作为社会实践［M］. 高红岩译. 北京：北京大学出版社.

［24］ 蒋峰主编. 儿童文学原理［M］. 合肥：安徽教育出版社，1998.

［25］ 巴特. 符号学美学［M］. 沈阳：辽宁人民出版社，1987.

［26］ 哈里森. 古代艺术与仪式［M］. 刘宗帝译. 北京：三联书店，2008.

［27］ 麦基. 故事——材质、结构、风格和银幕剧作的原理［M］. 北京：中国电影出版社，2001.

［28］ 普罗普. 故事形态学［M］. 北京：中华书局，2006.

［29］ 刘守华. 故事学纲要［M］. 北京：华中师范大学出版社.

［30］ 沈国芳. 观念与范式——类型电影研究［M］. 北京：中国电影出版社，2007.

［31］ 布盖. 好莱坞：欧洲电影人之梦［M］. 上海：世纪出版集团，上海人民出版社，2008.

［32］ 理查德，麦特白. 好莱坞电影——1891年以来的美国电影工业发展史［M］. 北京：华夏出版社.

［33］ 纳卡奇. 好莱坞电影经典［M］. 北京：中国电影出版社.

［34］ 沙茨. 好莱坞类型电影［M］. 上海：上海人民出版社，2009.

［35］ 波斯曼. 技术垄断：文化向技术投降［M］. 何道宽译. 北京：北京大学出版社，2007.

［36］ 简明不列颠百科全书（中文版第五卷）［M］. 北京：中国大百科全书出版社，1986.

［37］ 斯特劳斯. 结构人类学［M］. 北京：中国人民大学出版社，2006.

［38］ 弗雷泽. 金枝［M］. 北京：新世界出版社，2006.

［39］ 沙兹. 旧好莱坞/新好莱坞：仪式、艺术与工业［M］. 北京：中国广播电视出版社.

［40］ 阿契尔. 剧作法［M］. 北京：中国戏剧出版社，2004.

［41］ 威尔逊. 论人的天性［M］. 北京：1989.

［42］ 黑格尔. 美学（第三卷）［M］. 北京：商务印书馆，2003.

［43］ 张邦基等（撰），孔凡礼等点校. 墨庄漫录［M］. 北京：中华书局，2002.

［44］ 弗莱. 批评的解剖［M］. 北京：百花文艺出版社，2006.

［45］ 舒芜. 平凡女性的尊严［M］. 上海：上海图书出版社.

［46］ 丹森. 情感论［M］. 魏中军、孙安远译. 沈阳：辽宁人民出版

社，1988.

［47］ 朗格. 情感与形式［M］. 北京：人民文学出版社，2003.

［48］ 皮科克. 人类学透镜［M］. 汪丽华译. 北京：北京大学出版社，2008.

［49］ 卡西尔. 人论［M］. 北京：作家出版社，2006.

［50］ 瓦格. 社会变迁［M］. 北京：北京大学出版社，2005.

［51］ 威尔逊. 社会生物学［M］. 北京：北京理工大学出版社，2008.

［52］ 迈尔斯. 社会心理学［M］. 北京：人民邮电出版社.

［53］ 汉斯林. 社会学入门——一种现实分析方法（第7版）［M］. 林聚仁等译. 北京：北京大学出版社，2007.

［54］ 查农. 社会学与十个大问题［M］. 北京：北京大学出版社，2009.

［55］ 巴比. 社会研究方法［M］. 北京：华夏出版社.

［56］ 章俊弟. 神话与戏剧［M］. 北京：中国戏剧出版社.

［57］ 叶舒宪选编. 神话-原型批评［M］. 西安：陕西师范大学出版社，1987.

［58］ 普罗普. 神奇故事的历史根源［M］. 北京：中华书局.

［59］ 亚里士多德. 诗学［M］. 北京：商务印书馆，1996.

［60］ 赫兹菲尔德. 什么是人类常识［M］. 北京：华夏出版社.

［61］ 萨杜尔. 世界电影史［M］. 北京：中国电影出版社，1979.

［62］ 汤普森. 世界民间故事分类学［M］. 郑海，等译. 上海：上海文艺出版社，1991.

［63］ 王海龙. 视觉人类学［M］. 上海：上海文艺出版社，2007.

［64］ 洪宏. 苏联影响与中国“十七年”电影［M］. 北京：中国电影出版社，2008.

［65］ 哈维兰. 文化人类学［M］. 上海：上海社会科学院出版社，2005.

［66］李恒基. 外国电影理论文选［M］. 北京：三联书店，2006.

［67］特吕弗. 希区柯克与特吕弗对话录［M］. 郑克鲁译. 上海：世纪出版集团，上海人民出版社，2007.

［68］科恩. 戏剧［M］. 上海：上海书店出版社，2006.

［69］顾仲彝. 戏剧编剧理论与技巧［M］. 北京：中国戏剧出版社，1989.

［70］贝克. 戏剧技巧［M］. 北京：中国戏剧出版社，2004.

［71］余秋雨. 戏剧理论史稿［M］. 上海：上海文艺出版社，1983.

［72］劳逊. 戏剧与电影的创作理论与技巧［M］. 北京：中国电影出版社，1989.

［73］李渔. 闲情偶寄［M］. 上海：上海古籍出版社，2000.

［74］王志敏. 现代电影美学体系［M］. 北京：北京大学出版社，2006.

［75］周晓红. 现代心理学名著菁华［M］. 北京：社会科学文献出版社.

［76］舒尔茨. 现代心理学史［M］. 北京：人民教育出版社，1981.

［77］吴箐. 消费文化时代的性别想象——当代中国影视流行剧中的女性呈现模式［M］. 上海：上海世纪出版集团，2008.

［78］夏衍. 写电影剧本的几个问题［M］. 上海：复旦大学出版社.

［79］王金玲主编. 性别视角：社会与文化［M］. 北京：社会科学文献出版社.

［80］刘一兵. 虚构的自由——电影剧作本体论［M］. 北京：中国电影出版社.

［81］罗刚. 叙事学导论［M］. 昆明：云南人民出版社，2000.

［82］杨新敏. 影视剧叙事研究［M］. 北京：文化艺术出版社，2003.

［83］周涌. 影视剧作艺术［M］. 北京：中国传媒大学出版社，2005.

［84］郝建. 影视类型学［M］. 北京：北京大学出版社，2002.

［85］ 李显杰. 电影叙事学：理论与实例［M］. 北京：中国电影出版社，1999.

［86］ 周月亮. 影视艺术哲学［M］. 北京：中国广播电视出版社，2004.

［87］ 荣格. 原型心理学［M］. 北京：人民文学出版社，1989.

［88］ 张巍. 中国电影编剧史研究 电影编剧卷［M］. 北京：中国电影出版社，2006.

［89］ 胡克. 中国电影理论史评［M］. 北京：中国电影出版社，2005.

［90］ 杨远婴. 中国电影专业史研究：电影文化卷［M］. 北京：中国电影出版社，2006.

［91］ 钱民辉，田玉荣. 中国女性行为的文化释义［M］. 北京：社会科学文献出版社，2009.

［92］ 莫兰. 电影或想象的人 社会人类学评论［M］. 桂林：广西师范大学出版社，2012.

写给未来的电影人 编剧系列：

［93］ Jen Grisanti. 故事情节设计：从生活中提炼创作的金点子［M］. 北京：人民邮电出版社，2014.

［94］ Jen Grisanti. 故事策略：电影剧本必备的23个故事段落［M］. 北京：人民邮电出版社，2020.

［95］ Sandy Frank. 编剧的内心游戏：成功影片的故事形式［M］. 北京：人民邮电出版社，2014.

［96］ Todd Klick等. 电影叙事节奏：编剧必备的120分钟设计技巧［M］. 北京：人民邮电出版社，2015.

［97］ 范茜秋. 电影化叙事：电影人必须了解的100个最有力的电影手法［M］. 桂林：广西师范大学出版社，2015.

［98］ 帕沙尔. 电影中的复合叙事［M］. 北京：世界图书出版公司，

2017.

［99］ 施密特. 经典人物原型45种［M］. 北京：中国人民大学出版社，2014.

［100］荣格. 转化与象征［M］. 北京：国际文化出版公司，2011.

［101］坎贝尔. 千面英雄［M］. 杭州：浙江人民出版社，2016.

［102］坎贝尔. 神话的力量［M］. 杭州：浙江人民出版社，2013.

［103］坎贝尔. 英雄之旅［M］. 杭州：浙江人民出版社，2017.

［104］荣格. 荣格文集Ⅲ：积极想象［M］. 长春：长春出版社，2020.

［105］伊利亚德. 神圣的存在［M］. 桂林：广西师范大学出版社，2008.

［106］布鲁克. 空的空间［M］. 北京：中国友谊出版公司，2019.

［107］李欧梵. 上海摩登—— 一种新都市文化在中国1930—1945［M］. 毛尖译，北京：北京大学出版社，2001.

论文类

［1］ 刘一兵. 电影剧作模式论［J］. 电影文学，1999（11）.

［2］ 解玺章. 电影叙事中的大众情感模式［J］. 电影艺术，1998（3）.

［3］ 波德威尔. 古典好莱坞电影：叙事原则与常规［J］. 叙事，机器，意识形态：电影理论读本，1986.

［4］ 吴冠平访刘恒. 剧本的力气［J］. 电影艺术，1994（6）.

［5］ 查阿尔特曼. 类型片刍议［J］. 世界电影，1985（6）.

［6］ 饶曙光. 李双双——与民间文化及其喜剧精神［J］. 当代电影，2005（5）.

［7］ 胡克. 理解一种好莱坞电影模式［J］. 当代电影，2005（4）.

［8］ 赖特. 流行故事中的英雄［J］. 王俊花译. 世界电影，2008（2）.

［9］ 陈咏. 论36种情节模式［J］. 刘一兵. 电影剧作观念，中国电影出版社，2006.

［10］ 孟中. 论电影编剧中的情感教育［J］. 北京电影学院学报，2008（2）.

［11］ 沈东. 论科幻电影的剧作模式［J］. 中国艺术研究院电影史专业1992届攻读硕士学位研究生毕业论文.

［12］ 万建中. 论民间童话的叙事形态［J］. 江西社会科学，2007（6）.

［13］ 朱靖江. 美国法庭片的叙事模式［J］. 电影艺术，2000（1）.

［14］ 程蔷. 民间叙事模式与古代叙事［J］. 文学遗产，2005（5）.

［15］ 王稼钧. 模式论与电影［J］. 当代电影，1993（6）.

［16］ 武龄仁. 情感模式、叙事母题于世界性观照［J］. 电影艺术，2000（2）.

［17］ 韦华. 人情关系模式——电影剧作之一种［J］. 北京电影学院学报，2005（2）.

［18］ 李林. 试论民间叙事中的母题［J］. 安徽文学，2007（5）.

［19］ 阿来. 文学表达与民间资源［J］. 民族文学研究，2001（3）.

［20］ 党月异. 我国古代婚恋剧的叙事母题［J］. 学术界，2008（5）.

［21］ 吕晓萍. 西方叙事理论对电影叙事的影响［J］. 电影文学，2007（8）.

［22］ 所罗门. 现代电影的结构［J］. 世界电影，1981（4）.

［23］ 汪方华. 新女性：中国电影传统——苦情戏［J］. 当代电影，2004（4）.

［24］ 虞吉. 新兴电影——剧作结构中的对比模式［J］. 电影艺术，2004（3）.

［25］ 饶曙光，邵奇. 新中国电影的第一个运动：清除好莱坞电影［J］. 当代电影，2006（6）

［26］ 胡克. 一种反特片模式［J］. 电影艺术，1999（4）.

［27］ 波德维尔. 艺术电影的叙事［J］. 世界电影，2006（6）.

［28］ 李一鸣. 游戏规则——娱乐电影的定位［J］. 电影艺术，1993（3）.

［29］ 张巍. 鸳鸯蝴蝶派——文学与早期中国电影情节剧观念的确立［J］. 当代电影，2006（2）.

［30］ 吴隆非. 元杂剧悲剧的模式［J］. 文艺研究，1993（2）.

［31］ 刘守华. 中国民间故事结构形态论析［J］. 民俗学研究，2002（9）.

［32］ 钟大丰. 中国无声电影剧作的演变和发展［J］. 中国无声电影剧本，中国电影出版社，1996.

［33］ 李道新. 中国早期电影的叙事传统［J］. 电影艺术，2007（1）.

［34］ 卓别林从影90年特别报道［J］. 看电影，2004（12）.

［35］ 阿克什. 作为商品的俄罗斯［J］. 世界电影，2003（3）.

附　表

36种剧情模式

种类	主要的即观众所同情的人物	其他必要的人物	细目
1. 求告	求告者	逼迫者，威权者	A：（1）帮助他去对付敌人 （2）准许他去举行一件他应该做而被禁止做的事情 （3）给予他一个可以终其天年的地方 B：（1）舟行遇灾的人，请求收留帮助 （2）行事不端，被自己人斥逐而祈求别人的慈悲 （3）祈求恕罪 （4）请求准许收葬尸骨取回遗物 C：（1）替自己亲爱的人求情 （2）在亲戚前替另一亲戚求情 （3）在母亲的情人前，为母亲求情
2. 援救	不幸的人	威胁者，天外飞来的救星	A：（1）救援一个被认为有罪的人 B：（1）子女援助父母恢复王位 （2）受过恩惠的人报恩施救

续表

种类	主要的即观众所同情的人物	其他必要的人物	细目
3. 复仇	复仇者	作恶的人	A：（1）为被害的祖宗或父母报仇 （2）为被害的子女或后人复仇 （3）为被侮辱的子女复仇 （4）为被害的妻子或丈夫复仇 （5）为妻子受侮辱（或几乎受侮辱）而复仇 （6）为被害者的妻子或丈夫复仇 （7）为朋友被杀或被损害而复仇 （8）为姊妹被奸污而复仇 B：（1）为了存心作对，故意为难而复仇 （2）为了趁人不在，暗加攘夺而复仇 （3）为了蓄意谋害而复仇 （4）为了故人入罪而复仇 C：（1）职业地追捕有罪的人
4. 骨肉间的报复	报复者	作恶者，已死的受害人	A：（1）父亲的死，报复在母亲身上 （2）母亲的死，报复在父亲身上 B：（1）弟兄的死，报复在父亲身上 C：（1）父亲的死，报复在丈夫身上 D：（1）丈夫的死，报复在父亲身上
5. 遁逃	遁逃者	追捕或惩罚的势力	A：（1）违反法律（有时为不得以）的或因其他政治行为而逃 B：（1）：为因恋爱的过失而遁逃 C：（1）半疯狂的人对着阴谋的政治的抗争
6. 灾祸	受祸者	胜利的人	A：（1）战败 （2）亡国 （3）人类的灭亡 （4）天灾 B：（1）君位被夺 C：（1）旁人的忘恩负义 （2）不公道地被惩罚或受敌视 （3）遭遇横逆或暴行 D：（1）被情人或丈夫遗弃 （2）丧失子女

续表

种类	主要的即观众所同情的人物	其他必要的人物	细目
7. 不幸	不幸的人	制约他的人	A:（1）无辜的人，为野心者的阴谋所牺牲 B:（2）无辜的人，应了那应该保护他的人的残害 C:（1）能人，有力的人在困苦贫乏之中 （2）一向被宠爱，或一向受亲昵的人，发现此刻他是被遗忘了 D:（1）失去了唯一的希望
8. 革命	革命者	暴行者	A:（1）一个人的反抗 （2）数个人的反抗 B:（1）一个人的革命，而影响了许多人。（《黄土地》） （2）许多人的革命
9. 壮举	勇敢的领袖	敌人（对象）	A:（1）备战 B:（1）战事 （2）争斗 C:（1）劫夺一个所欲的对象或人物 （2）夺回那所欲的对象或人物 D:（1）冒险的远征 （2）为了获得所爱的妇人而冒险
10. 绑劫	绑劫者	被绑劫者	A:（1）绑劫一不愿顺从的女子 B: 绑劫那愿意顺从的女子 C:（1）夺回那被绑的女子，但未杀死绑劫者 （2）夺回那被绑的女子，同时杀死暴行者 D:（1）救出那被绑的女子，同时杀死暴行者 （2）救出一被绑的小孩 （3）救出一信仰错误的人
11. 释谜	解释的人	迷	A:（1）必须寻得某人，否则处死 B:（1）必须解释谜语，否则遇祸 （2）同前，但迷为所爱的女子所作 C:（1）悬赏以寻出人的名字 （2）悬赏以寻出人的性别 （3）试验一个人是否疯狂
12. 取求	取求的人	拒绝的人，判断的人	A:（1）用武力或诈述，获取目标 B:（1）用巧妙的言辞，获取目标 C:（1）用言语打动判断的人

续表

种类	主要的即观众所同情的人物	其他必要的人物	细目
13. 骨肉间的仇视	仇恨者	被恨者或互恨者	A:（1）兄弟间一人为诸人所嫉视 （2）兄弟间互相仇视 （3）为了自利，亲戚间互相仇视 B:（1）子仇视父 （2）父与子相互仇视 （3）女恨父 C:（1）祖仇视孙 D:（1）翁仇视婿 E:（1）姑仇视媳 F:（1）婴儿杀戮
14. 骨肉间的争竞	得胜者	被拒者	A:（1）恶意的争竞者为自己手足 （2）两兄弟间，彼此的恶意地争竞 （3）两兄弟间的争竞，其中一人犯了奸淫 （4）两姊妹间的争竞 B:（1）为了一个未嫁出女子，父与子的争竞 （2）为了一个已嫁女子，父与子的争竞 （3）同前，但此女已为其父同妻 （4）母与女的争竞 C:（1）嫡堂手足或姑表间的争竞 D:（1）朋友间的争竞
15. 奸杀	有奸情的人	被害者	A:（1）情人杀害丈夫，或为了情人杀害丈夫 （2）杀害一个“推心置腹”的情人 B:（1）为情妇或为了私利，杀害妻子
16. 疯狂	疯狂者	受害者	A:（1）因为疯狂而杀害了骨肉 （2）因为疯狂而杀害了恋人 （3）因为疯狂而杀害了无辜的人 B:（1）因为疯狂而受耻辱 C:（1）因为疯狂而失去了亲人 D:（1）因为怕有遗传的疯狂，而竟致疯狂
17. 鲁莽	鲁莽	受害者或失去的对象	A:（1）应鲁莽而自致不幸 （2）因鲁莽而自致耻辱 B:（1）因好奇而自致不幸 （2）因好奇而丧失所爱的人 C:（1）因好奇而致被人死亡或不幸 （2）因鲁莽而至亲族死亡 （3）因鲁莽而致爱人死亡 （4）因轻信而致骨肉死亡

续表

种类	主要的即观众所同情的人物	其他必要的人物	细目
18. 无意中恋爱的罪恶	恋爱者	被恋者，说明者	A：（1）误娶自己的母亲 （2）误以自己的妹妹为情妇 B：（1）误娶自己的姊妹为妻 （2）同上，惟系受人陷害 （3）几乎以自己的姊妹为情人 C：（1）几乎奸淫自己的女儿 D：（1）几乎在无意中犯了奸淫的罪 （2）无意中犯了奸淫的罪（如误以为丈夫已死）
19. 无意中伤残骨肉	杀人者	被害者	A：（1）受神命，几乎无意中杀了自己的女儿 （2）同前，但因政治上的必要 （3）同前，但因与人作恋爱上的争宠 （4）同前，但因怨恨那他所不认得的女儿的情人 B：（1）无意中杀害或几乎杀害了自己的儿子 （2）同前，但系受奸人的播弄 （3）同前，同时有对其他骨肉的仇视 C：（1）无意中杀害或几乎杀害了自己的手足 （2）为了职务的关系，无意中杀害了自己的姊妹 D：（1）无意中杀死了自己的母亲 （2）受奸人的拨弄，无意中杀死了自己的父亲 E：（1）为报仇或受播弄，无意中杀死了自己祖父 （2）迫于不得已的杀害 （3）无意中杀了家翁 F：（1）无意中杀了一个所爱的女子 （2）几乎杀害了一个不认识的情人 （3）没有去救一个不认识的儿子的性命
20. 为了主义而牺牲	牺牲者	主义	A：（1）为了诺言而牺牲自己的生命 （2）为了自己种族的成功或幸福而牺牲生命 （3）为了孝道而牺牲生命 （4）为了自己的信仰而牺牲生命 B：（1）为了信仰而牺牲了恋爱与生命 （2）为了事业而牺牲了恋爱与生命 （3）为了国家的利益而牺牲了恋爱 C：（1）为了义务而牺牲了自己的幸福 D：（1）为了信仰而牺牲了自己的荣誉

续表

种类	主要的即观众所同情的人物	其他必要的人物	细目
21. 为了骨肉而牺牲自己	牺牲者	骨肉	A:(1)为了亲戚或所爱的生命而牺牲自己的生命 (2)为了亲戚或所爱的人的幸福而牺牲自己的生命 B:(1)为了父母的幸福而牺牲自己的前途 (2)为了父母的生命而牺牲自己的前途 C:(1)为了父母的生命而牺牲了恋爱 (2)为了子女的幸福而牺牲了恋爱 D:(1)为了父母或一个所爱的人的生命而牺牲自己的生命与荣誉 (2)为了父母或一个所爱的人的生命而不顾贞操
22. 为了情欲的冲动而不顾一切	恋爱者	对象，被牺牲者	A:(1)为了情欲而破坏了宗教上的贞操与誓言 (2)破坏了普通的贞操的自誓 (3)为了情欲而毁灭了自己的前程 (4)为了情欲而毁坏了自己所有的权力 (5)情欲毁灭了脑力、健康甚或生命 (6)情欲毁灭了富贵、荣誉、若干人的性命 B:(1)因遇诱惑而忘了义务 C:(1)因为情欲的罪恶而致丧失生命、地位、荣誉 (2)为了别种罪恶，而得到同前的结果
23. 必须牺牲所爱的人	牺牲者	被牺牲的所爱的人	A:(1)为了公众的利益必须牺牲一个女儿 (2)因为遵守对神所立的誓言，有牺牲她的义务 (3)为了个人的信仰，有牺牲恩人或所爱的人的义务 B:(1)在必要的情形之下，牺牲那人家所不知道的而实在是他的女儿 (2)在同样的环境中，牺牲他的父亲 (3)在同样的环境中，牺牲自己的丈夫 (4)为了公众的利益，牺牲自己的女婿 (5)为了公众的利益，对付自己的郎舅 (6)为了公众的利益，对付自己的朋友

续表

种类	主要的即观众所同情的人物	其他必要的人物	细目
24. 两个不同势力的争竞	两个不同势力的人	对象	A:(1)神与人 (2)有妖术者与平常人 (3)得胜者与被征服者,主与奴,上司与下属 (4)上国的君王与属国的君王 (5)君王与贵族 (6)荣誉的人有权威者与新兴之人 (7)富人与穷人 (8)有荣誉的人与犯嫌疑的人 (9)两个差不多势均力敌的人 (10)同前,而其中一个人从前犯过奸淫 (11)一个被爱的人与一个“没有权利去爱”的人 (12)离过婚的妇人的前后两个丈夫(以上是在两男之间) B:(1)一个妖妇和一个平常女人 (2)得胜者与囚徒 (3)皇后与臣民 (4)皇后与奴隶 (5)女王与仆人 (6)高贵的女子与低微的女子 (7)两个差不多地位相等的人,其中一个纵恣任情 (8)对于高贵女子的理想或记忆,与一个不如她的真的人 (9)神与人。(以上是在两女之间) C:(1)重复的争竞——(甲爱乙,乙爱丙,丙爱丁) D:(1)神与神 (2)人与人 (3)法律上的两个妻子 (以上是东方式的)

续表

种类	主要的即观众所同情的人物	其他必要的人物	细目
25. 奸淫	两个有淫行的人	被欺骗的丈夫或妻子	A:(1)为了另一个少妇,欺骗了情妇 (2)为了自己的少妻,欺骗了情妇 (3)为了一个少女,欺骗了情妇 B:(1)为了那他所爱但并不爱他的女奴,欺骗了妻子 (2)为了纵欲,欺骗了妻子 (3)为了已婚的少妇,欺骗了妻子 (4)意欲重婚,欺骗了妻子 (5)为了他所爱但并不爱他的少女,欺骗了妻子 (6)妻子为那爱她丈夫的少女所嫉妒 (7)妻子为一个娼妓所嫉妒 (8)一个冷淡的妻子和一个热情的情妇间的争竞 (9)一个慷慨的妻子和一个热情的少女间的争竞 C:(1)为了一个“相投”的情人,牺牲了那“不合”的丈夫 (2)忘记了自己的丈夫(以为踏实死了)去和他的情敌要好 (3)为了一个能够同情她的情人,牺牲了她的平凡的丈夫 (4)欺骗了好的丈夫,为了一个不如他的情敌 (5)同前,为了一个乖僻的情敌 (6)同前,为了一个令人惹厌的情敌 (7)热恋的旗子,欺骗一个好的丈夫,为了一个平凡的情人 (8)欺骗丈夫,为了一个虽不如他那样好,但更加有用的情人 D:(1)被欺骗的丈夫的复仇 (2)为了主义,打消了嫉妒的念头 (3)丈夫被那失败的情敌陷害

续表

种类	主要的即观众所同情的人物	其他必要的人物	细目
26.恋爱的罪恶	恋爱者	被爱恋者	A:（1）母恋子 （2）女恋父 （3）父对女施暴行 B:（1）少妇恋其丈夫的前妻之子 （2）少妇与前妻之子彼此爱恋 （3）一个女子同时为父与子的情妇 C:（1）为嫂或妗的恋人 （2）兄妹恋爱 D:（1）男爱另一男子 E:（1）人与兽
27.发现了所爱的人的不荣誉	发现者	过失者	A:（1）发现了母有羞耻之事 （2）发现了父有可羞耻之事 （3）发现了女儿有不荣誉的事 B:（1）发现了未婚夫或妻的家庭中有不荣誉的事 （2）发现了自己的妻子在未婚前经人污辱 （3）发现她从前有过失足 （4）发现自己的妻子从前是娼妓 （5）发现自己的情人有不荣誉的事 （6）发现自己的情妇以前是做娼妓的，又恢复了旧生涯了 （7）发现自己的情人是个无赖，或情妇是个坏女人 （8）发现自己的妻子是一个坏女人 C:（1）发现了自己的儿子是一个杀人犯 D:（1）儿子是一个卖国贼 （2）儿子违反了他自己手订的法律 （3）儿子是被认为有罪的 （4）立誓欲除暴君，此刻方知暴君就是他的父亲 （5）发现了自己的手足是一个杀人犯 （6）发现了自己的母亲是害死父亲的人
28.恋爱被阻碍	两个恋爱的人	阻碍	A:（1）因为门第或地位不同而不能结为婚姻 （2）因为财富不同而不能结为婚姻 B:（1）因有仇人从中阻挠而不能成为婚姻 C:（1）因女子先已许为他室 （2）同前，并误会所爱的对象已和别人结婚 D:（1）亲戚们的反对 （2）亲戚间不和 E:（1）男女间性情不和

续表

种类	主要的即观众所同情的人物	其他必要的人物	细目
29. 爱恋一个仇敌	被爱恋的人，恨他的人	爱他的人，恨他的人	A：（1）被爱者为爱人的亲族所痛恨 （2）爱人为被爱者的亲族所痛恨 （3）被爱者（男）是爱他的女子的伙伴的仇人 B：（1）爱人（男）是杀死被爱者的父亲的人 （2）被爱者（男）是杀死她的另一爱人的父亲的人 （3）被爱这（男）是杀死她的另一爱人的兄弟的人 （4）被爱者（男）是杀死那爱他的女子的丈夫的人 （5）被爱者（男）是杀死那爱他的女子的原来爱人的人 （6）被爱者（男）是杀死那爱他的女子的一个亲族的人 （7）被爱者（男）是杀死爱人的父亲的人的女儿
30. 野心	野心者	阻挡他的人	A：（1）野心为自己的亲族/弟兄 所阻止 （2）野心为亲戚或受恩的人所阻止 （3）为自己的党羽所阻止 B：（1）反叛的野心 C：（1）野心与贪婪连续地造成罪恶 （2）枭獍似的野心
31. 人和神的斗争	人	神	A：（1）和神斗争 （2）和那信仰某一种神的人斗争 B：（1）和神争论 （2）因为侮辱神道而被罚 （3）因为神前傲慢而被罚 （4）狂妄地和神争竞 （5）鲁莽地和神争竞
32. 因为错误而生的嫉妒	嫉妒者	见妒的人	A：（1）错误因嫉妒者的疑心而生出来 （2）错误的嫉妒，因为凑巧而生出来 （3）误认友谊的爱为男女的爱 （4）嫉妒为恶意的造谣所引起 B：（1）嫉妒为怀恨的叛徒所挑起 （2）同前，但是叛徒是为了自己的利益 （3）同前，但是叛徒是为了自己的利益与嫉妒 C：（1）夫妻间的相互嫉妒，为情敌所挑起 （2）丈夫的嫉妒，为失败的情敌所挑起 （3）丈夫的嫉妒，被一个爱他的女人所挑起 （4）妻子的嫉妒，被一个受过斥逐的情敌所挑起 （5）一个得意的情人的嫉妒，被那一向受欺的丈夫所挑起

续表

种类	主要的即观众所同情的人物	其他必要的人物	细目
33. 错误的判断	错误者	受害人，错误的原因	A：（1）须要信托的地方，发生了错误的疑忌 （2）误疑自己的情妇 （3）误会爱人的态度而生疑忌 （4）因对方冷淡而生错误的疑忌 B：（1）为救一个友人，故意使人怀疑自己 （2）打击一个冤枉无辜的人 （3）同前，但冤枉的人因曾生过恶念，自觉有罪 （4）一个目击罪恶的人，因为欲救一个所爱的人，听任旁人责备那冤枉的人 C：（1）听任旁人责备一个敌人 （2）错误是由一个仇敌故意引起的 （3）错误是由她的弟兄故意引起的 D：（1）犯罪者嫁祸于他的仇人 （2）犯罪者早就布置好的，嫁祸于他的第二个欲害的人 （3）嫁祸于一个情敌 （4）嫁祸于一个无辜的人，因此此人不肯和他共同作恶 （5）一个被遗弃的情妇，嫁祸于她从前的情人，因为他不肯去欺骗她的丈夫 （6）受不了人家的故意陷害（错误的判罪）之后，努力恢复地位并设法报复
34. 悔恨	悔恨者	受害人或罪恶	A：（1）为了一件人家所不知的罪恶而悔恨 （2）为了弑父而悔恨 （3）为了谋杀而悔恨 （4）为了谋杀丈夫或妻子而悔恨 B：（1）为了恋爱的过失而悔恨 （2）为了犯了奸淫而悔恨
35. 骨肉重逢	寻觅者	寻得的人	
36. 丧失	眼见者	死亡者	A：（1）眼看骨肉被残而不能救 （2）为了职务上的秘密，帮助把不幸加到自己人身上 B：（1）预见一个所爱的人的死 C：（1）得知了亲族或挚友的死亡 D：（1）听到所爱的人的死，因失望而发作蛮性

后　记

艺有法，艺无定法，关注剧作模式很多年，这本书前后写了12年，终于收尾。

作为一名戏剧影视文学专业的毕业生，我时常疑惑：为何那些看似老套的剧情，却一而再再而三地在不同时代让无数人流连忘返、痴迷不已？这背后的学问在哪?我虽然透过魔法的水晶，却依然无法看个分明。直到多年以后无意中学了人类学，人类学博后出站以后再打量这些问题，一切似乎豁然开朗。

博导周月亮先生曾在《电影现象学》里提到："现象即本体，方法需直觉，电影通巫术，效果靠博弈。"就像从人类学的角度考察非物质文化遗产，我们身上神性的一部分，将以非物质的形式永存下去。人类心理能量就是众神的原动力，借着这个链接，人感到自己与一切生命的延续性，永不泯灭，与一切生命的延续性融为一体。从戏剧的源头看，古希腊戏剧的演出本质上是给奥林匹斯山上的众神看的，戏剧是人类对物质世界反抗的精神表述，而影视是戏剧的异地化播出，关于戏剧、神话、原型的故事，也将永远讲述下去，无法停止。

以往，中国民族文化的延续，对过去中国的想象，对大多数老百姓而言全靠民间的地方剧团，而从电影的天真镍币时期、我们的影戏传统到互联网+时代，百余年来，电影剧作模式既有恒定因素，同时又变化纷呈，而通过不同学科的视角，对其一窥堂奥，说清这个背后的变与不变，已成愿景。

感谢一路上所有的良师益友，感谢我的家人，感谢编辑老师。

于2022年春